像古人一样读古诗

野藤斋教读《千家诗》

张仁贤 注解

青岛出版社

图书在版编目（CIP）数据

像古人一样读古诗：野藤斋教读《千家诗》/ 张仁贤注解 .— 青岛：青岛出版社，2021.10

ISBN 978-7-5552-6656-3

Ⅰ．①像… Ⅱ．①张… Ⅲ．①古典诗歌－诗集－中国 Ⅳ．① I222.72

中国版本图书馆 CIP 数据核字 (2021) 第 257639 号

书　　名　像古人一样读古诗——野藤斋教读《千家诗》
注　　解　张仁贤
出版发行　青岛出版社
社　　址　青岛市海尔路 182 号（266061）
本社网址　http：//www.qdpub.com
策　　划　韦雨涓
责任编辑　郭东明　韦雨涓
装帧设计　乔　峰
封面插图　郑培军
内文插图　王明波
照　　排　刘　晶
印　　刷　青岛双星华信印刷有限公司
出版日期　2021 年 10 月第 1 版　2021 年 10 月第 1 次印刷
开　　本　16 开（890mm ×1240mm）
印　　张　27.25
字　　数　300 千
印　　数　1-5000
书　　号　ISBN 978-7-5552-6656-3
定　　价　59.00 元

编校印装质量、盗版监督服务电话 4006532017　0532-68068050

1

普通话读书音是普通话的得力助手。

普通话没有入声，文言诗文有入声。用普通话读文言诗文，颇不合适。普通话读书音也有入声，用它去读古诗文，“门当户对”，一拍即合。

2

南方许多方言读书音，如上海话读书音、苏州话读书音、广东话读书音，也都是有入声的。但是它们的阴平、阳平、上声、去声的调值，与普通话相去甚远；而且，它们有许多全浊声母是普通话没有的。只有普通话读书音，除了比普通话多一个入声外，其他几乎都一样。会说普通话的人，只要学会念入声，那么就可以使用普通话读书音去诵读或吟唱文言诗文了。

3

其实入声也不难念。

“入声短促急收藏”，古人这句话，就告诉我们该怎么念：音要短促，不可拖长；刚发出口，立即收住。

有人说：入声要念重。这话不对。你一念重，可就念成去声了。

过去有些译制片里有呼唤外国人“麦克阿瑟”和“阿历克塞”等名字的，字字短促爽脆，其实念的就是入声。大家学入声的念法，不妨先模仿译制片里呼唤“麦克阿瑟”和“阿历克塞”吧。

4

普通话读书音跟普通话的区别只在有无入声这一点上吗？那倒也不是。

有些上声字，因为语音的演变，普通话念成去声了；读书音则仍读上声。

有些字，比如“风”，属东韵，原先念 fōng，也因为语音的演变，普通话改念 fēng 了，读书音则仍读 fōng。

读书音是依据《广韵》系韵书的反切来定音的，所以它的平上去入和归韵，与文言诗文完全一致。

5

我们的汉字不是拼音文字。但是字也必须读出音来呀！最早的办法是口耳相传。老师教，学生记住了，也这么念；或者在家庭里，大人那么说话，小孩渐渐习得。

汉朝的时候，佛教传进来。佛经是用古印度文写的，古印度文是拼音文字。一个字，有声母，有韵母。我们受到启发，就发明了“反切法”。用一个字代表声母，用一个字代表韵母，两个字连续快读，切出另一个字的读音来。

比如用“徒红”切“同”：

t（ú）+（h）óng= tóng

连续快读的时候，上一字的韵母就被磨去了，下一字的声母也给磨去了，于是就生出被切字的读音来了。

发明了反切法，每个字都明确了声母是什么和韵母是什么，于是就有了韵书的编写。

6

隋朝有人编了一本韵书，叫《切韵》。

当时各地汉语都是平、上、去、入四声俱全的，所以《切韵》就分平、上、去、入四个部分。

声调分开了，再根据每个声调里的不同的韵来编排。比如韵母ong，就要与eng等分开来。

同一个韵里的字呢？读音全同的再排在一起，称作一个“小韵”。每个小韵给出反切。

比如平声一东韵部里，“同童僮铜桐”等几十个字同音，排在一起，并标出“徒红切”字样。就是说，这“同童僮铜桐”等几十个字，都念“徒红切”。

7

隋朝短命，继起的是大唐。唐朝大力推行科举制。其中进士科要考诗赋。诗赋讲究四声，讲究平仄，讲究押韵。考生写的诗赋，四声对吗，平仄对吗，韵押对了吗，都要有个评判标准。《切韵》于是成了依据，成了官书。

后来有人编《唐韵》，宋朝时又编《广韵》，平上去入都没变，主要只是增字补注而已。

《切韵》与《唐韵》后来不用了，大家都用《广韵》作依据。这一类韵书，称为《广韵》系韵书。

我们今天如果写文言诗文，一般也以《广韵》系韵书为押韵与调（tiáo）平仄的依据。

8

什么叫“平仄”呢？

平、上、去、入四声中，平声可以直线延长，是“扬”的；上、去、入三声不能直线延长（上声打个弯，去声往下坠，入声极短促），都是“抑”的，所以合为一类，称为“仄”。仄是倾斜、狭窄的意思。

平平——/仄仄/平平——/仄

仄仄/平平——/仄仄/平——

仄仄/平平——/平仄/仄

平平——/仄仄/仄平——/平——

一首诗，这样安排平仄，就合乎抑扬律，念起来就好听。这个就叫“调平仄”。

9

普通话没有入声，原先的入声字派入平（阴平和阳平）、上、去三声中，而且派入平声的最多。这样，用普通话读文言诗文，就往往平仄不调。

比如赵师秀《有约》（一作《约客》），本来平仄是这样调的：

黄梅——/时节/家家——/雨

青草/池塘——/处处/蛙——

有约/不来——/过夜/半

闲敲——/棋子/落灯——/花——

但普通话把“节”念成阳平，把“约”念成阴平，一、三两句就读成“黄梅——/时节——/家家——/雨”和“有约——/不来——/过夜/半”了。

这就乱了平仄，不合律体诗的抑扬律了。

10

口头上交际使用的语言叫“口头语”。文字创造出来以后，又逐渐形成“书面语”。

口头语的语音叫“说话音”，书面语的语音叫“读书音”。

各地方言的说话音差别很大，但各地方言的读书音则大体相同。上海话读书音、苏州话读书音、广东话读书音等等和普通话读书音都依据《广韵》系韵书的反切、归韵定音，平、上、去、入一致，韵部一致。主要是调值不同。有些声母也不同，比如上海话、苏州话、广东话有全浊的，普通话读书音就没有。有些韵母也可能不同。

但不管用什么方言的读书音来读文言诗文，都是平、上、去、入很清楚，平平仄仄不相混。

11

普通话是由北方古白话发展而来的。北方古白话到元朝时就已经失去了入声。

那么，北方的读书人，长期以来就不能读文言诗文，创作文言诗文了？

不，不是。北方读书人跟南方读书人一样，也都有两套语言，一套口头语，其说话音没有入声；一套书面语，其读书音仍有入声。

从元朝以来，北方有那么多的诗人写作文言诗文，未闻四声平仄有误，就可以确信，他们是用了读书音的。

12

为什么今天许多人不知道有“读书音”呢?

语言过去只靠口耳相传承，缺少载体，所以读书音就鲜为人知。

现在我们有了载体，自然应该把读书音重新拾起来。

读书用读书音，是一个传统。《论（lún）语》记载孔子读书用“雅言”，雅言就是当时的读书音。

有人说：“读经典的书，做有根的人。”也有人说：“雅言传承文明，经典浸润人生。”说得好啊！

现在中央文明办、教育部、国家语委大力推动“中华诵”，因此我们献出“普通话读书音”，让它当好普通话的助手，把中华文明继承过来，传扬下去。

13

孙蕴芳、沈家伃、顾海英三位老师从我学习用普通话读书音吟诵《千家诗》。本书音频，每首诗先由我作示范诵读，再附上这三位老师其中一位的学吟或学诵，以供读者参考。

二〇二〇年四月

写于浦东三灶之野藤斋

一、本书以《千家诗》通行本为底本，个别的诗题、作者朝代和字词，据《全唐诗》等予以改正。

二、全书按五绝、七绝、五律、七律为序编为四卷，每卷卷前都有相关知识介绍。

三、每首诗，字上标音，字下用横竖线标平仄（横线为平声，竖线为仄声。阴平、阳平为平声，上、去、入三声为仄声）。

四、本书所标的是普通话读书音。其平、上、去三声，用汉语拼音字母书写；其入声，用国际音标书写，外加方括号。

五、普通话读书音平、上、去三声的调值，与普通话完全一致；入声不分阴阳。

六、普通话读书音中入声声母的国际音标，可以与汉语拼音字母相对照来识读：

[p]＝b　[p‘]＝p　[m]＝m　[f]＝f

[t]＝d　[t‘]＝t　[n]＝n　[l]＝l

[k]＝g　[k‘]＝k　[x]＝h　[tɕ]＝j

[tɕ‘]＝q　[ɕ]＝x　[tʂ]＝zh　[tʂ‘]＝ch

[ʂ]＝sh　[ʐ]＝r　[ʦ]＝z　[ʦ‘]＝c

[s]＝s

七、普通话读书音的入声韵母共 9 个，它们是：

开	[ɑʔ] 阿（前缀）	[əʔ] 遏	[oʔ] 屋	
合	[uɑʔ] 刮的韵母	[uəʔ] 勿		
齐	[iɑʔ] 鸭		[ioʔ] 浴	[iɪʔ] 一
撮				[yɪʔ] 岳

八、可以用下表练读入声。先依次读平声、上声、去声，然后发短促急收藏的音，此音即为入声。

入声练读表

平	上	去	入
ā 啊	ǎ 啊	à 啊	[ɑʔ] 阿（前缀）
bā 巴	bǎ 把	bà 霸	[pɑʔ] 八
guā 瓜	guǎ 寡	guà 挂	[kuɑʔ] 刮
shuā	shuǎ 耍	shuà	[ʂuɑʔ] 刷
yā 鸦	yǎ 雅	yà 亚	[iɑʔ] 鸭
jiā 佳	jiǎ 斝	jià 驾	[tɕiɑʔ] 甲
ē	ě	è	[əʔ] 遏
dē	dě	dè	[təʔ] 德
wē	wě	wè	[uəʔ] 勿
guī 归	guǐ 轨	guì 贵	[kuəʔ] 国
ō 噢	ǒ 嚄	ò 哦	[oʔ] 屋
tō	tǒ	tò	[t‘oʔ] 托
yō 唷	yǒ	yò	[ioʔ] 浴
jiō	jiǒ	jiò	[tɕioʔ] 菊
yī 衣	yǐ 倚	yì 意	[iɪʔ] 一
xī 西	xǐ 喜	xì 细	[ɕiɪʔ] 夕
yú 余	yǔ 宇	yù 驭	[yɪʔ] 聿
qū 驱	qǔ 取	qù 趣	[tɕ‘yɪʔ] 确

九、每首诗，偶句后面标出韵部。首句也押韵的，首句后也标出韵部。

十、普通话读书音只是用来诵读文言诗文的，它不能替代普通话。故每首诗后列 [普通话] 一栏，将这首诗中所有与普通话读音相异的字全部列出，并注明普通话的读音，希望读者留意。

十一、有些字，繁体与简体本是两个字，如“適”与“适”，“幾”与“几”，“葉”与“叶”，“藥”与“药”，“願”与“愿”等，为免误解，如在姓名、地名、韵目里出现这些字，本书用繁体书写。又，本书用“馀”作“餘”的简体，用“锺”作“鍾”的简体。

十二、无特殊说明时，本书注音均为普通话读书音。

十三、诗题与所署作者，《千家诗》或有与他本不同者，我们一般不予改动，尽可能保留原样。

目录

五绝卷（共39首）

七 绝 卷（共94首）

五律卷（共45首）

七律卷（共48首）

五绝

卷头语

1

一个字叫“一言”。每句五个字的诗叫“五言诗”。文人创作的四句一首的五言诗叫“五言绝句”，简称“五绝”。

从唐朝起，五绝分两大类。一类叫“古体绝句”，简称“古绝”；一类叫“律体绝句”，简称“律绝”。

古绝是唐朝以前就有的，律绝是唐朝才开始有的。

汉语有平上去入四个声调，叫作“四声”（平声后来分为阴平和阳平）。四声一分为二，平声还叫“平”，上、去、入三声合称“仄”（[tsəʔ]。普通话念 zè）。这叫“平仄”。

平声像直线一样可以延长，仄声不可以延长。如果平声和仄声搭配得好，一句诗，一首诗，读起来就具有时扬时抑的音乐性。

2

具有这种音乐性的句子叫“律句”。五绝有四种基本律句，它们是：

仄仄 / 平平 ——/ 仄

平平——/ 仄仄 / 平——

平平——/ 平仄 / 仄

仄仄 / 仄平——/ 平——

一句五个字，分为三节。头两个字一节，叫“头节”；次两个字一节，叫“腹节”。剩下一个字单独成一节，叫“脚节”。

头节两个字，第一个字叫“头节上字”，第二个字叫“头节下字”；腹节两个字，第一个字叫“腹节上字”，第二个字叫“腹节下字”。

头节下字和腹节下字都是节奏点，扬或抑，就由它们来体现，所以一般来说，规定用平声字，就不能改用仄声字；规定用仄声字，就不能改用平声字。

脚节只有一个字，它就是节奏点，平仄要求更严，任何情况下都不能改变。

头节上字和腹节上字，不是节奏点，所以一般说，可以放宽要求。

节奏点是平，声音应该拉长些，所以我们在后面加破折号来表示。节奏点是仄，声音不应该拉长，后面不加破折号。

3

押平声韵的绝句，叫“平韵绝句”；押仄声韵的绝句，叫“仄韵绝句”。

五言律体绝句，多数押平声韵，也有一些押仄声韵。

我们这里介绍平韵五言律绝的形式。

各种五言律绝的形式都是由第一句决定的。

第一句第二字如果是平声，叫“平起”；如果是仄声，叫“仄起”。

第一句第五字如果是平声，叫“平收”；如果是仄声，叫“仄收”。

平韵五言律绝共有四种形式：

（甲）仄起仄收式

仄仄 / 平平——/ 仄

平平——/ 仄仄 / 平——

平平——/ 平仄 / 仄

仄仄 / 仄平——/ 平——

（乙）平起仄收式

平平——/ 平仄 / 仄

仄仄 / 仄平——/ 平——

仄仄 / 平平——/ 仄

平平——/ 仄仄 / 平——

（丙）仄起平收式

仄仄 / 仄平——/ 平——

平平——/ 仄仄 / 平——

平平——/ 平仄 / 仄

仄仄 / 仄平——/ 平——

（丁）平起平收式

平平——/ 仄仄 / 平——

仄仄 / 仄平——/ 平——

仄仄 / 平平——/ 仄

平平——/ 仄仄 / 平——

甲、乙两式，偶句押韵；丙、丁两式，第一句也押韵。

4

唐宋诗人用韵，根据的韵书是《切韵》《唐韵》或《广韵》。这些韵书，韵分得细，但注明有些韵可以“同用”。到了金代，有人索性把同用的韵归并，稍作变通，减为 106 个韵（又一种分为 107 个）。这 106 个韵后来就称为“平水韵”（第一部归并为 106 个韵的韵书是在平水这个地方出版的）。唐宋诗人用韵当然不是依照“平水韵”的，但在用韵上却大致不差，所以唐宋以及元明清直至今天的文言诗，都可用平水韵韵目来标示韵部。

我们这里介绍平声韵。因为平声字多，放在一卷里太长，所以把 30 个平声韵一拆为两，15 个作一卷，就称作“上平声”；另 15 个又作一卷，称为“下平声”。

称“上平声”与“下平声”是因为分卷，跟声调没关系。

上平声 15 个：

一东 二冬 三江 四支 五微 六鱼 七虞 八齐 九佳 十灰 十一真 十二文 十三元 十四寒 十五删

下平声 15 个：

一先 二萧 三肴 四豪 五歌 六麻 七阳 八庚 九青 十蒸 十一尤 十二侵 十三覃（tán）十四盐 十五咸

chūn mián
春眠

唐·孟浩然
táng mèng hǎo rán

chūn mián [pəʔ] [tɕyɪʔ] xiǎo，chù chù wén tí niǎo。
春眠不觉晓，上筱 处处闻啼鸟。上筱
— — | | | | | — — |

yà léi fōng yǔ shēng，huā [loʔ] zhī duō shǎo！
夜来风雨声，花落知多少！上筱
| — — | — — | — — |

普通话

浩 hào **不** bù **觉** jué **夜** yè **来** lái **风** fēng **落** luò

注释

诗题 一作“春晓”。**夜来** 犹“夜里”。**知** 意思是“不知”。

语译

春睡真香甜，要不是听见处处有鸟儿啼鸣，还不知道已经天亮了呢！唉，想起来了，似乎夜里听到过风声雨声的哩。呀，夜里的风雨不知吹落打落了多少花儿呢！

提示

这首诗抒写的是惜春情怀。

春天是美好的，但春天又很短暂。这往往使人联想到青春易逝，所以古代诗人有很多写惜春的诗。

这首诗明白如话，然而曲折有味。先写早上闻鸟啼而醒来，再倒回去写夜里刮风下雨；先以处处鸟啼表示喜春，再以担忧花落突出惜春；先写“闻”，是房内，再写“花”，则把读者的想象引到屋外去了。

这首仄韵绝句的标准式是：

平平平仄仄，仄仄平平仄。

平平仄仄平，仄仄平平仄。

唐 táng · 孟 mèng 浩 hǎo 然 rán

访 fàng 袁 yuán 拾 [ʂəʔ] 遗 yí 不 [pəʔ] 遇 yù

洛 [loʔ] 阳 yáng 访 fàng 才 cái 子 zǐ，江 jiāng 岭 lǐng 作 [tsoʔ] 流 liú 人 rén。平真

| — | — | | — | | — —

闻 wén 说 [ʂəʔ] 梅 méi 花 huā 早 zǎo，何 hó 如 rú 此 cǐ 地 dì 春 chūn？平真

— | — — | — — | | —

普通话

浩 hào **访** fǎng **拾** shí **不** bú **洛** luò **才** cái **作** zuò **说** shuō **何** hé

注释

拾遗 唐代谏官，职掌讽谏（向皇帝提意见，使改正错误）。**洛阳才子** 西晋潘岳在《西征赋》中称贾谊为“洛阳之才子”。孟诗用此典故，是盛赞袁

拾遗才华出众，可与西汉大文学家贾谊相比。**江岭** 指大庾岭。过了此岭就是岭南。唐代罪人多流放岭南。**流人** 被流放的罪人。**梅花早** 岭南梅花比北地早开。**何如** 怎及。**此地** 指洛阳。

语译

我不远千里赶到洛阳，来访问堪称“洛阳才子”的袁拾遗；谁知他却已被当作“罪人”流放到江岭之南了。听说岭南梅花开得早，可是又怎么比得上洛阳这里的春光好呢！

提示

这是一首表达复杂心绪、深沉感情的小诗。

千里相访而不遇，无限惆怅。朝廷将才子贬为流人，令人既感慨，又寒心。袁拾遗本是洛阳之人，而无辜被流放到蛮荒之地的岭南去，如何能让诗人不生怜惜同情之心？

诗人的复杂心绪是含而不露的。一、二两句似乎是不动感情的叙事，但因为有“才子”与“流人”的对比，“洛阳”与“江岭”的对举，就使叙事之中涌动着诗人愤慨、寒心、怜惜、同情等复杂心绪的潜流。这是一种间接抒情的手法，称为借叙事抒情。

三、四两句由第二句的“江岭”二字生发，说岭南梅花虽然开得早，但总比不上此地的春光好，深为朋友的遭遇悲伤。

首句是“平平平仄仄”的变式。关于此变式的讲解，详参后面《洛阳道》的提示部分。

唐 táng
·
王 wáng
昌 chāng
龄 líng

sòng [koʔ] sī cāng

送郭司仓

yìng mén huá shuǐ [loʔ] liú jì zhǔ rén xīn
映门淮水绿，留骑主人心。平侵
| — — | | — | | — —

míng [yɪʔ] suí liáng yuàn chūn cháo yà yà shēn
明月随良掾，春潮夜夜深。平侵
— | — — | — — | | —

普通话

郭 guō **淮** huái **绿** lǜ **骑** qí **月** yuè **夜** yè

注释

司仓 县级专管仓库的官吏。**淮水** 淮河。**留骑** 留下坐骑，表示留客。骑，骑的马，坐骑，名词，《广韵》奇寄切。**良掾** 优秀的属官，指郭司仓。掾，属官。司仓是县令的属官。**春潮** 春天雨多，各个支流的水流入江河，江河水流湍急，像海水涨潮，故称“春潮”。

语译

淮河的绿水映得门上也绿了。在这美好的春天里，我心里真想把你这位客人留下。可是你还是要走，那就让今夜的明月伴随你这位优秀的属官赶路去吧。以后呀，这里淮河夜夜还涨春潮，淮河的水将会越来越深，就跟我对你的思念一样呢！

提示

朋友郭司仓要走了，王昌龄写一首诗送给他。这种诗叫送别诗。

第一句用“映门淮水绿”点明时在春天，地在淮河边上。

第二句表明留客的心愿。

第三句说客人还是要走，并用“明月”点明是夜里走的。

第四句想象此后淮水会越来越深，回扣第一句说的“淮水绿”。

末句最妙，借水深说思念深。

洛阳道
[loʔ] yáng dǎo

唐 táng · 储 chú 光 guāng 羲 xī

dà dǎo [tʂəʔ] rú [fəʔ] chūn lái jiā qì duō

大道直如发，春来佳气多。平歌

| | | — | — — — | —

wǔ líng guì gōng zǐ shuāng shuāng míng [ioʔ] kō

五陵贵公子，双双鸣玉珂。平歌

| — | — | — — — | —

普通话

储 chǔ 洛 luò 道 dào 直 zhí 发 fà 来 lái 玉 yù 珂 kē

注释

春来 犹言“春天里”。**佳气** 指美好的景物风光。**五陵** 在长安附近有汉代五个皇帝的陵墓，附近是豪门贵族聚居地。**玉珂** 马络头上的贝壳装饰物，色白似玉，振动则有声。这里借指马。

语译

洛阳大道像头发一样直，春天里路旁美好景物真多！五陵的贵公子们成双成对地骑着马儿在大道上奔跑，马儿还时不时地嘶鸣呢！

提示

这首诗描写一群贵公子在春天洛阳大道上骑马游玩。

有的诗是有寓意的，有的诗没有寓意。这首诗看不出有什么寓意。

第三句本应“平平平仄仄”，可是第四字必须用平声“公”，于是跟律句平仄要求不合了。与律句平仄要求不合，叫“拗”（ào）。拗了要“救”。本句第三字本应是平声的，把它改用仄声字“贵”。这就算救过来了。救过来了，这句平仄就算没问题了。这样的拗救，只限于“平平平仄仄”这一种句式，其他句式不适用。

第三句“平平平仄仄”，第四句应该是“仄仄仄平平”，这叫“对”。这首诗第四句却是“平平平仄平”，不合对的要求，这叫“失对”。初盛唐失对是常见的，以后要求才慢慢严格起来。

唐 táng
·
李 lǐ
白 [pəʔ]

[toʔ] zuǒ jìng tíng shān
独坐敬亭山

zhòng niǎo gāo fēi jǐn　gū yún [toʔ] qù xián
众鸟高飞尽，孤云独去闲。平删
丨丨—— 丨　——丨丨—

xiāng kān liǎng [pəʔ] yàn　[tʂəʔ] yǒu jìng tíng shān
相看两不厌，只有敬亭山。平删
—— 丨丨丨　丨丨丨——

普通话

白 bái **独** dú **坐** zuò **尽** jìn **看** kàn **不** bú **只** zhǐ

注释

敬亭山 在安徽宣城。**看** “眼睛看”的看，诗韵平去二读。

语译

该不是鸟儿们厌恶我吧？一群一群地离开我，向高空飞去，一只都不留下。一片孤云呢，也独自飘向远方悠闲自在去了。只有敬亭山看不厌我，我也看不厌敬亭山。

提示

这首诗反映孤独寂寞的心情。

诗作于天宝十二载（753）秋诗人游宣城时。此时，李白理想早已破灭，又饱尝了酸辛，所以不免感到孤寂。

一、二两句写鸟飞尽、云飘走，是写景。但取这样的景写出来，自然就含着一点别的意思。也许是讽刺人们的趋炎附势。也许是自怜被人冷落。

三、四两句则突出敬亭山的“品行”：在人家厌弃诗人的时候，敬亭山却仍然爱着诗人！

所以，一、二两句只是三、四两句的铺垫：以众鸟、孤云的无情反衬出敬亭山的有情。

孤独寂寞的诗人，因为还有并不厌弃他的敬亭山在，多少可以得到些慰藉，所以他要“独坐敬亭山”。而且，他也只能“独坐敬亭山”！

“独坐”虽得到了一些慰藉，但终归是挺寂寞的吧？

dēng guàn[tɕʻioʔ] lóu

登鹳雀楼

唐 táng · 王 wáng 之 zhī 涣 huàn

[pəʔ] [zəʔ] yī shān jìn huáng hó [zəʔ] hěi liú

白日依山尽，黄河入海流。平尤

| | — — | — — | | —

[ioʔ] qióng qiān lǐ [moʔ] gèng shǎng [iɪʔ] céng lóu

欲穷千里目，更上一层楼。平尤

| — — | | | | | — —

普通话

雀 què **白** bái **日** rì **尽** jìn **河** hé **入** rù **海** hǎi **欲** yù **目** mù **上** shàng **一** yì

注释

鹳雀楼 旧址在山西蒲州西南。沈括《梦溪笔谈》言“鹳雀楼三层，前瞻中条（山名），下瞰大河（黄河）”。这首诗，收录在芮挺章（与王之涣同时人）编的《国秀集》中，题为《登楼》，作者署名朱斌。**穷千里目** 穷目：放眼，即放眼看，视线不受阻挡。千里目：形容能看得极远。

语译

我登上鹳雀楼的第二层楼，远眺西方，见一轮白日正傍着山头往下坠落，似乎快要收尽它的馀晖了；下瞰黄河，只见大浪滔滔，正向着东方奔流入海而去。鹳雀楼真高啊！站在它的第二层上已经可以看得如此之远；如果想要让你的眼睛远看千里之外，还可以登上更高的一层楼呢！

提示

这是写景诗（也称山水诗）。

这首诗写登高览景。景象壮阔，气势雄浑。

“白日依山尽”是可以看到的，所以是实景。“黄河入海流”却只能是想象之景，前人称为“意中景”，是虚景。虚实结合，更为生动。

要突出鹳雀楼的高，故意先写第二层（不是最高层）上所见的广远。第二层上所见已极广远，那么顶层上自然见得更远了。

第二联还富于“只有站得更高才能看得更远”的哲理，所以人们常常引用它。

绝句本不求对仗，但这首诗两联都用对仗。“黄”对“白”是颜色对，“一”对“千”是数字对，很工整。

第二联是流水对，字面相对，而意思则像流水一样不能断开。

唐·孙逖 táng sūn [t'iɪʔ]

观永乐公主入蕃

guān yǐng [loʔ] gōng zhǔ [zəʔ] fān

biān dì yīng huā shǎo nián lái wèi [tɕyɪʔ] xīn
边地莺花少，年来未觉新。平真
— | — — | — — | | —

měi rén tiān shàng [loʔ] lóng sài shǐ yīng chūn
美人天上落，龙塞始应春。平真
| — — | | — | | — —

普通话

逖 tì **永** yǒng **乐** lè **入** rù **来** lái **觉** jué **落** luò **塞** sài

注释

永乐公主 唐玄宗封东平王外孙之女杨氏为永乐公主，嫁契丹王李失活。**蕃** 指外族或外国，后写作“番”。这里指契丹。契丹为东胡族的一支，居今辽河上游一带，以游牧为生。唐于此置松漠都督府，以契丹首领为都督。**莺花** 黄莺与鲜花。**年来** 新年（新春）来到的时候。**美人** 指永乐公主。**天上** 喻指唐都长安。**龙塞** 边塞龙城。本是汉时匈奴地名，这里借指唐时契丹王所居之地。**始应春** 是“应始春”的倒装。倒装是为了平仄协调。应，应该，想必。

语译

边地缺少黄莺、鲜花，新年来到的时候也感觉不到景色焕然一新。现在如莺如花的美人从天而降，边地龙塞想必也就开始有融融春光了。

提示

这首诗把永乐公主入蕃比作莺花似的美人从天而降，使寒冷的边地也春光融融了。

设想奇妙。

“年来未觉新”，为什么不说成“春来未觉新”呢？因为这首诗的末句是用“春”字做韵脚的，在一首诗里一般不宜同字重复。农历新年，是看作新春之始的，元月初一就称作“春节”，所以说“年来”也可以表示“春来”的意思。

唐 táng · 金 jīn 昌 chāng 绪 xǔ

chūn yuàn 春怨

dǎng qǐ huáng yīng ní [moʔ] jiāo zhī shàng tí

打起黄莺儿，平支 莫教枝上啼。平齐

| | — — — | — — | —

tí shí jīng [tɕʻiɪʔ] mòng [pəʔ] [təʔ] dào liáo xī

啼时惊妾梦，不得到辽西。平齐

— — — | | | | | — —

普通话

绪 xù **打** dǎ **儿** ér **莫** mò **教** jiào **妾** qiè **梦** mèng **不** bù **得** dé

注释

打起 打飞，赶走。**辽西** 秦汉时郡名。所辖之境相当于今天河北迁西、乐（lào）亭及辽宁松岭山以东，长城以南，大凌河下游以西地区。唐时这里是与契丹作战的地方。

语译

真想赶走黄莺儿，为的是不让它再在树枝上啼叫。它啼叫起来就惊醒了我的晓梦；惊醒了晓梦，我就不能在梦里到达辽西与我的夫君相见了。

提示

诗题是“春怨”，实际上是闺怨诗。

第一句说要赶走黄莺儿，却留给读者一疑：为什么要赶走？第二句予以解答：为的是莫教枝上啼。但又留下一疑：为什么不让啼？第三句解答说：因为它啼叫会惊醒我的梦。但又留下一疑：不过是一个梦罢了，惊醒又算什么？第四句答道：不，事关重大，惊醒了，我可就不能到辽西了。

清代乾隆年间诗人兼诗论家沈德潜称赞这首诗是学习“一气蝉联而下”（《唐诗别裁集》）写法的样板。

诗是四句结束了，但第四句其实也还留下疑问：为什么要做去辽西的梦？夜里你为什么不做梦偏要天亮时（莺已啼）做？

这首诗的题目，一作《伊州歌》，说明它是为乐曲《伊州》写的歌词。看这首诗环环相扣的写法以及明白如话的语言，倒真的很像是民歌。

平韵绝句，如果首句脚节是平声，就有三个韵脚。首句的韵脚一般押与偶句相同的韵，也可以押与偶句相近的韵。这首诗偶句押齐韵，首句押与齐韵相近的支韵。这叫“首句用旁韵”或“首句用邻韵”。

唐·丘为

左掖梨花

zuǒ [iɪʔ] lí huā

lěng yàn quán qī [ɕiɪʔ]　yú xiāng zhà [zəʔ] yī

冷艳全欺雪，馀香乍入衣。平微

丨 丨 — — 丨　— — 丨 丨 —

chūn fōng qiǎ [moʔ] dìng　chuī xiàng [ioʔ] jiā fēi

春风且莫定，吹向玉阶飞。平微

— — 丨 丨 丨　— 丨 丨 — —

普通话

掖 yè **雪** xuě **入** rù **风** fēng **且** qiě **莫** mò **玉** yù **阶** jiē

注释

左掖 宫城左侧边门。这里指设在左掖之内的门下省。**冷艳** 冰冷和艳丽。**欺** 压倒，胜过。**馀香** 残馀的香气。这里指淡雅的香气。**乍** 正也，恰也（参见张相的《诗词曲语辞汇释》。以后出现只列书名）。**且** 姑且，暂且。**莫定** 不要停下。**玉阶** 玉石砌成或装饰的台阶，这里借指皇宫。

语译

它冰冷而艳丽，这两方面都压倒了白雪。它还有淡雅的香气，正透进我们衣服里呢！春风姑且不要停下，把它往玉阶那边吹，让它飞到皇宫里去吧。

提示

唐代中央行政机构分中书、门下和尚书三省。中书省决策，门下省审议，尚书省执行。门下省设在左掖之内，离皇宫很近，就在皇宫东侧。“左掖梨花”，就是门下省里的梨花。

这首诗一、二两句说梨花又冷艳又有清香。三、四两句则扣住“左掖”两字写，希望东风能把梨花吹到皇宫里去。说吹到皇宫里去，就是希望自己能亲近皇帝。

作这首诗的时候，大概作者正在门下省任职。

思君恩 (sī jūn ēn)

唐 táng · 令 lìng 狐 hú 楚 chǔ

xiǎo yuàn yīng gō [ɕiɪʔ]　cháng mén [tiɪʔ] wǔ duō

小苑莺歌歇，长门蝶舞多。平歌

| | — — |　— — | | —

yǎn kān chūn yòu qù　cuì liǎn [pəʔ] céng guō

眼看春又去，翠辇不曾过。平歌

| — — | |　| | | — —

普通话

歌 gē **歇** xiē **蝶** dié **看** kàn **辇** niǎn **不** bù **过** guò

注释

小苑 指皇家园林。**长门** 汉有长门宫。这里借汉说唐。**翠辇** 皇帝的车驾。辇，人拉的车，《广韵》力展切。**过** 经过义的“过”，平去二读。

语译

小苑里莺歌渐歇，长门宫里飞舞的蝴蝶正多。眼看今年春天又要过去了，可是皇上还不曾来过！

提示

这是表达宫女怨恨的诗。这种诗叫“宫怨诗”。

一、二两句对仗，描写春天即将过去的景色。

三、四两句则直吐怨恨之情。

tí yuán shì [piɪʔ] [iɪʔ]

题袁氏别业

唐 táng · 贺 hò 知 zhī 章 zhāng

zhǔ rén [pəʔ] xiāng [ʂəʔ] ǒu zuò wèi lín quán

主人不相识，偶坐为林泉。平先

| — | — | | | | — —

[moʔ] màn chóu gū jiǔ náng zhōng zì yǒu qián

莫谩愁沽酒，囊中自有钱。平先

| | — — | — — | | —

普通话

贺 hè **氏** shì **别** bié **业** yè **不** bù **识** shí **坐** zuò **莫** mò

注释

别业 本宅外另建的园林游息处所，又称别墅。**偶坐** 对坐，面对面坐。**林泉** 山林泉石。**谩** 空也（《诗词曲语辞汇释》）。**沽酒** 买酒。

语译

我跟主人不相识，只为游赏这里的山林泉石，所以今天面对面坐。主人不用空愁无钱买酒，我囊中自己有钱带着。

提示

这是留题诗。诗人游袁氏别业，在墙上题一首诗以作纪念。

开头两句点明是为林泉而来的，后两句请主人不要忧愁无钱买酒招待，自己带着钱呢。

诗虽短小，却很风趣。

首句是“平平平仄仄”的变式。这种变式，唐人很喜欢用。

唐·杨炯 táng · yáng jǐng

夜送赵纵

yà sòng zhǎo zòng

zhǎo shǐ lián chéng [piɪʔ] yóu léi tiān xiǎ chuán
赵氏连城璧，由来天下传。平先
| | — — | — — — | —

sòng jūn huán jiù fǔ míng [yɪʔ] mǎn qián chuān
送君还旧府，明月满前川。平先
| — — | | — | | — —

普通话

炯 jiǒng **夜** yè **赵** zhào **氏** shì **璧** bì **来** lái **下** xià **月** yuè

注释

赵纵 唐河东人，郭子仪之婿。**赵氏连城璧** 战国时，赵王得到的价值连城的玉璧（赵氏，指赵王）。亦即和氏璧。这里比喻赵纵。**由来** 向来。**旧府** 老家。**川** 河流。一说，平地。

语译

赵王价值连城的玉璧，向来名扬天下，朋友啊，你就像是这块玉璧！今天送您回老家去，有点像当年蔺相如“还璧归赵”呢！今夜很美，明亮的月光洒满在面前的河水上，您一路走好！

提示

赵纵夜里出发，要回老家去，杨炯为他送行，并且写了这首诗送给他。

这首是送别诗。

赵纵姓赵，老家河东。河东在战国时就属赵国，而且赵纵很优秀，诗人就把他比作当年秦王说愿意用十五个城邑换取的那块玉璧了。

把赵纵比作那块玉璧，过了分。这叫“过誉”。送别诗难免有过誉之词。

[tʂoʔ] lǐ guǎn

竹里馆

唐 táng · 王 wáng 维 wéi

[toʔ] zuǒ yōu huáng lǐ tán qín fòu cháng xiào

独坐幽篁里，弹琴复长啸。去啸

| | — — | — — | — |

shēn lín rén [pəʔ] zhī míng [yɪʔ] lái xiāng zhào

深林人不知，明月来相照。去啸

— — — | — — | — — |

普通话

竹 zhú **独** dú **坐** zuò **复** fù **不** bù **月** yuè **来** lái

注释

竹里馆 王维在辋川（在今陕西蓝田）有别业，别业中有二十个景点，竹里馆为其中一个。**篁** 竹丛。**啸** 撮口发出长而清脆的声音。长啸一般是古人抒发胸中积愤的一种行为。但诗中的“长啸”只是表现悠闲高雅的情趣。**深林** 就是首句的“幽篁”，避免同字重复。

语译

独自一个人坐在幽深的竹林里，一会儿弹琴，一会儿长啸，好不清静闲适！竹林很深，没有人会来打扰。到了夜里，一轮明月升空，好像是来陪伴我呢！

提示

这是《辋川集》的第十七首。

所写景物是“幽篁”“深林”，“明月”。所写活动是“独坐”“弹琴”“长啸”。

清幽之景，高雅之事，岂不托出了闲适之情？为什么写到“幽篁”？因为竹子有节，而且与松、梅结为“岁寒三友”，是一种人格美的象征。明月呢？它更具有澄澈、清朗、亲切、高洁等等美好的品性。用竹用月来布景，该是有意的吧？

这首是律体仄韵五绝。其标准式是：

仄仄平平仄，平平平仄仄，
平平仄仄平，仄仄平平仄。

王维这首第二句是“平平平仄仄”的变格。

唐 táng
·
孟 mèng
浩 hǎo
然 rán

送朱大入秦

sòng zhū dà [zəʔ] qín

yóu rén wǔ líng qù bǎo jiàn [tʂəʔ] qiān jīn

游人五陵去，宝剑值千金。平侵

— — | — | | | | — —

fēn shǒu [t'uəʔ] xiāng zèng píng shēng [iɪʔ] piàn xīn

分手脱相赠，平生一片心。平侵

— | | — | — — | | —

普通话

浩 hào **入** rù **值** zhí **脱** tuō **一** yí

注释

朱大 其人在同祖父的弟兄中排行第一，故称“朱大”。古人喜欢用排行称呼朋友。**游人** 指朱大。**五陵** 本指在长安的五个汉朝皇帝的陵墓，这里借指长安。长安属古秦地。**脱** 解下。**相赠** 赠给你。**平生** 平时。

语译

你这位游人要去五陵了，我有一把价值千金的宝剑，分手时就解下来送给你，以表示平时友爱的一片心意吧！

提示

这首送别诗说要以宝剑相赠，两个人平时真的很要好。古人心实，待朋友真诚，值得学习。

唐 táng
·
崔 cuī
颢 hǎo

cháng gān xíng
长干行

jūn jiā hó chù zhù [tɕʻiɪʔ] zhù zěi héng táng
君家何处住？妾住在横塘。平阳
— — — | | | | | — —

tíng chuán zàn jià wèn [xuəʔ] kǒng shǐ tóng xiāng
停船暂借问，或恐是同乡。平阳
— — | | | | | | — —

普通话

颢 hào **何** hé **妾** qiè **在** zài **借** jiè **或** huò **是** shì

注释

长干行 乐府诗旧题，也称“长干曲”。长干，地名，又叫长干里，在今南京市。**妾** 古代女子自谦之称。**横塘** 古堤名。在今南京市。**暂** 暂且，姑且。**借问** 向人询问。**或恐** 或许。

语译

“您家住在什么地方？我家住在横塘。”停下船姑且问问，或许就是同乡。

提示

一个横塘的女子，漂泊在外，忽然听见熟悉的乡音，就停船相问。

第一句是她的问话，第二句是自报家乡。三、四两句补明发问的原因。

她听见一位男子说家乡话，心里激动。这些内容，诗里没有说，但读者却能补出来，是诗里有文字之外的描写。这种文字之外的描写，叫作“不写之写”。

这首诗借用古代乐府诗的题目。这种诗叫“乐府旧题诗”。但它实际上是一首律体五绝。

咏史（yìng shǐ）

唐 táng · 高 gāo 適 [ʂəʔ]

尚 shàng 有 yǒu 绨 tí 袍 páo 赠 zèng，应 yīng 怜 lián 范 fǎn 叔 [ʂoʔ] 寒 hán。平寒

| | — — |，— — | | —

不 [pəʔ] 知 zhī 天 tiān 下 xiǎ 士 shǐ，犹 yóu 作 [tsoʔ] 布 bù 衣 yī 看 kān。平寒

| — — | |，— | | — —

普通话

適 shì **咏** yǒng **范** fàn **叔** shū **不** bù **下** xià **士** shì **作** zuò **看** kàn

注释

咏史 以历史事件为题材的诗称作咏史诗。咏，歌咏。**绨袍** 质粗厚，

平滑而有光泽的丝织物叫绨，用绨做的袍子叫绨袍。**范叔** 战国时魏国人范雎，字叔，后来做秦相。**天下士** 在一个诸侯国国内才能出众的人叫“国士”，在整个天下算得上才能出众的叫“天下士”。**布衣** 平民，指普通人。

语译

须贾（jiǎ）想必是可怜范叔身上寒冷，所以还有一件绨袍相赠。其实须贾并不知道范叔乃是“天下士”，他把范叔还当作普通人看待呢！

提示

这首诗所咏的是战国时代的一件事：魏国人范雎在魏国中大夫须贾手下做事，他跟着须贾出使齐国，回来后，被须贾诬陷私通齐国，因此被魏相责打，几乎死去。后范雎改名张禄，逃到秦国为相。须贾出使秦国，范雎故意穿了件破衣服去见他。须贾可怜他，取一件绨袍相赠。不久须贾知道范雎是秦相，大惊请罪。范雎因须贾有绨袍之赠，所以放了他。这故事记在《史记》里。

高適借咏这件史事，感慨“天下士”不易为人知道。

罢相作

bà xiàng [tsoʔ]

唐·李适之

táng lǐ [ʂəʔ] zhī

bì xián chū bà xiàng，[loʔ] shèng qiǎ xián bēi。

避贤初罢相，乐圣且衔杯。平灰

丨 — — 丨 丨 丨 丨 丨 — —

wèi wèn mén qián [k'əʔ]，jīn zhāo jǐ gò léi？

为问门前客，今朝几个来？平灰

丨 丨 — — 丨 — — 丨 丨 —

普通话

适 shì **作** zuò **乐** lè **且** qiě **客** kè **个** gè **来** lái

注释

避贤 给贤者让路。这里的“贤者”指李林甫。说“避贤”，语含讥讽。**乐圣** 嗜酒。三国时有人谓“酒清者为圣人，浊者为贤人”，后世因以“乐圣”为嗜酒。乐，酷好。**衔杯** 含杯，指饮酒。**为问** 与“试问”义近。

语译

为了给贤者让路，我自请免去左相的职位。在这罢相之初，我举行家宴。我本嗜酒，今天正好和亲朋好友一起喝个痛快。试问平时常来的客人，今天能有几个来呢？

提示

这是一首讽刺诗。“避贤”是讽刺李林甫，“为问”是嘲笑害怕李林甫而不敢前来赴宴的亲朋好友。语言俏皮，讥讽含蓄。

李適之自请罢相，原是为了逃避斗争，洁身自好，但不久还是受诬陷，最后被逼自杀。

唐 táng · 钱 qián 起 qǐ

fóng [ɕiɪʔ] zhǎ

逢侠者

yān zhǎo bēi gō shǐ xiāng fóng [tɕiɪʔ] mèng jiā

燕赵悲歌士，相逢剧孟家。平麻

— | — — | — — | | —

cùn xīn yán [pəʔ] jǐn qián lù [zəʔ] jiāng xiá

寸心言不尽，前路日将斜。平麻

| — — | | — | | — —

普通话

逢 féng **侠** xiá **者** zhě **赵** zhào **歌** gē **士** shì **剧** jù **不** bú **尽** jìn **日** rì **斜** xié

注释

侠者 即侠客。旧时指有武艺、讲义气、肯舍己助人的人。**燕赵** 古时两个诸侯国，地在今河北、山西。**悲歌士** 慷慨悲歌之士。悲歌，歌声悲壮。**剧孟** 汉洛阳人，史称他喜救人急难。这里指作者所造访者。**寸心** 即心。这里指心里话。**前路** 前面的道路。这里指上路。

语译

我在一位为人如同剧孟的朋友家里，与来自燕赵的慷慨悲歌之士相逢，心里话说不完。登上前面的道路时，太阳将要西沉了。

提示

这首诗写在侠客家里做客，又与一位来自燕赵之地的侠客相逢，两个人说了许多心里话，舍不得分手，但又不得不分手，分手时间一拖再拖，一直拖到“日将斜”。

是作者上路？还是燕赵悲歌之士上路？还是两个人各奔东西？没有交代。这也不重要。这首诗要告诉读者的只是：在一位侠客家里与另一位侠客相逢，谈得很投机。

jiāng xíng wàng kuāng lú
江行望匡庐

唐 táng · 钱 qián 珝 xǔ

zhǐ [tʂ'əʔ] chóu fōng yǔ　kuāng lú [pəʔ] kǒ dēng
咫尺愁风雨，匡庐不可登。平蒸
| | — — |　— — | | —

[tʂəʔ] yí yún wù [k'uəʔ]　yóu yǒu [loʔ] cháo sēng
只疑云雾窟，犹有六朝僧。平蒸
| — — | |　— | | — —

普通话

尺 chǐ **风** fēng **不** bù **可** kě **只** zhǐ **窟** kū **六** liù

注释

咫尺 形容距离很近。咫，八寸。**匡庐** 即庐山，在江西。传说有个叫匡裕（一说“匡俗”）的人向仙人学道，结庐于此山，故称匡庐。

语译

我坐船经过庐山脚下，与庐山相去只有咫尺，然而又是风又是雨，却不能登山一游，这使我万分惆怅。我疑心云遮雾罩的洞窟，里边还有六朝的高僧在修行呢！

提示

这是山水诗，描写庐山的风雨云雾。

一、二两句写愁，但隐含着“江行”二字。

三、四两句则由庐山的云雾缭绕之景，生出奇想。六朝时，庐山曾有很多高僧寄迹，这是奇想的根据。然而几百年过去了，高僧怎么还能活着呢？这奇想不免荒诞。但诗人说是“疑”呀，并没说是一定。况且，这奇想不仅引起读者对历史的缅怀，还给庐山披上了神秘的面纱，这就使诗境显得高远而缥缈了。

唐·韦应物
táng wéi yìng [uəʔ]

答李浣
[təʔ] lǐ huǎn

lín zhōng guān [iɪʔ] bà　qī shàng duì ōu xián
林中观易罢，溪上对鸥闲。平删
— — — | |　— | | — —

chǔ [soʔ] ráo cí [k'əʔ]　hó rén zuì wǎng huán
楚俗饶词客，何人最往还？平删
| | — — |　— — | | —

普通话

物 wù **答** dá **浣** huàn **易** yì **溪** xī **俗** sú **客** kè **何** hé

注释

易《周易》的简称。儒家经典著作之一。**楚俗** 楚地的风俗习气。楚地一般对应今湖南、湖北一带。**饶** 多。**词客** 擅长文词的人。指诗人、文人。**最** 最多。

语译

您在树林里读了一会儿《周易》，又在小溪边悠闲地跟鸥鸟相对。楚地风俗习气使那里多生文人，您跟哪个文人来往最多？

提示

李浣在楚地做官，写了首诗赠给韦应物，韦应物就写了这首诗相答。

头两句描写李浣爱读《周易》，又喜欢与鸥鸟相对，是个高雅不热衷于功名的人。

后两句因李浣现在身在楚地，所以据此发问，问得极有情趣。

qiū fōng yǐn
秋风引

唐 táng · 刘 liú 禹 yǔ 锡 [ɕiɪʔ]

hó chù qiū fōng zhì xiāo xiāo sòng yàn qún
何处秋风至？萧萧送雁群。平文
— | — — | — — | | —

zhāo léi [zəʔ] tíng shù gū [k'əʔ] zuì xiān wén
朝来入庭树，孤客最先闻。平文
— — | — | — | | — —

普通话

锡 xī **风** fēng **何** hé **来** lái **入** rù **客** kè

注释

引 乐府诗体之一。**萧萧** 风声。**朝来** 早上的时候。**孤客** 单身旅居外地的人。

语译

秋风是从何处吹来的？它发出萧萧之声，把雁群也给送来了。早上，它吹进庭院树间，我这个单身旅居异乡的人最先听到。

提示

刘禹锡单身在外，忽在庭院里听到秋风吹落树叶的声音，又看到北雁南飞，陡生乡愁，就写了这首小诗。

这首是律体五绝，诗人把它当作乐府诗，所以用“引”字作题。

第三句“平平仄平仄”是“平平平仄仄”的变式，也是合律的。

唐 táng · 韦 wéi 应 yìng 物 [uəʔ]

秋夜寄丘员外
qiū yà jì qiū yuán wèi

huá jūn [tʂoʔ] qiū yà sàn bù yìng liáng tiān
怀君属秋夜，散步咏凉天。平先
— — | — | | | | — —

shān kōng sōng zǐ [loʔ] yōu rén yīng wèi mián
山空松子落，幽人应未眠？平先
— — — | | — — — | —

普通话

物 wù **夜** yè **外** wài **怀** huái **属** zhǔ **咏** yǒng **落** luò

注释

员外 就是员外郎，指正员以外的官。大概此人隐居前做过员外郎。**属** 适值。**咏** 吟咏。诗韵属去声敬韵。**幽人** 幽居之人，即隐者。这里指丘员外。**应** 想必（推测必当如此）。

语译

正是秋夜的时候，我深深地思念起您来。无法入睡，只好在凉天里散步，吟咏些诗篇。我想，您居住的那座山，现在一定很寂静，寂静到您都能听到松子坠落的声响。您这位幽人呢，想必也因为思念我而不能成眠吧？

提示

这首怀人诗，语浅情深。一、二两句说自己，三、四两句说对方。说自己是实写，说对方却是虚写（想象）。

因为自己思念朋友，就想象朋友也正在思念自己。这种想象，就更见出自己思念朋友之深了。诗论家对这种写法，说是“心已神驰到彼，诗从对岸飞来”。意思是说：由于自己思念对方深切，所以反从对方想象出诗情来。

qiū [zə̯ʔ]
秋日

唐 táng · 耿 gěng 沣 wéi

fǎn zhào [zə̯ʔ] lǘ xiàng　yōu lái shuí gòng yǔ

返照入闾巷，忧来谁共语？上语

丨 丨 丨 — 丨　— — — 丨 丨

gǔ dǎo shǎo rén xíng　qiū fōng dǒng hó xǔ

古道少人行，秋风动禾黍。上语

丨 丨 丨 — —　— — 丨 — 丨

普通话

日 rì **入** rù **来** lái **道** dào **风** fēng **动** dòng **禾** hé **黍** shǔ

注释

返照 指落日。**闾巷** 犹里巷。**忧来** 忧愁的时候。**谁共** 跟谁。**禾黍** 禾是谷子；黍，去皮后北方称黄米子。这里泛指庄稼。

语译

落日的馀光照进里巷来，忧愁之时能跟谁说说话？出去散散步，古道上也很少有人走过，只有秋风依旧吹动庄稼。

提示

《诗经》里有首《黍离》诗，写西周灭亡后，原先西周国都的宗庙宫室都成了废墟，上面长满了禾黍。

耿沛是中唐人，那时唐朝经过安史之乱，处处显出衰败的景象，诗人联想到《黍离》，就写了这首小诗。

这首是仄韵律体五绝。它的标准平仄格式是：

仄仄平平仄，平平平仄仄。

平平仄仄平，仄仄平平仄。

但因为失黏，所以成了现在的格式。

唐 táng
·
薛 [ɕiɪʔ]
莹 yíng

qiū [zəʔ] hú shàng

秋日湖上

[loʔ] [zəʔ] wǔ hú yóu yān bō chù chù chóu
落日五湖游，平尢 烟波处处愁。平尢
| | | — — — — | | —

fóu chén qiān gǔ shì shuí yǔ wèn dōng liú
浮沉千古事，谁与问东流？平尢
— — — | | — | | — —

普通话

薛 xuē **日** rì **落** luò **浮** fú

注释

五湖 指太湖。**烟波** 雾气蒙蒙的水面。**浮沉** 比喻兴衰存亡。**千古** 谓年代久远。**谁与** 犹“谁共”，跟谁。**问** 探讨，评说。**东流** 我国地势西北高，东南低，江河向东流入大海，故以“东流”喻事物消逝，不可复返。

语译

坐船游太湖，到日落的时候，处处水面上雾气蒙蒙，让人生愁。在这湖边湖上，发生过吴越相争的故事。故事距离今天已经很遥远了，大家都不关心了，还能跟谁一起说说那已付东流的事呢?

提示

薛莹是晚唐人，那时朝中宦官专权，地方上又是军阀割据，唐王朝处在风雨飘摇之中。诗人秋日游太湖，面对落日烟波，不由想起吴越争霸的历史，因而生出感慨，写了这首诗。

唐 táng · 李 lǐ 昂 áng

宫中题
gōng zhōng tí

liǎn lù shēng qiū cǎo, shàng lín huā mǎn zhī

辇路生秋草，上林花满枝。平支

| | — — | | — — | —

píng gāo hé xiàn yì, wú fòu shì chén zhī

凭高何限意，无复侍臣知。平支

— — — | | — | | — —

普通话

辇 niǎn **何** hé **限** xiàn **复** fù

注释

辇路 宫里专供皇帝车驾行走的道路。**上林** 秦、汉旧苑，苑中养禽兽，供皇帝春秋打猎。这里借指唐朝的御花园。**凭高** 登高。**何限** 哪有限止，即“无限”。**无复** 不再。**侍臣** 贴身服侍之人。

语译

辇路上，春天长满春草，秋天也长满秋草。御花园里，春花满枝，秋花也满枝，我都无心观赏。登高望远，心里有许多的话，可不敢再让侍臣知道了。

提示

李昂即唐文宗。他在位时，朝中牛（僧孺）李（德裕）两党大官僚相互攻击，宦官专权更为严重。大和九年（835），宰相李训等密谋，借称一株石榴树上夜降甘露，想诱使宦官仇士良等往观，谋加诛杀。不幸事败，仇士良等劫文宗回宫，捕杀李训等人。史称“甘露之变”。李昂被软禁至死。

这首诗大约是他被软禁期间所写的。

xún yǐn zhě [pəʔ] yù
寻隐者不遇

唐 táng · 贾 jiǎ 岛 dǎo

sōng xià wèn tóng zǐ， yán shī cǎi [ioʔ] qù
松下问童子，言师采药去。去御
— | | — | — — | | |

[tʂəʔ] zěi cǐ shān zhōng， yún shēn [pəʔ] zhī chù
只在此山中，云深不知处。去御
| | | — — — — | — |

普通话

者 zhě 不 bú 下 xià 采 cǎi 药 yào 只 zhǐ 在 zài 不 bù

语译

我去寻访一位隐居者，很高兴地在苍松之下见到了他的童子。然而童子说师父采药去了，又说只在此山中。问他究竟在山的哪一部分，却说是云深人不知的处所。唉，访而不遇，叫人好不惆怅！

提示

这首诗写三问三答，但三问都不写出，全隐含在三答之中。

“师采药去”是一答，寓“师在家否”一问。“只在此山中”是二答，寓“在何处采药”二问。“云深不知处”是三答，寓“在此山何处”三问。

一首五绝仅二十字，要讲究言简意赅。

松下见到童了，是一喜；童了说师父采药去了，是一次失望。“只在此山中”，又是一喜；“云深不知处”，又是一次失望。喜悦与失望交替，波澜起伏。

山中东西很多，却只写苍松与白云。苍松与白云都是隐者的象征。

这首是仄韵律体五绝。其标准式是：

仄仄平平仄，平平平仄仄。

平平仄仄平，仄仄平平仄。

因为失黏，所以三、四两句平仄有些变化。

唐 táng
·
苏 sū
颋 tǐng

fén shàng jīng qiū

汾上惊秋

[pəʔ] fōng chuī [pəʔ] yún wàn lǐ dù hó fén

北风吹白云，平文 万里渡河汾。平文

丨 — — 丨 — 丨 丨 丨 — —

xīn xǔ fóng yáo [loʔ] qiū shēng [pəʔ] kǒ wén

心绪逢摇落，秋声不可闻。平文

— 丨 — — 丨 — — 丨 丨 —

普通话

北 běi **风** fēng **白** bái **河** hé **绪** xù **逢** féng **落** luò **不** bù **可** kě

注释

河汾 黄河与汾水的并称。此处指汾水流入黄河的一段。**心绪** 指纷乱的思绪。**摇落** 凋谢，零落。宋玉《九辩》："悲哉秋之为气也，萧瑟兮（xí。普通话念阴平）草木摇落而变衰。"**秋声** 秋天刮西风，草木零落，多肃杀之声，称为秋声。

语译

走了万里路程，现在就要渡过河汾往南而去了。天上北风吹送白云，使人想起汉武帝《秋风辞》里的两句："秋风起兮白云飞……泛楼船兮济汾河。"我自己莫非也是一片任风吹远不能自主的孤云？要渡过河汾往南去，心绪本就很乱，又恰巧在此碰上"草木摇落而变衰"的季节，叫我怎能忍听肃杀的秋声呢！

提示

诗人于开元十一年（723）被调离朝廷，入蜀任长（zhǎng）史；开元十三年（725）才又调回京城。外放的原因不得而知。此诗大约就是在这外放的两年里的一个秋天渡河汾时作的。

一、二两句既是写实，又是化用汉武帝《秋风辞》里的诗句。是否寄寓着什么深意？很难说清。我们不妨只就写实一面去理解吧。

三、四两句方写“惊秋”，缴足题面。

这首小诗，境界阔大，风格苍凉。

蜀道后期
[ʂoʔ] dǎo hòu qí

唐 táng · 张 zhāng 说 [iɪʔ]

[k'əʔ] xīn zhēng [zəʔ] [yɪʔ] léi wǎng yù qí chéng
客心争日月，来往预期程。平庚
丨 — — 丨 丨 — 丨 丨 — —

qiū fōng [pəʔ] xiāng děi xiān zhì [loʔ] yáng chéng
秋风不相待，先至洛阳城。平庚
— — 丨 — 丨 — 丨 丨 — —

普通话

说 yuè **蜀** shǔ **道** dào **期** qī **客** kè **日** rì **月** yuè **来** lái **风** fēng **不** bù **待** dài **洛** luò

注释

蜀道后期 人还走在西川的路上，回乡的日期因此拖后。**客心** 旅外游子之心。**预** 预先规定或约定。**期程** 日期，路程。诗中偏指日期。

语译

旅外游子，哪个不归心似箭？办完事情定然想早些回家，似与时间赛跑。所以外出前总预先跟家人定下归家的日期。可叹我这次出差西川，拼命办事，可还是把预定的归家日期给延迟了。你瞧，我人还走在蜀道上，无情的秋风不肯等等我，竟先我去到洛阳城了。我误了归期，不知家里人会怎样思念我，怎样为我担忧呢！

提示

这是旅愁诗。

一般旅愁诗，抒写的是久留在外眷念家乡的情怀。此诗写的是一时误了归期的伤感。

第一联两句道出了古代游子普遍的心情。一个“争”字把游子的这种心情突现了出来。

第二联不明说误期的焦灼，却怨秋风无情，不肯稍待，竟先于诗人到达诗人家乡洛阳去了。这种写法，称为“背面敷粉”。

“敷粉”原是绘画术语。粉是白色颜料。古人画画，先在墨线打的画稿上加描粉笔，再将粉痕印在缣素（白色丝织物）上，然后在缣素上按粉痕落墨。文学上说“背面敷粉”，是指间接地描写或抒情的方法。

有时候，“背面敷粉”远比直接描写或直接抒情要生动得多，有味得多。

怪秋风，怪得太无理了，然而我们读来反觉得很妙，这就是古人说的“无理而妙”。

第三句“平平仄平仄”是“平平平仄仄”的变式。这一句与第二句失黏。

jǐng yà sì
静夜思

唐 táng · 李 lǐ 白 [pəʔ]

chuáng qián míng [yɪʔ] guāng yí shǐ dì shàng shuāng
床前明月光，平阳 疑是地上霜。平阳
— — — | — — | | | —

jǔ tóu wàng míng [yɪʔ] dī tóu sī gù xiāng
举头望明月，低头思故乡。平阳
| — | — | — — — | —

普通话

白 bái **静** jìng **夜** yè **思** sī **月** yuè **是** shì

注释

静夜思 乐府中的新乐府辞。思是名词，思绪，旧念去声。

语译

半夜醒来，迷迷糊糊，误把床前的月光当作了地上的白霜。时已入秋，月亮自然更加皎洁，我不由抬头望明月。今夜的明月也该是照亮着故乡的吧？这使我加倍地思念起我的故乡来了。

提示

这是即景思乡的小诗。

没有奇特的想象，没有华丽的辞藻，只是说些家常话（见到月光，想念家乡），是“信口而成”的。

但也讲究层次结构。一、二两句说初醒，三、四两句说大醒。一、二两句写由见而疑，三、四两句则写由举头望月而低头思乡。

这首是古体绝句。

秋浦歌 qiū pǔ gō

唐 táng · 李 lǐ 白 [pəʔ]

[pəʔ] [fəʔ] sān qiān zhǎng　yuán chóu sǐ gò cháng

白发三千丈，缘愁似个长。平阳

| | — — | 　— — | | —

[pəʔ] zhī míng jìng lǐ　hó chù [təʔ] qiū shuāng

不知明镜里，何处得秋霜？平阳

| — — | | 　— | | — —

普通话

白 bái **歌** gē **发** fà **丈** zhàng **似** sì **个** gè **不** bù **何** hé **得** dé

注释

秋浦 在今安徽池州。大约天宝十二年（753），李白漫游于此，写了组诗《秋浦歌十七首》。**缘** 由于，因为。**个** 这样，那样。**秋霜** 喻白发。

语译

照照镜子，不由大吃一惊：白发满头，三千丈长！怎么会这么长？不用说，这是因为我心中的忧愁就像白发那样长。道理似乎很明白，但我细想想，可又糊涂了：不知道映在明镜里的一头“秋霜”，究竟是从何处得来的呢？

提示

这是抒发悲愤的诗。

李白是有理想有抱负的人，可是天宝元年（742）刚被推荐入朝，不久就被权贵排挤了出来。写这首诗的时候，已经年过半百，他为理想落空而忧愁悲愤。

第一句写照镜发现头发全白了，但藏起照镜不说破，留给第三句去点明。

第二句写确认：确认白发三千丈是因为忧愁也有三千丈，揭出全诗主旨“愁”字。

三、四两句以“秋霜”喻白发，反说自己不明白一头“秋霜”从哪里得来。

一、二两句与三、四两句，看似矛盾，实际上一确认一疑惑，更显得心情悲愤。

这首诗似乎很好懂，但理解颇有分歧。有的选本在第二句后用问号，意思就变成：白发三千丈，是因为忧愁也有三千丈的缘故吧？但是古诗里像“缘愁似个长”这样没有疑问词的句子，只表陈述语气，没有表疑问语气的（用“肯”字等打头的句子，则往往表疑问。如杜甫“肯与邻翁相对饮”是问肯不肯，韩愈“肯将衰朽惜残年”的“肯”是表示“岂肯”）。虽然“诗无达诂”，但我们还得照顾到古人的句法。

白发不可能有三千丈长。“三千丈”是极度夸张。但不说“三千丈”，我们反倒觉得不够味，是不是？

唐 táng
·
陈 chén
子 zǐ
昂 áng

zèng qiáo shì yù
赠乔侍御

hàn tíng yíng qiǎo huàn yún [koʔ] [poʔ] biān gōng
汉廷荣巧宦，云阁薄边功。平东
| — — | | — | | — —

kě lián cōng mǎ shì [pəʔ] shǒu wèi shuí yóng
可怜骢马使，白首为谁雄？平东
| — — | | | | | — —

普通话

荣 róng **阁** gé **薄** bó **可** kě **使** shǐ **白** bái **雄** xióng

注释

乔侍御 乔知之，时任侍御史。侍御史，通常省称侍御。**汉廷** 汉朝朝廷。**荣** 使……显贵。**巧宦** 善于钻营的官吏。**云阁** 即云台。汉宫中高台名。汉明帝图画中兴功臣于此。**薄** 看轻。**边功** 战功，保卫边疆之功。**可怜** 可叹。**骢马使** 后汉时桓典为侍御史，是时宦官秉权，桓典常骑骢马（青白色的马），无所畏惧。侍御史常奉使出外执行指定任务，所以桓典被称作“骢马使”。这里借指乔知之。**为谁** 依靠什么。为，因为，依靠。谁，什么。**雄** 称雄，被人称扬。

语译

汉朝朝廷喜欢让善于钻营的官吏显贵，画在云阁里的功臣，也很少有战功卓著的。可叹您这位骢马使，就是到头白了，又能靠什么被人称扬呢？

提示

这首是赠人诗。

表面上说汉朝朝廷不好，其实是说唐朝朝廷不好。这叫“借汉说唐”。为什么说朝廷不好呢？因为朝廷“荣巧宦”，而且“薄边功”。诗为乔知之叹息，叹息他为官不讲“巧”，因此永无扬名之日。

第三句与第二句失黏。

答武陵太守

[təʔ] wǔ líng tèi shòu

唐 táng · 王 wáng 昌 chāng 龄 líng

zhàng jiàn xíng qiān lǐ， wéi qū gǎn [iɪʔ] yán

仗剑行千里，微躯敢一言。平元

｜ ｜ — — ｜ — — ｜ ｜ —

céng wéi dà liáng [k‘əʔ] [pəʔ] fǒu xìn líng ēn

曾为大梁客，不负信陵恩。平元

— — ｜ — ｜ ｜ ｜ ｜ — —

普通话

答 dá 太 tài 守 shǒu 微 wēi 一 yì 客 kè 不 bú 负 fù

注释

武陵 唐朝朗州，汉时称武陵郡。这里借用古称。**太守** 州的最高行政长官，唐朝时一般称刺史（唐玄宗时曾改称太守）。即使其人当时任刺史，也可称他为“太守”。**仗剑** 持剑。**微躯** 微贱之躯。谦称自己，犹“鄙人”。**一言** 一句话。**大梁客** 自比战国时信陵君的门客侯嬴。大梁，战国时魏国都城，在今河南开封。**信陵** 魏公子无忌封信陵君。此处用以比武陵太守。

语译

我也曾仗剑行千里，鄙人敢奉上一句话：既然曾为大梁门客，当然就不会辜负信陵君的大恩！

提示

武陵太守写了一首诗赠给王昌龄，王昌龄写了这首诗答赠。武陵太守的赠诗说些什么，不得而知。王昌龄的答诗，则像是在表忠心。古人重忠义，可以理解。

第三句是“平平平仄仄”的变式。

平水韵上平声十三元，是合并《广韵》二十二元、二十三魂、二十四痕三个韵的。在过去，元、魂、痕三韵的读音是相近的，但后来差别就大了。今天的普通话，元念 yuán，魂念 hún，痕念 hén。魂与痕的韵还相近，但魂、痕与元就不同了。这给读古人的诗带来点麻烦。好在出现这种情况的诗极个别，不常见。

唐 táng
·
岑 cén
参 shēn

xíng jūn jiǔ [zəʔ] sī cháng ān gù yuán
行军九日思长安故园

qiáng [ioʔ] dēng gāo qù wú rén sòng jiǔ lái
强欲登高去，无人送酒来。平灰
— | — — | — — | | —

yáo lián gù yuán [tɕioʔ] yīng bàng zhàn cháng kēi
遥怜故园菊，应傍战场开。平灰
— — | — | — | | — —

普通话

日 rì **欲** yù **来** lái **菊** jú **开** kāi

注释

九日 农历九月初九，即重阳节（古人称奇数为阳，偶数为阴。九月九日是两个奇数相重，故称重阳）。重阳节这天，习俗要登高、饮酒、赏菊。**强** 甚，很。**怜** 怜惜。**故园** 指诗人在长安的住宅。岑参是江陵人，但久居长安。**应** 想必（料想理当如此）。注意：不作“应该”“应当”解。

语译

今天是九月九日重阳佳节，我很想去登高，可是正在行军途中，谁会给我送酒来呢？没有酒，登高又有什么意思呢？（这使我想起了东晋的陶渊明，重阳节他正为无酒而愁呢，恰巧王弘派人给他送去了好酒！）我在这里，隔着遥远的路程，怜惜故园的菊花开不逢时！唉，故园的菊花，想必正傍着血肉纷飞的长安战场在寂寞而痛苦地绽开花苞吧？我家里的亲人们是否平安呢？长安的父老兄弟们又怎样呢？

提示

这是思乡诗。九月九日有全家登高的习俗，而岑参行军在外，所以自然要思家思乡。这首诗的原注说："时未收长安。"755 年安禄山起兵叛乱，756 年攻陷长安，757 年官军才收复长安。这首诗作于"未收长安"时的某个重阳节。

想象故园菊傍着战场开，这就使这首诗超出了一般佳节思乡的主题。它表示了诗人对安史叛军的痛恨和对长安人民遭受兵祸的同情。

借"怜菊"生发，耐人寻味。

第三句是"平平平仄仄"的变式。

婕妤怨

[tɕiɪʔ] yú yuàn

唐 táng · 皇 huáng 甫 fǔ 冉 rǎn

huā zhī [tʂ'əʔ] jiàn zhāng　fòng guǎn [fəʔ] zhāo yáng

花枝出建章，平阳 凤管发昭阳。平阳

— — | | —　| | | — —

jià wèn chéng ēn zhǎ　shuāng ó jǐ xǔ cháng

借问承恩者，双蛾几许长？平阳

| | — — |　— — | | —

普通话

婕 jié **出** chū **凤** fèng **发** fā **借** jiè **者** zhě **蛾** é

注释

婕妤怨 乐府曲名。婕妤，宫中女官名。班固的姑祖母班婕妤，初被汉成帝宠爱，后来成帝去宠爱赵飞燕姊妹了，班婕妤作《纨扇诗》抒发悲伤之情。后人因作《婕妤怨》曲。**花枝** 喻得宠的嫔妃。**建章** 汉宫名。**凤管** 即笙，一种吹奏乐器。这里指笙箫鼓乐。**昭阳** 汉宫殿名。**借问** 向人询问。**承恩** 受皇帝宠爱。**双蛾** 指女子两根细长的眉毛。古代女子以眉毛细长为美。**几许** 多少。

语译

打扮得像花枝一样的女子，随着凤管声一会儿从建章宫出来，一会儿又从昭阳殿出来。请问：这位受皇上宠爱的嫔妃，她的双蛾有多长？

提示

这首是借用乐府旧题为诗题的诗，其内容则写宫女的怨情。

就诗题言，这首诗是“乐府旧题诗”；就内容言，则是“宫怨诗”。

开头两句，是说“花枝在凤管声中出建章，花枝又在凤管声中发昭阳”。但受字数限制，上句省“凤管”，下句省“花枝”。错杂使用文字，两句意思互补，这样的写法，叫作“互文见义”。互，就是错杂。见义，就是表达意思。

唐 táng
·
朱 zhū
放 fàng

tí [tʂoʔ] lín sì

题竹林寺

suì [yɪʔ] rén jiān [ts'oʔ] yān xiá cǐ dì duō
岁月人间促，烟霞此地多。平歌
| | — — | — — | | —

yīn qín [tʂoʔ] lín sì gèng [təʔ] jǐ huí guō
殷勤竹林寺，更得几回过？平歌
— — | — | | | | — —

普通话

竹 zhú **月** yuè **促** cù **得** dé **过** guò

注释

促 短促。**烟霞** 美好的山水景物。**此地** 指竹林寺内。**殷勤** 犹“多谢”（参见王锳的《诗词曲语辞例释》。以后出现只列书名）。**更得** 岂能。**过** 经过义，平去二读。

语译

人间岁月短促，这里烟霞很多。多谢竹林寺，让我大饱眼福！只可惜人生苦短，还能来此地观赏几回啊？

提示

这首是题壁诗。游过竹林寺，题诗一首而去。

开头两句将“岁月促”与“烟霞多”作对比，既赞美寺中景物好，又感慨人生太短暂。

第三句一转，转为感谢竹林寺让自己一饱眼福。末句又感慨人生短暂了。

全国有许多叫竹林寺的寺庙。朱放在大历年间做过江西节度参谋，所以他游的这个竹林寺，很可能是庐山仙人洞旁边的那一个。

唐 táng · 戴 dèi 叔 [ʂoʔ] 伦 lún

三闾庙
sān lǘ miào

yuán xiāng liú [pəʔ] jǐn [tɕʻyɪʔ] zǐ yuàn hó shēn

沅湘流不尽，屈子怨何深！平侵

— — — | | | | | — —

[zəʔ] mù qiū fōng qǐ xiāo xiāo fōng shù lín

日暮秋风起，萧萧枫树林。平侵

| | — — | — — — | —

普通话

戴 dài **叔** shū **不** bú **尽** jìn **屈** qū **何** hé **日** rì **风** fēng **枫** fēng

注释

三闾庙 奉祀屈原的庙宇。屈原曾任三闾大夫（掌楚王族昭、屈、景三姓）。庙在汨罗县境内。**沅湘** 沅水和湘水。沅水，发源于贵州，流入湖南。湘水，发源于广西，流入湖南。沅湘是屈原诗篇中经常提到的两条河流。**秋风起** 《九歌·湘夫人》："袅袅（袅袅，形容风的微细）兮秋风，洞庭波（起波）兮木叶（树叶）下（飘落）。”**枫树林**《招魂》（相传为屈原所作）：“湛湛（湛湛，形容清澈）江水兮上有枫，目极千里兮伤春心。魂兮归来哀江南！”

语译

沅水湘水啊，流不完屈子的怨恨。屈子的怨恨堆积得多么深厚啊！三闾庙边，又是夕阳西坠的时候了，袅袅的秋风又吹起来了，枫树林发出一片萧萧之声，似乎在呼唤着“魂兮归来”。

提示

这是吊古诗。凭吊三闾庙，感慨屈原“信（真诚）而见（被）疑，忠而被谤”，终究含怨而死。

一、二两句明写“怨”。三、四两句则把“怨”字藏起来写。

表面看，三、四两句只是写眼前见到的三闾庙周围的景色：日暮，风起（是秋风），枫林萧萧。但因为巧妙地化用了《招魂》的诗句（这些诗句是写凄清之景、悲伤之情的），所以富于暗示性，使读者透过此景，不能不生出哀情来。

历来诗论家都赞赏小诗“以景结情”的写法。结尾写景，而情寓景中，确实韵味悠长。

唐 táng
·
骆 [loʔ]
宾 bīn
王 wáng

[iɪʔ] shuǐ sòng [piɪʔ]

易水送别

cǐ dì [piɪʔ] yān dān zhuàng shì [fəʔ] chōng guān
此地别燕丹，平寒 壮士发冲冠。平寒
| | | — — | | | — —

[ɕiɪʔ] shí rén yǐ [məʔ] jīn [zəʔ] shuǐ yóu hán
昔时人已没，今日水犹寒。平寒
| — — | | — | | — —

普通话

骆 luò **易** yì **别** bié **士** shì **发** fà **昔** xī **没** mò **日** rì

注释

易水 河名，在河北。**别燕丹** 战国末年，荆轲为燕太子丹复仇，要入秦廷用匕首胁迫秦王归还侵占之地。太子丹和高渐离等人穿丧服相送于易水。

语译

当年，壮士荆轲就是在这里告别燕太子丹的。临别，他高歌“风萧萧兮易水寒，壮士一去兮不复还”，激昂慷慨，怒发冲冠。唉，当时的英雄早已不在了，但我的朋友啊，你看，这易水到今天也还那么寒冷呢！

提示

一般送别诗都叙依依惜别之情，但这首诗对此竟一字不提，很特别。

武则天在永徽六年（655）被立为皇后，即代决政事，进而掌握了国政。

高宗死，武则天废黜中宗、睿宗，天授元年（690）称帝，改国号为周。当时有许多人对她篡夺李家天下很为不满。骆宾王就是其中的一人。他期待时机，要为匡复李唐王朝干一番事业。恰巧他在易水边给朋友送行，面对着一河寒水，自然就想起了荆轲的故事。昔日燕太子丹在这里送别将赴秦廷去行刺暴君秦王的荆轲，今日骆宾王也在这里送别朋友。可见诗人是把这位朋友视为荆轲一流的壮士的。虽不知这位朋友是谁，但可知他必是跟骆宾王一样的志在推翻武则天统治的男儿。

第二联用了对仗。前句收住第一联两句的“怀古”，后句则转出“慨今”的意思。今日还是“风萧萧兮易水寒”啊，但不知何日方能高举义旗，匡复李唐王室！

这首诗悲壮而沉郁。

liú lú qín qīng

留卢秦卿

唐 táng · 司 sī 空 kōng 曙 shù

zhī yǒu qián qí zài, nán fēn cǐ yè zhōng.

知有前期在，难分此夜中。平东

— | — — | — — | | —

wú jiāng gù rén jiǔ, [pəʔ] [tɕiɪʔ] [ʂəʔ] yóu fēng

无将故人酒，不及石尤风。平东

— — | — | | | | — —

普通话

曙 shǔ **期** qī **在** zài **夜** yè **不** bù **及** jí **石** shí **风** fēng

注释

留卢秦卿 留，挽留。**前期** 预先约定的后会之期。**无将** 别以为（《诗词曲语辞例释》）。**石尤风** 顶头逆风。相传有石家女嫁给尤家，丈夫经商远行，一去不回。妻思念成疾，临死说："以后有商人远行，我就化作大风，为天下女人阻止丈夫外出。"从此称顶头逆风为石尤风。

语译

我知道已有后会之约，但此夜还是难分难舍，你还是留下吧。你不要以为老朋友的酒，还不如石尤风啊！

提示

一本诗题作《别卢秦卿》。从诗的内容来看，用"留"字为是。

好朋友要走了，虽然已约定后会之期，却还是舍不得他走，因此写一首诗挽留他。这叫留客诗。

第三句是"平平平仄仄"的变式。这种变式，唐宋人很喜欢用，考试也允许。

宋 sòng
·
太 tèi
上 shàng
隐 yǐn
者 zhǎ

[təʔ] rén

答人

ǒu lái sōng shù xiǎ gāo zhèn [ʂəʔ] tóu mián
偶来松树下，高枕石头眠。平先
| — — | | — | | — —

shān zhōng wú [liɪʔ] [zəʔ] hán jǐn [pəʔ] zhī nián
山中无历日，寒尽不知年。平先
— — — | | — | | — —

普通话

太 tài **者** zhě **答** dá **来** lái **下** xià **枕** zhěn **石** shí **历** lì **日** rì **尽** jìn **不** bù

注释

太上隐者 不知姓名。“太上”二字含有“上圣之人”和“远古时期”两种意思。《全唐诗》把他当作唐朝人，据考证，实是北宋人。**历日** 历书。跟今天的日历作用类似。

语译

我是偶然来到这里的，见松树下有石头，便高枕而眠。我住在山里，山里没有历书，只感觉到又一个寒冬过尽了，却不知现在是何年，现今是何世。

提示

题为“答人”，自然是答人所问。从诗句看，当有二问：你怎么高眠于此？你可知道现在是什么时候？

“偶来”二字，写得行踪缥缈。“高枕”二字更表现其人的心情恬淡。“松树”“石头”，也衬托出他是个真正的隐者。

“山中”点明是他的游玩住宿之所。只知冬去春来，却不问何年何月，也不管谁做皇帝，更见他的出尘离俗。

我们今天读这首诗，不妨撇开隐居这个问题，单单欣赏诗人与大自然的相处融洽吧。

七绝

卷头语

1

每句七个字的诗叫“七言诗”。四句一首的七言诗叫“七言绝句”，简称“七绝”。

七绝比五绝，每句增加一节。因为增加在“头节”前，所以称为“顶节”。

顶节上字，平仄随便；顶节下字，平仄要求严格。

七绝也只有四种律句：

平平——/仄仄/平平——/仄

仄仄/平平——/仄仄/平——

仄仄/平平——/平仄/仄

平平——/仄仄/仄平——/平——

2

五绝，唐朝以前就有；七绝，唐朝才开始有。唐宋以来的五绝，有相当多的是古绝；但七绝，除个别特例外，一般都是律绝（律体绝句），而且都是押平韵的。

七绝也根据首句第二字和首句末字的平仄，分为四种形式：

（甲）仄起仄收式

仄仄 / 平平——/ 平仄 / 仄

平平——/ 仄仄 / 仄平——/ 平——

平平——/ 仄仄 / 平平——/ 仄

仄仄 / 平平——/ 仄仄 / 平——

（乙）平起仄收式

平平——/ 仄仄 / 平平——/ 仄

仄仄 / 平平——/ 仄仄 / 平——

仄仄 / 平平——/ 平仄 / 仄

平平——/ 仄仄 / 仄平——/ 平——

（丙）仄起平收式

仄仄 / 平平——/ 仄仄 / 平——

平平——/ 仄仄 / 仄平——/ 平——

平平——/ 仄仄 / 平平——/ 仄

仄仄 / 平平——/ 仄仄 / 平——

（丁）平起平收式

平平——/ 仄仄 / 仄平——/ 平——

仄仄 / 平平——/ 仄仄 / 平——

仄仄 / 平平——/ 平仄 / 仄

平平——/ 仄仄 / 仄平——/ 平——

甲、乙两式押两个韵脚，丙、丁两式押三个韵脚。

3

一句四节，“平平——/ 仄仄 / 平平——/ 仄”，第二字平，第四字仄，第六字平，第七字仄，这叫“平仄相间（jiàn）”。“仄仄 / 平平——/ 仄仄 / 平——”，也是节奏点平仄相间的。

“仄仄 / 平平——/ 平仄 / 仄”和“平平——/ 仄仄 / 仄平——/ 平——”，因为要服从全篇安排，腹节下字与脚节不能平仄相反，但顶节、头节与腹节，它们的下字（节奏点）还是平仄相间的。

这叫“一句之内，平仄相间”。一句之内，平仄相间，就形成这一句的时抑时扬的音乐性。

4

两句称为“一联”。一首绝句只有四句，因此只有两联。前两句叫“前联”，后两句叫“后联”。

每一联的上句叫“出句”，下句叫“对句”。

就每一联来看，除脚节外，出句的节奏点与对句的节奏点，平仄相反。这叫“一联之内，平仄相对”。一联之内，平仄相对，就形成了这一联的音乐性。

后联的出句与前联的对句，除脚节外，其他三节的节奏点平仄相同，叫“黏”。它把后联跟前联黏住了。这叫“两联之间，平仄相黏”。

有了黏，四句诗方才能呈现出一个完整的音乐结构。

5

违反“一联之内，平仄相对”原则的，叫“失对”。意思是在“对”这方面有所失。

违反“两联之间，平仄相黏”原则的，叫“失黏”。意思是在“黏”这方面有所失。

初唐、盛唐的诗人，还不怎么讲究“对”和“黏”，他们的诗，失对、失黏是常见的。后来的诗人，就渐渐重视这两个原则了。但是，宋元明清的诗人，为了模仿初盛唐诗，有时也故意失对或失黏。

宋 sòng · 程 chéng 颢 hǎo

chūn [zəʔ] ǒu chéng

春日偶成

yún dàn fēng qīng jìn wǔ tiān， bàng huā suí liǔ guò qián chuān。

云淡风轻近午天，平先 傍花随柳过前川。平先

— | — — | | — | — — | | — —

páng rén [pəʔ] [ʂəʔ] yú xīn [loʔ]， jiāng wèi tōu xián [ɕyɪʔ] shào nián。

旁人不识余心乐，将谓偷闲学少年。平先

— — | | — — | — | — — | | —

普通话

颢 hào **日** rì **风** fēng **不** bù **识** shí **乐** lè **学** xué

注释

偶成 将遇见的事物或情景写成诗篇。偶，遇也。**天** 天气，时候。**傍花随柳** 形容春游之乐。傍，挨着。**川** 河流。**旁人** 一作“时人”（时人：当时的人）。**将谓** 以为。**偷闲** 忙中取闲。

语译

云淡淡的，风轻轻的，正是接近中午的时候，我傍花随柳走过前面的小河。别人不知道我心里快乐，还以为我是学年轻人偷闲出来游玩呢！

提示

作者大概当时想通了什么哲学问题，心里快乐，便出门信步走走。春天是农忙季节，因此引起别人误会。写别人误会，既有趣，又有味。

宋·朱熹 sòng zhū xī

春日

chūn [zəʔ]

shèng [zəʔ] xún fāng sì shuǐ bīn，wú biān guāng jǐng [iɪʔ] shí xīn。

胜日寻芳泗水滨，平真 无边光景一时新。平真

| | — — | | — — — — | | | — —

děng xián [səʔ] [təʔ] dōng fōng miàn，wàn zǐ qiān hóng zǒng shǐ chūn。

等闲识得东风面，万紫千红总是春。平真

| — | | — — | | | — — | | —

普通话

日 rì **一** yì **识** shí **得** dé **风** fēng **是** shì

注释

胜日 好日子。指晴天。**寻芳** 寻花，寻春。**泗水** 古时泗水和洙（zhū）水从今山东泗水县北合流而下，至曲阜东北，又分为二水，洙水在北，泗水在南。孔子曾在洙、泗之间教授弟子。诗中所说的“泗水滨”，即指洙、泗之间，以比喻孔子教授弟子的诗书和学说。**光景** 风光景物。**一时** 同时，一同。**等闲** 轻易。**东风面** 东风的面貌。即指东风。**总是** 全是，都是。

语译

趁天晴，到泗水边去寻花探春。一到那里，感觉无边的风光景物同时显得新鲜美好。啊，我可就轻易地认识东风了：只要它一吹，大地便万紫千红，处处都春意盎然了。

提示

这首诗借写游春来鼓励弟子学习儒家著作。

朱熹所处的南宋，泗水一带沦于金人之手，朱熹一生未曾北上。说“寻芳泗水滨”，只是打比喻。“识得东风面”也是打比喻，是说认识了孔子“仁”的学说，心中有了“仁”，便生意盎然，活得有精神也有意义了。

宋 sòng · 苏 sū 轼 [ʂəʔ]

春宵 chūn xiāo

chūn xiāo [iɪʔ] [k'əʔ] [tʂəʔ] qiān jīn, huā yǒu qīng xiāng [yɪʔ] yǒu yīn
春宵一刻值千金，平仄 花有清香月有阴。平仄
— — | | | — —　— | — — | | —

gō guǎn lóu téi shēng xì xì, qiū qiān yuàn [loʔ] yà chén chén
歌管楼台声细细，秋千院落夜沉沉。平仄
— | — — — | |　— — | | | — —

普通话

轼 shì **一** yí **刻** kè **值** zhí **月** yuè **歌** gē **台** tái **落** luò **夜** yè

注释

宵 夜。**一刻** 指很短的时间。古代一般分一昼夜为一百刻，也有分为一百二十刻或九十六刻的。**月有阴** 指月光下，花木、房屋等映在地上的

影子。**歌管** 指唱歌奏乐。管，箫笛一类的管乐器，这里指奏乐。**秋千** 一种传统游戏。在架上悬挂两根绳子，下系横板，人在板上或立或坐，两手握绳，身体向空中摆动。**院落** 院子，庭院。**沉沉** 形容夜深。

语译

春宵一刻，贵值千金，花有清香，月光下有花木的清影。楼台上唱歌奏乐，传出细细的声音；院子里还有人在荡秋千，虽然夜已深沉。

提示

首句赞美春宵，说它“一刻值千金”；次句勾勒花香月影，描写春宵之美。三、四两句写春宵里的活动，显示人们对春宵的珍惜。

末句只说“夜沉沉”，没写“荡秋千”。但首句既说“一刻值千金”，可以想见末句是写“荡秋千”的。这叫“不写之写”。

诗题是“春宵”，首句即说春宵如何，这是开篇擒题的写法。

城东早春

chéngdōng zǎo chūn

唐 táng · 杨 yáng 巨 jǔ 源 yuán

shī jiā qīng jǐng zěi xīn chūn [loʔ] liǔ cái huáng bàn wèi yún

诗家清景在新春，平真 绿柳才黄半未匀。平真

— — — | | — — | | — — | | —

[zoʔ] děi shàng lín huā sǐ jǐn [tʂʻəʔ] mén jū shǐ kàn huā rén

若待上林花似锦，出门俱是看花人。平真

| | | — — | | | — — | | — —

普通话

巨 jù **在** zài **绿** lǜ **才** cái **若** ruò **待** dài **似** sì **出** chū **俱** jù **是** shì

注释

城东 指唐代京城长安的东门外边。**诗家** 诗人。**清景** 清新的景色。**新春** 早春。**绿柳** 早春柳树还没有绿，这里泛指柳树。**黄** 早春柳条上爆出些米粒大的嫩芽，如眼睛，称为“柳眼”，柳眼呈嫩黄色。**半未匀** 谓柳条上只有一半显出嫩黄色，嫩黄色还没有分布均匀。**上林** 秦、汉时的皇家园林，在今西安市附近。诗里借指唐时的皇家园林。

语译

诗人欣赏的清新景色只在早春之中，那时柳条才一半儿显出嫩黄色，柳眼分布尚未均匀。如果等到上林苑里花开似锦，那就满城都是出门看花的人了，还有什么清新景色呢？

提示

这首诗对比春天的两种景象：一种是“绿柳才黄半未匀”的清新之景，一种是繁花似锦的秾丽之景。诗人欣赏清新之景，俗人喜欢秾丽之景。

“诗家清景在新春”，标准格式是“平平仄仄仄平平”，头节上字不是节奏点，所以可以用平声字“清”。

夜直

yà [tʂəʔ]

宋·王安石

sòng · wáng ān [ʂəʔ]

jīn lú xiāng jìn lòu shēng cán, jiǎn jiǎn qīng fēng zhèn zhèn hán.

金炉香烬漏声残，平寒 翦翦轻风阵阵寒。平寒

— — — | | — — | | — — | | —

chūn [səʔ] nǎo rén mián [pəʔ] [təʔ], [yɪʔ] yí huā yǐng shǎng lán gān.

春色恼人眠不得，月移花影上栏干。平寒

— | | — — | | | — — | | — —

普通话

石 shí **夜** yè **直** zhí **风** fēng **色** sè **不** bù **得** dé **月** yuè **上** shàng

注释

夜直 值夜班（直通“值”）。宋代制度，翰林学士每夜轮流一人在翰林学士院值班住宿。**金炉** 铜制香炉的美称。**烬** 烧为灰烬，作动词用。**漏**

声残 漏声将尽。谓夜已深。漏声，铜壶滴漏之声。古代用铜壶滴漏来计时。残，将尽也。**翦翦** 形容风削在脸上。**恼** 引逗，撩拨。

语译

金炉里的香已烧成灰烬，铜壶滴漏的声响也快断了。走出房去，轻风翦翦地削过我的脸，让人感到阵阵寒意。回到房里，想睡会儿，可是春色撩拨得人怎么也睡不着。抬头看窗外，但见月光已把花影移上栏干来了。

提示

熙宁元年（1068）初春，有一夜王安石在翰林学士院值班住宿，写下了这首七绝。那时宋神宗已决定采纳他实行新法的建议了，所以这夜值班住宿，兴奋得不能成眠。因为兴奋，所以不能成眠，却推说“春色恼人”。

末句“月移花影上栏干”，既点明“春色恼人”，又含有“花好月圆”的喻意。

初春小雨
chū chūn xiǎo yǔ

唐 táng · 韩 hán 愈 yǔ

tiān jiā xiǎo yǔ rùn rú sū cǎo [səʔ] yáo kān jìn [tɕʻioʔ] wú

天街小雨润如酥，平虞 草色遥看近却无。平虞

— — | | | — — | | — — | | —

zuì shì [iɪʔ] nián chūn hǎo chù [tɕiɪʔ] shèng yān liǔ mǎn huáng dū

最是一年春好处，绝胜烟柳满皇都。平虞

| | | — — | | | ? — | | — —

普通话

愈 yù **街** jiē **色** sè **看** kàn **却** què **是** shì **一** yì **绝** jué

注释

诗题 一作《早春呈水部张十八员外》。张十八就是诗人张籍。他在同祖父的弟兄中排行十八，所以称他“张十八”。张籍当时任水部员外郎。**天街** 皇城里的街道。**酥** 酥油，奶油。**最是** 正是。**处** 时。**烟柳** 笼在烟雾中的杨柳。**皇都** 皇城。这里指长安。

语译

像酥油一样滋润的小雨落在皇城的街道上，砖石缝里钻出了一些春草芽儿。从远处看，因为连成一片，可以看到淡淡的草色；走近看，还是零零星星的，就看不见了。这正是一年之中春光最好的时候，远远胜过满皇城都是绿柳笼在烟雾里的景象。

提示

“草色遥看近却无”是“草色遥看有，近看却无”的省略。这句诗抓住了早春之魂，是古今咏早春诗篇里的绝妙佳句。

这首平起平收式的七绝，末句格式应是“平平仄仄仄平平”。但“胜”字却是仄声。胜，胜过、战胜义念去声；在“力能胜任”“不可胜数”里念平声。可能诗人在写这首诗时，一时疏忽，把“胜过”的“胜”误念平声了。后人写诗，用到“绝胜”两字时，也把“胜”读作平声，这是因循，不可取。

宋 sòng
·
王 wáng
安 ān
石 [ʂəʔ]

yuán [zəʔ]

元日

bào [tʂoʔ] shēng zhōng [iɪʔ] suì chú chūn fēng sòng nuǎn [zəʔ] tú sū

爆竹声中一岁除，平鱼 春风送暖入屠苏。平虞

丨丨——丨丨— ——丨丨丨——

qiān mén wàn hù tóng tóng [zəʔ] zǒng bǎ xīn táo huàn jiù fú

千门万户曈曈日，总把新桃换旧符。平虞

——丨丨——丨 丨丨——丨丨—

普通话

石 shí **日** rì **竹** zhú **一** yí **风** fēng **入** rù **户** hù

注释

元日 农历正月初一。**除** 尽，指光阴过去了。本念去声 zhù（《广韵》迟倨切），作者误为平声（《广韵》直鱼切）。**屠苏** 一种药酒。古代有正月初一合家饮屠苏酒的风俗，认为可避瘟疫。**曈曈** 太阳初出渐渐明亮的样子。**总** 全都。**把新桃换旧符** 是“把新桃符换下旧桃符”的省略说法。桃符，是画着两个门神（或写二神名）的桃木板。古人认为可以驱鬼辟邪，故于元旦悬于门户。后来改为在桃木板上书写联语，再后来改书于纸，演变为春联。诗里的桃符，应指春联。

语译

爆竹声中一年过去了，春风把温暖送入屠苏酒里。新升的太阳渐渐明

亮起来的时候，千门万户都在拿新桃符换下旧桃符哩！

提示

这首七绝写风俗：除夕将尽燃爆竹，春节（就是“元日”）早上换门联，然后合家饮屠苏酒。

这首是仄起平收式的。

宋 sòng · 苏 sū 轼 [ʂəʔ]

shàng yuán shì yàn
上元侍宴

dàn [yɪʔ] shū xīng rǎo jiàn zhāng，xiān fēng chuī xià yù lú xiāng。
淡月疏星绕建章，（平阳）仙风吹下御炉香。（平阳）
| | — — | | —　— — — | | — —

shì chén [xoʔ] [liɪʔ] tōng míng diàn，[iɪʔ] duǒ hóng yún fǒng [ioʔ] huáng。
侍臣鹄立通明殿，一朵红云捧玉皇。（平阳）
| — | | — — |　| | — — | | |

普通话

轼 shì **月** yuè **绕** rào **风** fēng **鹄** hú **立** lì **一** yì **捧** pěng **玉** yù

注释

上元 旧称农历正月十五为上元节，七月十五为中元节，十月十五为下元节。上元节又称元宵节。**侍宴** 陪皇帝宴饮。**建章** 汉代宫殿名。借指宋代宫殿。**仙风** 把皇帝比作玉皇大帝，所以把皇宫里的风称作“仙风”。**御炉** 皇宫里用的香炉。旧时与皇帝有关的东西都加“御”字。**侍臣** 指侍宴的臣子们。**鹄** 天鹅。**通明殿** 传说中玉皇大帝的宫殿名。这里借指宋代宫殿。**一朵红云** 指穿红衣的一群宫女。**捧** 簇拥。捧，《广韵》敷奉切。**玉皇** 借指当时宋朝的皇帝。

语译

淡月疏星围绕着建章宫，仙风时时地把御炉里点燃着的御香的香气吹送下来。侍宴的大臣们个个像天鹅一样站立在通明殿里等待入席，忽然见一朵红云似的一群宫女簇拥着皇上出来了。

提示

这首诗没有多少意思，只是我们可以借知从前大臣侍宴的情景，长点历史知识。

[liɪʔ] chūn ǒu chéng

立春偶成

宋 sòng · 张 zhāng 栻 [ʂəʔ]

[liɪʔ] huí suì wǎn bīng shuāng shǎo chūn dào rén jiān cǎo [moʔ] zhī

律回岁晚冰霜少，春到人间草木知。平支

| — | | — — | — | — — | | —

biàn [tɕyɪʔ] yǎn qián shēng yì mǎn dōng fōng chuī shuǐ [loʔ] cēn cī

便觉眼前生意满，东风吹水绿参差。平支

| | | — — | | — — — | | — —

普通话

栻 shì **立** lì **律** lǜ **木** mù **觉** jué **风** fēng **绿** lǜ

注释

立春 节气名。我国习惯上以立春为春季的开始。**偶成** 见前《春日偶成》注。**律回岁晚** 谓腊月（农历十二月）里立春。古乐有十二个调，六调称“律”，六调称“吕”。十二个调与十二个月相配，正月、三月、五月、七月、九月和十一月也称“律”，二月、四月、六月、八月、十月、十二月也称“吕”。律为阳，吕为阴。农历十二月是“岁晚”（年末）之时，本属阴吕，但如果立春就在腊月里，那就是阳律赶在阴吕的十二月还未过尽就提前回来了，这就叫“律回岁晚”。**生意** 生机，富有生命力的气象。**绿参差** 谓绿波荡漾。参差，高低不齐。

语译

腊月里就立春了，一立春，冰霜一下子就少了许多。春回人间是草木最先感觉到的。出门走走，立即觉得眼前生机勃勃。瞧，东风吹过水面，那水面上就荡起了阵阵绿波。

提示

有在正月里立春的，也有在腊月里就立春的。这首诗写腊月立春，也就是写“春来早”。

“春到人间草木知”一句极有诗味。草木本是没有知觉的，但春气一动，它们就返青爆芽了，倒像是有知觉的一般呢！

宋 sòng
·
晁 cháo
说 [iɪʔ]
之 zhī

děng qiú tú
打球图

chāng [xaʔ] qiān mén wàn hǔ kēi sān láng chén zuì děng qiú huí
阊阖千门万户开，平灰 三郎沉醉打球回。平灰
— | — — | | — — — — | | — —

jiǔ líng yǐ lǎo hán xiū sǐ wú fòu míng zhāo jiàn shù léi
九龄已老韩休死，无复明朝谏疏来。平灰
| — | | — — | — | — — | | —

普通话

说 yuè **打** dǎ **阖** hé **户** hù **开** kāi **复** fù **疏** shū **来** lái

注释

打球图 指《唐明皇打球图》。打球，指打马球。打马球是盛行于唐宋时期驰马挥竿击球的游戏，又叫“击鞠”。**阊阖** 传说“天门”叫阊阖。这里借指皇宫。**三郎** 唐明皇（唐玄宗）李隆基小名。李隆基是李旦第三子。**九龄** 张九龄，做过玄宗宰相，极言皇帝得失，后被李林甫诬陷罢相。**韩休** 也做过玄宗宰相。性耿直，玄宗每有过失，就上书切谏。**谏疏** 进言规劝的奏章。

语译

皇宫里千门万户都打开，原来是三郎打罢马球又吃得酩酊大醉回来了。反正敢于进谏的张九龄和韩休，一个已老，一个已死，明天早朝（cháo）

是不会再有谏疏呈上来的。

提示

晁说之看到一幅《唐明皇打球图》，就在后面题了这首诗。这种诗叫“题画诗”。

唐玄宗前期励精图治，从谏如流，其开元之治可比于唐太宗的贞观（guàn）之治；但改元天宝以后，渐渐耽于娱乐，游戏荒政，遂致安史之乱。诗人讽刺唐玄宗，有其现实意义，他是经历了北宋灭亡的。

宫词 (gōng cí)

唐 táng · 王 wáng 建 jiàn

jīn diàn dāng tóu zǐ [koʔ] chóng, xiān rén zhǎng shàng [ioʔ] fú yóng.

金殿当头紫阁重，平冬 仙人掌上玉芙蓉。平冬

— | — — | | — — — | | | — —

tèi píng tiān zǐ cháo yuán [zəʔ], wǔ [səʔ] yún chā jià [loʔ] lóng.

太平天子朝元日，五色云车驾六龙。平冬

| — — | — — | | | — — | | —

普通话

阁 gé 玉 yù 蓉 róng 太 tài 日 rì 色 sè 车 chē 六 liù

注释

宫词 以宫廷生活为题材的诗。王建作有宫词一百首。**金殿** 指华清宫的一座宫殿。**当头** 前头，前面。**紫阁** 神仙所居的楼阁。这里指供（gòng）奉老子的朝（cháo）元阁。朝元阁在骊（lí）山下的华清宫中。**仙人** 朝元阁有铜铸仙人，手掌上托着雕刻成芙蓉状的玉杯。据说吃了积在玉杯里的露水可以长寿。**太平天子** 太平时代的天子。**朝元** 唐高宗追号老子为太上玄元皇帝，“朝元”就是朝拜太上玄元皇帝。**五色云车** 绘饰五色云彩的车子。**六龙** 六匹骏马。天子车驾用六马。

语译

骊山下，一座金殿前头是屋子层层叠叠的紫阁（朝元阁）。紫阁之中，有铜铸的仙人，仙人手掌上托着一个雕刻成芙蓉花状的玉杯。每到太平天子朝拜太上玄元皇帝的日子，天子就坐上五色云车去，五色云车是六龙拉着的。

提示

道家老子李耳姓李，唐朝皇帝也姓李，唐朝皇帝就认李耳为祖宗，崇奉道教，建朝元阁，按时朝拜。

这首宫词就是写皇帝“朝元”的。

宋 sòng · 夏 xiǎ 竦 sǒng

tíng shì
廷试

diàn shàng gǔn yī míng [zə̯ʔ] [yɪʔ] yàn zhōng qí yǐng dǒng lóng shá
殿上衮衣明日月，砚中旗影动龙蛇。平麻
| | | — — | | | — — | | — —

zōng héng lǐ [yɪʔ] sān qiān zì [toʔ] duì dān chí [zə̯ʔ] wèi xiá
纵横礼乐三千字，独对丹墀日未斜。平麻
— — | | — — | | | — — | | —

普通话

夏 xià **日** rì **月** yuè **动** dòng **蛇** shé **纵** zòng **乐** yuè **独** dú **斜** xié

注释

廷试 由皇帝亲自出题并主持的考试。也称“殿试”。**衮衣** 古代帝王及上公的礼服。**龙蛇** 指绘有龙、蛇的旗帜上的龙、蛇图案。**纵横** 时而纵时而横。这里形容议论充畅。**礼乐**《礼经》和《乐经》。泛指儒家经书。**独对** 单独一个人接受廷试。**丹墀** 宫殿前的石阶以红色涂饰，因称“丹墀”。这里实指“殿上”。

语译

宫殿上，皇帝穿着的衮衣，辉耀着日月的光华；砚台中，倒映着旌旗上所绘的龙蛇的影子，影子时时晃动。充畅议论经书的义理，写下了三千文字；丹墀“独对”，交卷时太阳还没有西斜呢！

提示

古代，各州县要向皇帝荐举优秀人才，被荐举的称为“贡士”。隋唐实行科举取士后，成为对举子的一种称谓。贡士们到京城先参加由尚书省的礼部主持的考试，称为“省试”。在有了廷试（亦称“殿试”）制度后，省试录取的贡士，还要再参加廷试。皇帝提出有关经义或政事等问题，写在简策（以竹为简，合数简穿联为策）上，让考生分条回答。特别荐举的贡士，则受皇帝单独策试，称为“独对”。

夏竦曾受皇帝单独策试，他感到荣耀，所以写下了这首绝句。

yìng huá qīng gōng
咏华清宫

宋 sòng · 杜 dǔ 常 cháng

xíng jǐn jiāng nán shù [ʂəʔ] chéng　xiǎo fōng cán [yɪʔ] [zəʔ] huá qīng

行尽江南数十程，平庚 晓风残月入华清。平庚

— | — — | | — | — — | | — —

cháo yuán [koʔ] shàng xī fōng [tɕiɪʔ]　dū [zəʔ] cháng yáng [tsoʔ] yǔ shēng

朝元阁上西风急，都入长杨作雨声。平庚

— — | | — — | — | — — | | —

普通话

杜 dù **咏** yǒng **尽** jìn **十** shí **风** fēng **月** yuè **入** rù **阁** gé **急** jí **都** dōu **作** zuò

注释

咏 本义是歌唱，这里指用诗对某事物表达情怀感想。**程** 骑马日行七十里为一程，步行及骑驴五十里为一程，车行三十里为一程（参见顾炎武的《日知录》）。**长杨** 长得很高的杨树林。

语译

从江南往北，走过了数十程的路，在晓风残月中走进了华清宫。走过朝元阁时，突然刮起紧急的西风。紧急的西风全都吹进长杨林里，它们吹落树叶，发出下雨一样的声音。

提示

作者杜常是北宋人，神宗元丰三年（1080）秋天从江南出发去北方履职，路过华清，写了这首诗。

华清宫在今西安市临潼区骊山镇，内有温泉名华清池，环山建宫室园林，唐玄宗和杨贵妃每于冬季居此。经安禄山之乱，遂渐荒废。

诗人写西风吹落树叶发出下雨一般的声音，形象地表现了华清宫的荒凉。

有人认为“长杨”指汉朝建造的长杨宫。但长杨宫在华清宫之西，朝元阁上的西风似乎不可能逆转来再往西面吹。

唐 táng
·
李 lǐ
·
白 [pəʔ]

qīng píng diào cí

清平调词

yún xiǎng yī cháng huā xiǎng yóng　chūn fōng [fəʔ] jiǎn lù huā nóng

云想衣裳花想容，平冬 春风拂槛露华浓。平冬

— | — — — | —　— — | | | — —

[zoʔ] fēi qún [ioʔ] shān tóu jiàn　huì xiàng yáo tái [yɪʔ] xiǎ fóng

若非群玉山头见，会向瑶台月下逢。平冬

| — — | — — |　| | — — | | —

普通话

白 bái **容** róng **风** fēng **拂** fú **槛** jiàn **若** ruò **玉** yù **台** tái **月** yuè **下** xià **逢** féng

注释

清平调词 按照清平调填写的歌词。清平调是古曲调名。**想** 好像，如同。**槛** 栏干。**露华** 带露的花。华，古“花”字。**浓** 艳丽。**群玉山**、**瑶台** 都是神话里西王母所住的地方。**会** 应当，定当。**向** 在。

语译

缥缈的云好像就是她穿着的衣裳，牡丹花好像就是她的脸。春风轻拂沉香亭的栏干，这朵带露的牡丹花实在艳丽极了。这样的美女，如果不是在群玉山头才能见到，那也应当只有在瑶台月下可以相逢。

提示

开元年间，李白在长安供奉翰林。有一天，唐明皇和杨贵妃在宫中沉香亭观赏牡丹花，因命李白依清平调创作歌词三章，令梨园弟子歌唱，明皇亲自吹笛伴奏。这里选的是第一章。

唐代有些七绝是按照曲调创作的诗。这种诗也称为“声诗”。

这一章，前两句李白把杨贵妃和牡丹花融为一体来赞美，人像花，花像人，花与人分不清。后二句，赞美杨贵妃是人间不可能有的仙女。

题邸间壁

tí dǐ jiān [piɪʔ]

宋·郑会 sòng zhèng huì

tú mí xiāng mòng [tɕʻiɪʔ] chūn hán cuì yǎn chóng mén yàn zǐ xián

酴醾香梦怯春寒，平寒 翠掩重门燕子闲。平删

— — — | | — — | | — — | | —

qiāo duǎn [ioʔ] chā hóng [tʂoʔ] lěng jì chéng yīng [ʂəʔ] dào cháng shān

敲断玉钗红烛冷，计程应说到常山。平删

— | | — — | | | — — | | — —

普通话

壁 bì 梦 mèng 怯 qiè 断 duàn 玉 yù 钗 chāi 烛 zhú 说 shuō

注释

邸间壁 旅店里的墙壁。邸，旅店。**酴醾** 即“荼蘼”。落叶灌木，茎上有刺，花白色，有香气。**怯春寒** 字面上只说“害怕春寒”，意思则是说“被春寒冻醒”。**翠掩重门** 形容春末夏初的绿荫。翠，指翠柳。重门，一道一道的门。**燕子闲** 谓其时燕子已经垒好了窝，不用再去衔泥了。**钗** 女子插在发髻上的首饰，两股，形同叉子。**应** 恐怕，大概。**常山** 地名。

语译

现在已是春末夏初的时候。家里，翠柳一定遮掩了一道一道的宅门；梁上的一双燕子，也一定垒好了窝，不用再去衔泥，闲下来可以说说悄悄话了。我那亲爱的人儿，也许在酴醾花的香气里白日就做起与我团圆的梦，可是因为春寒料峭，又把她给冻醒了。

我似乎看见，夜里，她坐在床前，百无聊赖，无意识地拔下玉钗轻轻敲击。是啊，玉钗是双股的，她多么希望我们能够早些相见。她不断地敲不断地敲，玉钗都敲断了，红烛也烧尽了。她计算我的归程，恐怕会说：“该到常山了！”

提示

这首题壁诗想象妻子思念自己的情景，非常细腻生动。

一、二两句是倒装的。第二句写季节，第一句写想象妻子在这个季节里做梦。

[tɕiɪʔ] jù
绝句

唐 táng · 杜 dǔ 甫 fǔ

liǎng gò huáng lí míng cuì liǔ　[iɪʔ] háng [pəʔ] lù shǎng qīng tiān

两个黄鹂鸣翠柳，一行白鹭上青天。平先

| | — — — | |　| — | | | — —

chuāng hán xī lǐng qiān qiū [ɕiɪʔ]　mén [poʔ] dōng wú wàn lǐ chuán

窗含西岭千秋雪，门泊东吴万里船。平先

— — — | — — |　— | — — | | —

普通话

杜 dù 绝 jué 个 gè 一 yì 白 bái 上 shàng 雪 xuě 泊 bó

注释

黄鹂 也叫黄莺，叫声非常好听。**翠柳** 青绿色的柳树。青绿色，就是新绿，初春时柳条呈现的颜色。**西岭** 指成都西山雪岭。**千秋雪** 岭上积雪终年不化，故称“千秋雪”。千秋，千年也。**东吴** 泛指我国东南太湖一带。

语译

两只黄鹂在翠柳间鸣叫，一行白鹭飞上青天。窗框里好像嵌着一幅西岭千秋雪的图画，门前泊着来自万里之遥的东吴的船舶。

提示

公元762年，成都尹严武入朝，蜀中发生动乱，杜甫避往梓州。第二年，安史之乱平定了。再过一年，严武还镇成都，蜀中之乱也平定了，杜甫跟着回到成都草堂。这首绝句就是在这年春天写的（同时写了四首，这首是其中的第三首），写春天草堂的四个景致，反映杜甫当时的快乐心情。

过去皇帝和大官出巡有仪仗队开道。仪仗队分两排，手持之物两两相同。近体诗一联两句，若两句的字两两对偶（平仄相反），也叫“对仗”。

这首绝句一、二两句对仗，三、四两句也对仗。“一行”对“两个”，“白鹭”对“黄鹂”，“上青天”对“鸣翠柳”；“门泊”对“窗含”，“东吴”对“西岭”，“万里船”对“千秋雪”。

绝句一般不要求对仗，律诗中间两联则必须对仗。

hěi táng 海棠

宋 sòng · 苏 sū 轼 [ʂəʔ]

dōng fōng niǎo niǎo fàn chóng guāng xiāng wù kōng móng [yɪʔ] zhuǎn láng
东风袅袅泛崇光，(平阳) 香雾空蒙月转廊。(平阳)
— — | | | — — — | — — | | —

[tʂəʔ] kǒng yà shēn huā shuì qù gù shāo gāo [tʂoʔ] zhào hóng zhuāng
只恐夜深花睡去，故烧高烛照红妆。(平阳)
| | | — — | | | — — | | — —

普通话

轼 shì **海** hǎi **风** fēng **蒙** méng **月** yuè **只** zhǐ **夜** yè **烛** zhú

注释

袅袅 形容东风绵长不绝。**崇光** 层层叠叠的光。崇，层叠也。一说，高洁美丽的光泽。**香雾** 指这株海棠花周围杂花的香气如雾。海棠花虽美但没有香气。**空蒙** 形容景色迷茫。**月转廊** 月亮转西，斜照长廊。表明已夜深。**睡去** 睡着。**故** 特意。**红妆** 指海棠花。作者把它当作美女。

语译

白天，春风袅袅，花枝微微抖动，高高低低的花朵上泛起层层叠叠的光彩。现在是夜里了，这株海棠花被周围杂花的空蒙的香雾笼罩着，更显得娇艳美丽。月亮转西，斜照长廊，夜已深了，我只怕花儿会睡着，就特意点起高大的蜡烛，照着花儿，让她打起精神来。

提示

元丰三年（1080），苏轼被贬到黄州，居定惠院之东。那里杂花满山，有一株名贵的海棠却不被当地人看重。苏轼视其为知己，多次小酌花下，为之赋诗。这首绝句就是其中的一篇。

花是不会睡觉的。诗里却说只怕花睡着了，特意点起蜡烛来照花，让花振作精神。这叫作诗说痴语。

诗里说说痴语，读者是不会当真的。否则，这位读者倒是一个痴人了。

唐 táng
·
杜 dǔ
牧 [moʔ]

qīng míng
清明

qīng míng shí [tɕiɪʔ] yǔ fēn fēn
清明时节雨纷纷，平文
lù shàng xíng rén [ioʔ] duǎn hún
路上行人欲断魂。平元
— — — | | — — | | — — | | —

jià wèn jiǔ jiā hó chù yǒu
借问酒家何处有，
[moʔ] tóng yáo zhǐ xǐng huā cūn
牧童遥指杏花村。平元
| | | — — | | | — — | | — —

普通话

杜 dù **牧** mù **节** jié **欲** yù **断** duàn **借** jiè **何** hé **杏** xìng

注释

清明 二十四节气之一。**纷纷** 形容细雨接二连三地飘洒。**欲** 将要。**断魂** 魂魄离散。形容极度悲伤。**借问** 向人询问。**杏花村** 指一个正盛开杏花的村庄。

语译

清明时节，细雨纷纷，路上有位赶路的人悲伤得将要魂魄离散了。他向牧童询问“什么地方有酒店”，牧童指给他看远处正盛开着杏花的一个村庄。

提示

古时候，清明节是一个重要的节日。节日里，家人团聚，一起上坟扫

墓，或踏青出游。诗里写一个“路上行人”，他或许公务在身，不能与家人相见，所以非常悲伤，想要买酒喝，以酒解愁。

这首平起平收式七绝，二、四句押上平声十三元，首句押邻韵（上平声十二文）。

宋（sòng）·王（wáng）禹（yǔ）偁（chēng）

清明（qīng míng）

wú huā wú jiǔ guò qīng míng，xìng wèi xiāo rán sì yě sēng。
无花无酒过清明，平庚 兴味萧然似野僧。平蒸
— — — | | — —　| | — — | | —

[tsoʔ] [zəʔ] lín jiā [tɕʻiɪʔ] xīn huǒ，xiǎo chuāng fēn yǔ [toʔ] shū dēng。
昨日邻家乞新火，晓窗分与读书灯。平蒸
| | — — | — |　| — — | | — —

普通话

似 sì **野** yě **昨** zuó **日** rì **乞** qǐ **读** dú

注释

兴味萧然 索然无味。**野僧** 僧人有在庙里的和云游在外的两类，此盖指云游僧。**乞** 讨，求。**新火** 易季时所取的火。**读书灯** 读书时用以照明的灯。

语译

今天是清明节，只能无花无酒度过去了，索然无味，好像跟云游在外的和尚一个样儿。亏得昨日已向邻家讨来了新火，早上还可以点起窗前的油灯来读读书。

提示

古代钻木取火，火种保存在火盆里。换季节的时候，古人就要熄灭旧火种，另取新火种。春取榆柳之火，夏取枣杏之火，季夏取桑柘之火，秋取柞（[tsoʔ]。普通话念 zuò）楢（yóu）之火，冬取槐檀之火。清明前一日（一说前两日）灭旧火种，吃冷食，称为寒食节。清明前一天的夜里就可以钻榆柳以取新火了。诗里说“昨日邻家乞新火”，意思是诗人自己没有钻木，新火是讨来的。

“昨日邻家乞新火”的平仄本应是“仄仄平平平仄仄”，第六字是仄声，念起来顺口；现在改为平声，念起来就拗口了。这个“新”字就是拗字。这种句式，这个地方拗，是必须救的。第五字本应平声，改用仄声“乞”，就算救出来了。

一般说，不在节奏点上的字，该平拗用仄，该仄拗用平，可以救，也可以不救。本诗末句“晓”拗“分”救；首句第三字“无”拗，就不救了。

本诗作者一作魏野。魏野也是北宋人。

唐 táng · 王 wáng 驾 jià

shǎ [zə̥ʔ] 社日

ó hú shān xiǎ dǎo liáng féi tún [tʂɑʔ] jī xī duì yǎn fēi

鹅湖山下稻粱肥，平微 豚栅鸡栖对掩扉。平微

— — — | | — — — | — — | | —

sāng zhà yǐng xiá chūn shǎ sàn jiā jiā fú [təʔ] zuì rén guī

桑柘影斜春社散，家家扶得醉人归。平微

— | | — — | | — — — | | — —

普通话

社 shè **日** rì **鹅** é **下** xià **稻** dào **栅** zhà **栖** qī **柘** zhè **斜** xié **得** dé

注释

社日 古时春、秋两次祭土地神的日子。一般在立春、立秋后第五个戊日。土地神叫社，祭土地神也叫社。**鹅湖山** 在江西铅（yán）山县北。**豚栅** 猪圈。**鸡栖** 鸡窝。**对** 指门对门。**掩扉** 关门。**柘** 这种树的叶子也可以喂蚕。去声祃韵字。**扶得** 扶着，扶了。

语译

鹅湖山下年年稻粱穗子肥硕，家禽家畜也养得多，都是猪圈和鸡窝门对着门。今天猪圈和鸡窝都掩上了门，因为大家都去参加春社了。到桑柘树影倾斜春社散时，家家都扶着一两个喝醉了酒的人回家来。

提示

举行春社，是向土地神祈求丰收；举行秋社，则是丰收后酬谢土地神。每到社日，大家带了酒肉来，在大树下搭棚，先祭神，然后分享。

有的地方，在社日还唱戏，叫作“社戏”。社戏一般在庙里戏台上演出，也有露天搭台演出的。

这首绝句写的是江西鹅湖山下农村的春社活动，不唱戏，但酒肉可以大吃。“家家扶得醉人归”一句极佳。

四句诗都有拗字，都不在节奏点上，都是可救可不救的。

寒食
hán [ʂəʔ]

唐 táng · 韩 hán 翃 héng

chūn chéng wú chù [pəʔ] fēi huā hán [ʂəʔ] dōng fōng yù liǔ xiá
春城无处不飞花，（平麻）寒食东风御柳斜。（平麻）
— — — | | — — — | — — | | —

[zəʔ] mù hàn gōng chuán [laʔ] [tʂoʔ] qīng yān sàn [zəʔ] wǔ hóu jiā
日暮汉宫传蜡烛，轻烟散入五侯家。（平麻）
| | | — — | | — — | | | — —

普通话

翃 hóng 食 shí 不 bù 风 fēng 斜 xié 日 rì 蜡 là 烛 zhú 入 rù

注释

寒食 节名，见前王禹偁《清明》解释。相传，春秋时晋文公烧绵山逼介之推出来做官，介之推抱树不出被烧死，因此在他忌日禁火冷食。**御柳** 皇宫里的柳树。**汉宫** 借汉说唐，实指唐宫。**传蜡烛** 指赐新火。**五侯** 东汉桓帝时，宦官单超等五人同日封侯。这里借指当时唐朝专权的宦官。

语译

春天的皇城长安无处不飞舞花片儿。正是寒食节，东风吹得御柳枝条儿都打了斜。日暮时候，汉宫里走出一队骑马的宦官，他们手持点燃的蜡烛，分五路行进，蜡烛的轻烟也随之散入了五侯之家。

提示

寒食节熄灭旧火，清明前一夜才可以钻取榆柳新火。唐宋时期，清明日还有赐百官新火的仪式。皇宫特殊，寒食节那天傍晚就钻取新火了。

诗里说，寒食节傍晚，皇帝就赐五侯新火，比赐百官新火要早，以显示皇帝对“五侯”的恩宠。

中唐以后，皇帝宠信宦官，宦官专权，政治日趋腐败。这首诗借汉说唐，暗寓讽谕之意。

江南春
jiāng nán chūn

唐 táng · 杜 dǔ 牧 [moʔ]

qiān lǐ yīng tí [loʔ] yìng hóng，平东 shuǐ cūn shān [koʔ] jiǔ qí fōng。平东

千里莺啼绿映红，水村山郭酒旗风。

— | — — | | — | — — | | — —

nán cháo sì [pəʔ] [paʔ] [ʂəʔ] sì，duō shǎo lóu téi yān yǔ zhōng。平东

南朝四百八十寺，多少楼台烟雨中。

— — | | | | | — | — — — | —

普通话

杜 dù **牧** mù **绿** lǜ **郭** guō **风** fēng **百** bǎi **八** bā **十** shí **台** tái

注释

酒旗风 指迎风招展的酒旗。酒店门前挑起的帘子，叫酒旗。**南朝** 从公元 420 年到公元 589 年，宋、齐、梁、陈四朝相继，它们都以建康（即今南京）为国都，合称南朝。**四百八十** 这是虚数，表示数量多。**多少** 不知多少。也强调多。

语译

千里都是黄莺啼鸣，绿叶映衬红花，以及傍水的村庄，依山的城郭，迎风招展的酒旗！这是出太阳的时候。阴雨天呢，南朝所建的四百八十座寺庙，不知有多少楼台笼罩在似烟似雾的细雨之中！

提示

这首绝句写江南春天的景色。前两句写晴景，后两句写雨景。晴景绚丽，雨景迷蒙，摄住了江南春景之魂。

第三句本应是“平平仄仄平平仄”的，现在第五第六两个字都拗为仄声。这必须救。怎么救呢？好办，只要对句第五字改仄为平就成。“南朝四百八十寺”，“八十”念得短促了；“多少楼台烟雨中”的“烟”是平声字，可以曼长其音，这就把上句的短促给补救了过来。

唐 táng · 高 gāo 蟾 chán

上高侍郎
shǎng gāo shì láng

tiān shàng [piɪʔ] táo hó lù zhòng [zəʔ] biān hóng xǐng yǐ yún zēi
天上碧桃和露种，日边红杏倚云栽。平灰
— | | — — | | | — — | | — —

fú yóng shēng zěi qiū jiāng shàng [pəʔ] xiàng dōng fōng yuàn wèi kēi
芙蓉生在秋江上，不向东风怨未开。平灰
— — — | — — | | | — — | | —

普通话

上 shàng 碧 bì 和 hé 日 rì 杏 xìng 栽 zāi 蓉 róng 在 zài 不 bú 风 fēng 开 kāi

注释

上 献上。动词，念上声。**高侍郎** 指高骈。侍郎，官名。**和露** 带露。**芙蓉** 指木芙蓉。陆生（多生于水边），秋天开花。**向** 对。

语译

天上碧桃是带着露水种下的，日边红杏是倚着云朵栽下的。它们得天独厚，都在春风里艳丽开放。木芙蓉生长在秋江边，东风吹不到，春天里未能开花。春天里未能开花，它也不对东风生什么怨恨。谁叫自己不生在天上、日边呢！

提示

唐朝科举考试，举子（参加考试的人）在试前要把所作诗文写成卷轴，投献朝中显贵以求赏识，这叫“行（xíng）卷”。这种显贵推荐和考官选拔相结合的办法，给与显贵有交情的举子大开方便之门，而与显贵没有关系的人则往往落第。

高蟾就是因为没有显贵推荐才落第的。他落第后，心里不舒服，就写了这首诗给一个姓高的侍郎看。

诗里讽刺一些人考中只是因为身处“天上”“日边”，与显贵有交情，并非真有学问；说自己好比一株江边的木芙蓉，吹不到东风，所以春天里开不了花。又说自己不怨东风。似乎很洒脱，其实牢骚不小。

绝句
[tɕiɪʔ] jù

宋 sòng · 僧 sēng 志 zhì 南 nán

gǔ [moʔ] yīn zhōng jì duǎn péng zhǎng lí fú wǒ guò qiáo dōng
古木阴中系短篷，平冬 杖藜扶我过桥东。平东
| | — — | | — | — — | | — —

zhān yī [ioʔ] [ʂəʔ] xìng huā yǔ chuī miàn [pəʔ] hán yáng liǔ fōng
沾衣欲湿杏花雨，吹面不寒杨柳风。平东
— — | | | — | — | | — — | —

普通话

绝 jué **木** mù **系** xì **篷** péng **杖** zhàng **欲** yù **湿** shī **杏** xìng **不** bù **风** fēng

注释

短篷 指有篷的小船。**杖藜** 用藜茎做的拐杖。藜，一种草本植物，茎直立粗硬，可当拐杖用。**扶** 助。**欲** 好像。**杏花雨、杨柳风** 指春雨、春风。

语译

在古树的树阴里拴好了有篷的小船，藜杖助我走过桥，往东边去。杏花雨沾在衣服上，衣服好像有点湿，其实并没湿；杨柳风吹在脸上，脸上好像有点冷，其实并不冷。

提示

这首绝句的作者是南宋的一位诗僧（写诗的和尚），法号志南。

这首诗写江南的春雨春风，十分传神，脍炙人口。

绝句本只要求偶句押韵，所以第二句的韵脚叫起韵，第四句的韵脚叫“叶（协）韵”。第一句也押韵，就称作“引韵”，意思是只起“导引”的作用。引韵可以用邻韵。这首绝句押一东韵，首句用邻韵二冬作引韵。

游园不值
yóu yuán [pəʔ] [tʂəʔ]

宋 sòng · 葉 [iɪʔ] 绍 shǎo 翁 ōng

yīng lián [tɕiɪʔ] chǐ yìn cāng tái　xiǎo kòu chá fēi jiǔ [pəʔ] kēi

应怜屐齿印苍苔，平灰 小扣柴扉久不开。平灰

— — | | | — —　| | — — | | —

chūn [səʔ] mǎn yuán guān [pəʔ] zhù　[iɪʔ] zhī hóng xǐng [tʂʻəʔ] qiáng léi

春色满园关不住，一枝红杏出墙来。平灰

— | | — — | |　| — — | | — —

普通话

葉 yè **绍** shào **翁** wēng **不** bù **值** zhí **屐** jī **苔** tái **柴** chái **开** kāi **色** sè **不** bú **一** yì **杏** xìng **出** chū **来** lái

注释

不值 不遇。指没有见到园主，亦即进不到园里去。**应** 推想之词，大概。**怜** 爱惜。**屐** 木鞋。**小叩** 轻敲。**柴扉** 用柴枝编扎的门。极言其简陋。

语译

轻叩柴门，久久无人来开，大概是主人爱惜这几天下雨长出的青苔，怕被印上屐齿。春色满园，关也关不住，瞧，一枝红杏从墙头上钻了出来。

提示

这首绝句写雨晴后游园，虽没人开门，进不到园里去，却见到了一枝出墙来的红杏。

一、二两句倒装。三、四两句一呼一应：先用“关不住”一呼，再用“出墙来”一应。“一枝红杏出墙来”就是“满园春色关不住”的具体表现。

这首平收的七绝，引韵与起韵、叶韵都用同一个灰韵里的字。

[k‘əʔ] zhōng [tsoʔ]

客中作

唐 táng · 李 lǐ 白 [pəʔ]

lán líng měi jiǔ [yɪʔ] jīn xiāng [ioʔ] wǎn chéng lái hǔ [p‘əʔ] guāng

兰陵美酒郁金香，平阳 玉碗盛来琥珀光。平阳

— — | | | — — | | — — | | —

dàn shǐ zhǔ rén néng zuì [k‘əʔ] [pəʔ] zhī hó chù shǐ tā xiāng

但使主人能醉客，不知何处是他乡。平阳

| | | — — | | | — — | | — —

普通话

白 bái **客** kè **作** zuò **郁** yù **玉** yù **来** lái **珀** pò **不** bù **何** hé **是** shì

注释

兰陵 地名，在今山东境内。**郁金香** 酒名。**琥珀** 古代松柏树脂的化石，淡黄色、褐色或红褐色。**但使** 只要。**不知** 不管。知，犹“管”（《诗词曲语辞汇释》）。

语译

兰陵出产的美酒名叫郁金香，玉碗盛着有琥珀一样的光。只要主人能让客人喝个醉，客人就不管什么地方是他乡了。

提示

李白开元年间曾游东鲁，在兰陵喝到美酒郁金香，写了这首诗夸奖它。

“但使”与“不知”是一对关联词语（古人称为“钩勒字”）。“但使……”呼起，“不知……”回应。一呼一应，就突出了郁金香美酒的美，美到让人把他乡当作故乡了。

“不知何处是他乡”，意思是“不管兰陵是他乡”，亦即“直（竟然）把兰陵作故乡”。为什么不说“不管兰陵是他乡”或“直把兰陵作故乡”呢？

平起平收式的七绝，第四句是“平平仄仄仄平平”。其第二字须平，第四字须仄，第六字须平。为了顾及平仄，只能绕个弯，说成“不知何处是他乡”了。

宋 sòng
·
刘 liú
季 jì
孙 sūn

题屏
tí píng

ní nián yàn zǐ yǔ liáng jiān dǐ shì lái jīng mèng lǐ xián
呢喃燕子语梁间，平删 底事来惊梦里闲？平删
— — | | | — — | | — — | | —

[ʂəʔ] yǔ páng rén hún [pəʔ] jiǎ zhǎng lí xí jiǔ kàn zhī shān
说与旁人浑不解，杖藜携酒看芝山。平删
| | — — — | | | — — | | — —

普通话

喃 nán **来** lái **梦** mèng **说** shuō **不** bù **解** jiě **杖** zhàng **携** xié

注释

屏 屏风。室内用来挡风或隔断视线的家具，可以折叠、移动。**呢喃** 燕子叫声。喃，女咸切，读书音念 nián。**底事** 何事，为什么。**梦里闲** 清闲的梦。为了押韵，所以说成“梦里闲”。**浑** 全都。**杖藜** 与“携酒”一起说，是动宾结构，谓拄着藜杖。前面僧志南《绝句》里的“杖藜”则是名词。**芝山** 在今江西鄱阳北。

语译

燕子在梁间呢呢喃喃说话，惊醒了我的清梦。燕子呀，你们干吗要来吵醒我呢？噢，春天将尽，是要叫我赶快到外面去看风景！我把这话说给别人听，别人全都不懂。得，我还是独自拄着藜杖带着酒去观赏芝山吧。

提示

这首绝句写惜春。从燕子吵醒午梦作想，以旁人不解作衬，曲曲折折写来，很有情趣。

第一句说燕子呢喃，是“起”（开个头）；第二句问燕子为什么要吵醒清梦，是“承”（接着说）；第三句丢开这些不说了，去说“说与旁人”如何，是“转”（转变话题）；末句用“看芝山”的行为，将全诗的主旨揭出来（燕子叫我赶快去赏春色），是“合”（收拢各句的意思，揭示全诗主旨）。

这首诗是“起承转合”的结构。

漫兴（màn xìng）

唐（táng）·杜（dǔ）甫（fǔ）

cháng duǎn chūn jiāng [ioʔ] jǐn tóu zhǎng lí xú bù [liɪʔ] fāng zhōu

肠断春江欲尽头，平尤 杖藜徐步立芳洲。平尤

— | — — | | — | — — | | — —

diān kuáng liǔ xù suí fēng wǔ qīng [poʔ] táo huā [tʂoʔ] shuǐ liú

颠狂柳絮随风舞，轻薄桃花逐水流。平尤

— — | | — — | — | — — | | —

普通话

杜 dù **断** duàn **欲** yù **尽** jìn **杖** zhàng **立** lì **风** fēng **薄** bó **逐** zhú

注释

漫兴 这是《绝句漫兴九首》的第五首。随手写出一时的兴致、情绪叫“漫兴”。“漫”有随意义。**肠断** 形容极度悲伤。**春江欲尽头** 谓春光随着江水流逝将到尽头的时候，亦即“春天将尽”。初唐诗人张若虚《春江花月夜》有“江水流春去欲尽”之句。**徐步** 慢行。**芳洲** 水中陆地叫“洲”；因洲上长满花草，故称“芳洲”。**颠狂** 今作“癫狂”，疯狂也。**轻薄** 轻浮。**逐水** 追随着流水。

语译

现在已是春随江去将到尽头的时候，令人悲伤肠断。拄着藜杖慢慢走到芳洲上站着看风景，只看见杨花柳絮疯狂地随风飞舞，一片片轻浮的桃花片儿追逐着流水不住地从我眼前流走。

提示

肃宗上元元年（760），杜甫寓居成都草堂。第二年由春至夏写的九首绝句，合为一组，总称“绝句漫兴九首”，首首流露“客愁”（客居他乡的悲愁）。这里选的是第五首。这一首写暮春所见所感。

柳絮随风舞是因为它癫狂，桃花逐水流是因为它轻薄。但诗人并不癫狂，并不轻薄，然而也免不了随风舞、逐水流，从中原一路往南，流落到异乡蜀地，至今未能回去。

这首伤春小诗，可能寓含有这样的意思吧？

宋 sòng · 谢 xià 枋 fāng 得 [təʔ]

qìng quán ān táo huā

庆全庵桃花

xún [təʔ] táo yuán hǎo bì qín　táo hóng yòu jiàn [iɪʔ] nián chūn

寻得桃源好避秦，平真　桃红又见一年春。平真

— | — — | | —　— — | | | — —

huā fēi [moʔ] qiǎn suí liú shuǐ　pà yǒu yú láng lái wèn jīn

花飞莫遣随流水，怕有渔郎来问津。平真

— — | | — — |　| | — — — | —

普通话

谢 xiè **得** dé **一** yì **莫** mò **来** lái

注释

庆全庵 作者避元，入福建山中隐居，给隐居的地方取名庆全庵。一说，庆全庵是他隐居之地的书斋名。**桃源** 陶渊明《桃花源记》说有人避秦时乱，迁居到与世隔绝的桃源（桃花源）里。谢借“避秦”指自己“避元”。**桃红** 指桃树开花。**莫遣** 莫使。**渔郎问津** 《桃花源记》里有个打鱼人看见流水漂出的桃花，找到了桃花源。问津，本义是询问渡口，这里指寻找。

语译

我寻着了桃源可以避“秦”，现在桃树开满红花，我算是又见到一年的春景了。花片飞落时，可不要让它随流水漂出去，我怕会有“渔郎”来寻找我呢。

提示

诗人于南宋末年率兵抗元，失败后隐居福建山中。元朝迫其出仕，地方官将他强押入都，终绝食而死。

这首诗写于避元隐居时。他怕有人来问津，结果还是被人发现了。

唐 táng · 刘 liú 禹 yǔ 锡 [ɕiɪʔ]

xuán dū guàn táo huā
玄都观桃花

zǐ [məʔ] hóng chén [fəʔ] miàn lái wú rén [pəʔ] dǎo kàn huā huí
紫陌红尘拂面来，平灰 无人不道看花回。平灰
| | — — | | — — — | | | — —

xuán dū guàn lǐ táo qiān shù jǐn shì liú láng qù hǒu zēi
玄都观里桃千树，尽是刘郎去后栽。平灰
— — | | — — | | | — — | | —

普通话

锡 xī **陌** mò **拂** fú **来** lái **不** bú **道** dào **尽** jìn **是** shì **后** hòu **栽** zāi

注释

玄都观 长安城外的一所道观。**紫陌** 旧谓皇城郊外的道路。**红尘** 飞扬的尘土，形容繁华热闹（“红”显示繁华热闹）。**尽是** 全是。**刘郎** 作者自称。

语译

京城郊外的一条路上，扬起的红尘拂面而来，无人不说是看花而回。玄都观里的千棵桃树，全是我刘郎十年前离开长安之后才栽种起来的！

提示

永贞元年(805)，刘禹锡参加王叔文政治革新失败后，被贬为朗州司马。十年后，朝廷里有人想起用他以及和他同时被贬的柳宗元等人，就把他们召回京城来。刘禹锡回到长安，见到众人观看玄都观桃花的情景，就写了这首诗。

诗人把玄都观里的千树桃花比作十年来爬到上层的新贵，把看花的人比作趋炎附势的小人，刺痛了当权者，他和柳宗元再度被贬到远方。

这首讽刺诗没有一个讽刺的字，却深深地刺痛了对象，这就叫"艺术"！

唐 táng · 刘 liú 禹 yǔ 锡 [ɕiɪʔ]

再游玄都观
zèi yóu xuán dū guàn

[pəʔ] mǒu tíng zhōng bàn shǐ téi táo huā jìng jǐn cèi huā kēi
百亩庭中半是苔，平灰 桃花净尽菜花开。平灰
| | — — | | — — — | | | — —

zhòng táo dǎo shì guī hó chù qián dù liú láng jīn yòu léi
种桃道士归何处？前度刘郎今又来。平灰
| — | | — — | — | — — — | —

普通话

锡 xī **再** zài **百** bǎi **亩** mǔ **是** shì **苔** tái **尽** jìn **菜** cài **开** kāi **道** dào **士** shì **何** hé **来** lái

注释

庭 庭园。**净尽** 一点儿不剩。**前度** 前次，上回。

语译

百亩大的庭园里，一半是苔藓。从前这里盛开桃花，现在一朵也没有了，只有菜花开着。种桃的道士到哪里去了呢？上回来过的刘郎，今天倒又再来了。

提示

元和十年（815），刘禹锡因为写了《玄都观桃花》，讽刺了新贵，又被贬到外地去。再过十多年，终于调回，任主客郎中，重游玄都观，桃树已荡然无存，因又作此绝。

这首诗讽刺二十多年前打击永贞革新运动的当权者。他们扶植了一批新贵，现在新贵倒了，他们自己也不知去了哪里。

《玄都观桃花》把新贵比作玄都观桃花；这首绝句则把昔日的当权者比作“种桃道士”。打比喻，而被比的一项又不说出来，这种诗歌表现手法叫“比”。写诗用这种表现手法，叫“诗用比体”。

唐 táng
·
韦 wéi
应 yìng
物 [uəʔ]

chú zhōu xī jiàn
滁州西涧

[toʔ] lián yōu cǎo jiàn biān shēng shàng yǒu huáng lí shēn shù míng
独怜幽草涧边生，平庚 上有黄鹂深树鸣。平庚
| — — | | — — | | — — — | —

chūn cháo dèi yǔ wǎn lái [tɕiɪʔ] yǎ dù wú rén zhōu zì héng
春潮带雨晚来急，野渡无人舟自横。平庚
— — | | | — | | | — — — | —

普通话

物 wù **独** dú **带** dài **来** lái **急** jí **野** yě

注释

滁州西涧 即今安徽滁州城西的上马河。山间的水沟叫涧。**独怜** 特别喜欢。**幽草涧边生** 涧边生长的幽静的小草。**深树** 树丛深处。**春潮** 春天多雨，上游像潮水一样涌向下游的水流。**晚来** 傍晚的时候。来，相当于“的时候”。**野渡** 郊野的摆渡口。**自** 依旧，仍然。**横** 东西向叫横。

语译

我特爱涧边生长的幽静小草；涧岸的上方还有黄莺在树丛深处鸣叫，也可以听听。傍晚的时候，春潮湍急，而且还夹带着雨，郊野渡口无人唤渡，一只渡船却仍然横在那里。

提示

这首小诗写春天游西涧赏幽草，傍晚下雨，见到野渡舟横之景。

唐德宗建中二年（781），诗人出任滁州刺史。当时政治腐败，百姓生活困苦。诗人有志改革但没有力量，想归隐又不能够，进退两难。诗里说“独怜幽草”，可能是诗人求隐心情的流露。

花影 huā yǐng

宋 sòng · 谢 xià 枋 fāng 得 [təʔ]

重 chóng 重 chóng 叠 [tiɪʔ] 叠 [tiɪʔ] 上 shǎng 瑶 yáo 台 téi，平灰 几 jǐ 度 dù 呼 hū 童 tóng 扫 sǎo 不 [pəʔ] 开 kēi。平灰

— — | | | — —　| | — — | | —

刚 gāng 被 běi 太 tèi 阳 yáng 收 shōu 拾 [ʂəʔ] 去 qù，却 [tɕʻioʔ] 教 jiāo 明 míng 月 [yɪʔ] 送 sòng 将 jiāng 来 léi。平灰

— | | — — | |　| — — | | — —

普通话

谢 xiè **得** dé **叠** dié **上** shàng **台** tái **不** bù **开** kāi **被** bèi **太** tài **拾** shí **却** què **教** jiào **月** yuè **来** lái

注释

瑶台 美玉砌成的台。这里指华丽的楼台。**上** 堆在……之上。动词，

念上声。**童** 旧时当仆人的男孩子。**扫不开** 扫不去，扫不掉。**收拾** 收拢。**却教** 还让，又让。**送将来** 送来。将，语气助词。

语译

重重叠叠地堆在瑶台上，几次叫童儿打扫也打扫不掉。刚被太阳收拢带走了，又让明月送了回来。

提示

这首是谜语诗。四句诗就是谜面，诗题“花影”就是谜底。

只是猜谜罢了，不能当真。世上没有一个人会扫去花影的。但虽然只是谜语，写得却很有诗情画意。本诗作者，一说是苏轼。

北山

[pəʔ] shān

宋·王安石

sòng · wáng ān [ʂəʔ]

[pəʔ] shān shū [loʔ] zhǎng héng bēi，[tʂəʔ] qiàn huí táng yàn yàn shí。

北山输绿涨横陂，平支 直堑回塘滟滟时。平支

| — — | | — —　| | — — | | —

xì shǔ [loʔ] huā yīn zuò jiǔ，huǎn xún fāng cǎo [təʔ] guī chí。

细数落花因坐久，缓寻芳草得归迟。平支

| | | — — | |　| — — | | — —

普通话

石 shí **北** běi **绿** lǜ **直** zhí **落** luò **坐** zuò **得** dé

注释

北山 指南京锺山（又叫紫金山）。王安石晚年隐居于此，于山腰处筑室，自号“半山”。**输绿** 谓输送绿色山泉（时在春天，故看上去泉水也呈绿色）。**横陂** 东西长的水泊。**直堑** 直的沟渠。**回塘** 回环的小水塘。**滟滟** 水满波动的样子。**得归** 及至回去时。得，及也，到也。**迟** 晚。

语译

现在正是北山输送绿色泉水，涨满横的水泊、直的水沟、回环的小池水波滟滟的时候。我细数落花，因此坐久了；又因为缓步寻找芳草，及至回去时，天色已晚了。

提示

这首绝句写诗人北山闲居，春天里到附近坐坐走走的情景。

前两句写绿水，后两句写数落花和寻芳草。写绿水只是陪衬，写数花寻草乃是一篇主旨所在，突出了诗人当时的闲适心情。

一、二两句，实为一句。这种句法不易写。

宋 sòng · 徐 xú 元 yuán 杰 [tɕiɪʔ]

hú shàng
湖上

huā kēi hóng shù luàn yīng tí cǎo zhǎng píng hú [pəʔ] lù fēi
花开红树乱莺啼，平齐 草长平湖白鹭飞。平微
— — — | | — — | | — — | | —

fōng [zəʔ] qíng hó rén yì hǎo [ɕiɪʔ] yáng xiāo gǔ jǐ chuán guī
风日晴和人意好，夕阳箫鼓几船归。平微
— | — — — | | | — — | | — —

普通话

杰 jié **开** kāi **白** bái **风** fēng **日** rì **和** hé **夕** xī

注释

湖 指杭州的西湖。**红树** 因为开满红花，所以称为“红树”。**乱** 形容热闹。许多黄莺跳来跳去，啼声又杂乱。**平湖** 春天雨多，湖水水面几乎可与湖岸平齐。水位这样高的湖，叫“平湖”。**人意** 人们的心情。

语译

花开红树之上，乱莺啼鸣；草长平湖岸边，白鹭飞翔。风和日丽，人们心情很好。瞧，夕阳下，伴着阵阵箫声鼓韵，人们划着几只游船回来了。

提示

这首小诗写杭州西湖之春。前两句写花草莺鹭，后两句写夕阳箫鼓。

首句说“乱莺啼”，不说“黄莺啼”，因为用“乱”字可以表现春意

热闹；而且，若说“黄莺啼”，这一句末三字都是平声，是“三平调”了。律诗避用“三平调”（古风则喜用）。

漫兴（màn xìng）

唐 táng · 杜 dǔ 甫 fǔ

sǎn	jìng	yáng	huā	pū	[pəʔ]	zhān		diǎn	qī	hó	[iɪʔ]	[tiɪʔ]	qīng	qián	
糁	径	杨	花	铺	白	毡	，平先	点	溪	荷	叶	叠	青	钱	。平先
|	|	—	—	—	|	—		|	—	—	|	|	—	—	
sǔn	gēn	zhì	zǐ	wú	rén	jiàn		shā	shàng	fú	chú	bàng	mǔ	mián	
笋	根	雉	子	无	人	见	，	沙	上	凫	雏	傍	母	眠	。平先
|	—	|	|	—	—	|		—	|	—	—	|	|	—	

普通话

杜 dù **白** bái **溪** xī **荷** hé **叶** yè **叠** dié **雉** zhì **母** mǔ

注释

糁 散（sàn）落。**点** 点缀。**青钱** 青铜钱。**笋根** 竹笋根部。**雉子** 小野鸡。**凫雏** 小野鸭。

语译

散落在小路上的杨花，好像铺着的白毡毯；点缀在小溪里的荷叶，好像叠着的青钱。笋根边的小野鸡，没人看见；沙滩上的小野鸭，偎着母鸭睡。

提示

这是杜甫《绝句漫兴九首》里的第七首。这首写初夏景色。

前两句各写一景，后两句各写一物。它们相互之间是并列的，不是起承转合的关系。两联都对仗，对得很工稳。

春晴 chūn qíng

唐 táng · 王 wáng 驾 jià

yǔ qián chū jiàn huā jiān ruǐ，yǔ hòu quán wú [iɪʔ] dǐ huā。

雨前初见花间蕊，雨后全无叶底花。平麻

| — — | — — | | | — — | | —

fōng [tiɪʔ] fēn fēn guò qiáng qù，[tɕʻioʔ] yí chūn [səʔ] zěi lín jiā。

蜂蝶纷纷过墙去，却疑春色在邻家。平麻

— | — — | — | | — — | | — —

普通话

后 hòu **叶** yè **蜂** fēng **蝶** dié **却** què **色** sè **在** zài

注释

初见花间蕊 谓初见花开。蕊，花朵里的雄蕊和雌蕊。**却** 倒，反。

语译

雨前刚刚见到些花里的雌雄蕊，雨后找遍所有叶底都不见一朵花了。

蜂蝶纷纷飞过墙去，倒让人疑心春色还在邻家。

提示

这首诗写残春之景。前两句怨恨一场春雨把花都断送了，后两句疑心春色还在邻家。“却疑春色在邻家”，妙趣横生，是古人称赞的“活句”。

第三句的标准格式是“仄仄平平平仄仄”。“蜂蝶纷纷过墙去”，第六字用了平声（“墙”），拗了，第五字改用仄声（“过”），就算救出来了。第一字改用平声（“蜂”），因不在节奏点上，可以不救。

宋·曹豳 sòng cáo bīn

春暮 chūn mù

mén wèi wú rén wèn [loʔ] huā，[loʔ] yīn rǎn rǎn biàn tiān niá。
门外无人问落花，平麻 绿阴冉冉遍天涯。平麻
— | — — | | — | — | | | — —

lín yīng tí dào wú shēng chù，qīng cǎo chí táng [toʔ] tìng wā。
林莺啼到无声处，青草池塘独听蛙。平麻
— — — | — — | — | — — | | —

普通话

外 wài **落** luò **绿** lǜ **涯** yá **独** dú **听** tīng

注释

问 寻访。**冉冉** 渐渐。**涯** 此字同义三音。佳韵五佳切念 yá；麻韵牛加切念 niá；支韵鱼羁切念 yí。**处** 时候。**独** 只。**听** 闻听义，诗韵平去二读。

语译

我家园里的花已经落尽，行人走过园门外，没有人再进园门里来观赏了。春已暮，绿阴将要渐渐地遍及天涯。现在是林子里的黄莺已经啼到啼不出声音来的时候，只可听听青草池塘里的蛙叫声了。

提示

这首小诗写暮春景象。

首句说花事（赏花之事）已了，次句承说绿阴渐浓。三、四两句，一说无（已无莺啼声），一说有（只有蛙声），用“反对格”突出伤春之情。

落花 [loʔ] huā

宋 sòng · 朱 zhū 淑 [ʂoʔ] 真 zhēn

lián	lǐ	zhī	tóu	huā	zhèng	kēi		dù	huā	fōng	yǔ	biàn	xiāng	cuī
连	理	枝	头	花	正	开	，平灰	妒	花	风	雨	便	相	催
—	|	—	—	—	|	—		|	—	—	|	|	—	—

（催 。平灰）

yuàn	jiāo	qīng	dì	cháng	wéi	zhǔ		[moʔ]	qiǎn	fēn	fēn	diǎn	cuì	téi
愿	教	青	帝	常	为	主	，	莫	遣	纷	纷	点	翠	苔
|	—	—	|	—	—	|		|	|	—	—	|	|	—

（苔 。平灰）

普通话

淑 shū **落** luò **开** kāi **风** fēng **教** jiào **莫** mò **苔** tái

注释

连理枝 两棵树的枝条连生在一起。多比喻相爱的两个人。**催** 通“摧”。**教** 使。**青帝** 司春之神。**常** 永远。**为主** 成为主宰者。**莫遣** 不使。**翠苔** 青苔。

语译

连理枝头两朵花儿刚刚开放，妒花的风雨就来摧残它们了。我希望让青帝永远成为世界的主宰，不使花儿纷纷掉落下去点缀苍苔。

提示

朱淑真是位才女，聪慧过人，与一青年相恋，愿结为夫妻，父母不许，逼其嫁为市井妇，终因抑郁而死。

这首绝句写的就是父母相逼的事。

诗里寄希望于“青帝常为主”，然而青帝是不可能常为主的，女诗人摆脱不了悲剧的命运。

末句的格式是“仄仄平平仄仄平”，所以不说“点青苔”（仄平平）而说“点翠苔”（仄仄平）。

三、四两句，实为一句。只有青帝常为主，才能不使花儿坠落。

宋 sòng · 王 wáng 淇 qí

春暮游小园
chūn mù yóu xiǎo yuán

[iɪʔ] cóng méi fěn tùn cán zhuāng，tú [məʔ] xīn hóng shǎng hěi táng。

一从梅粉褪残妆，(平阳) 涂抹新红上海棠。(平阳)

丨 — — 丨 丨 — — ， — 丨 — — 丨 丨 —

kēi dào tú mí huā shì liǎo，sī sī tiān [tɕiɪʔ] [tʂʻəʔ] méi qiáng。

开到荼蘼花事了，丝丝天棘出莓墙。(平阳)

— 丨 — — — 丨 丨 ， — — — 丨 丨 — —

普通话

一 yì **褪** tuì **抹** mǒ **上** shàng **海** hǎi **开** kāi **棘** jí **出** chū

注释

一从 自从。“一”是助词，起加强语气的作用。**梅粉** 梅花。指红梅。宋范成大的诗里和赵彦端的词里也有用“梅粉”指梅花的。**褪** 消退。《音韵阐微》吐困切。**新红** 新的红颜色。因为有别于原先梅花上的红色，所以叫“新红”。**荼蘼** 也写作“酴醾”。见前郑会《题邸间壁》注。**花事** 赏花之事。**了** 完毕，结束。**天棘** 一种多年生蔓草，又叫天门冬。**莓墙** 长青苔的墙。莓，指青苔。

语译

自从梅花褪去残妆，东风又把新红涂抹在海棠上。现在荼蘼已开花，赏花之事也就要结束了。然而天门冬却从莓墙上爬出来，挂下丝丝翠叶，让人觉得春天还在人间呢。

提示

诗题有“春暮”二字，所以在小园里，荼蘼、天棘是见到的，但梅花落、海棠开可能只是诗人的想象。

“开到荼蘼花事了”，令人有点扫兴；末句爬出天棘来，给人提神，是别开生面的写法。

宋·刘克庄 sòng liú [k‘əʔ] zhuāng

莺梭 yīng suō

[tʂəʔ] liǔ qiān qiáo tài yǒu qíng jiāo jiāo shí [tsoʔ] lòng jī shēng

掷柳迁乔太有情，平庚 交交时作弄机声。平庚

| | — — | | — — — — | | — —

[loʔ] yáng sān [yɪʔ] huā rú jǐn duō shǎo gōng fū [tʂəʔ] [təʔ] chéng

洛阳三月花如锦，多少工夫织得成！平庚

| — — | — — | — | — — | | —

普通话

克 kè **掷** zhì **太** tài **作** zuò **弄** nòng **洛** luò **月** yuè **织** zhī **得** dé

注释

莺梭 谓黄莺穿柳如梭子织布。**掷柳迁乔** 形容黄莺穿柳。掷，跳跃。

迁乔，往高处跳。**太有情** 大有兴致。太，大也。情，兴致也。**交交** 象声词。**弄机** 操作织布机，就是织布。弄，《广韵》卢贡切，读书音读 lòng。**多少** 不知多少。**工夫** 时间。

语译

黄莺在柳条间穿来跳去真有兴致，还时时发出“交交”的织布声来。洛阳城三月里鲜花如锦；这匹锦呀，不知黄莺花了多少工夫才织成！

提示

这首小诗写洛阳三月的春色（“花如锦”）。从黄莺穿柳作想，说此春色之锦是黄莺织出来的。构思奇巧。

刘克庄是南宋莆田（今属福建）人，当时洛阳沦于金人之手，他不大可能亲见洛阳春色。洛阳曾是北宋的陪都（在首都之外另立的都城），写想象中的洛阳春色，有不忘故土之意。

这首诗暗用了《世说新语》里“新亭对泣”的典故：西晋灭亡后，中原士人渡江南来，有一天，他们在新亭（在今南京市郊）宴饮，有人感叹说：“这里的风景跟洛阳差不多，只是江山却换了主人！”大家相视流泪，丞相王导则劝勉大家要“克复神州”。

宋 sòng
·
葉 [iɪʔ]

采 cěi

mù chūn [tɕiɪʔ] shì

暮春即事

shuāng shuāng wǎ [tɕ'ioʔ] xíng shū àn diǎn diǎn yáng huā [zəʔ] yàn chí

双双瓦雀行书案，点点杨花入砚池。平支

— — | | — — | | | — — | | —

xián zuǒ xiǎo chuāng [toʔ] zhōu [iɪʔ] [pəʔ] zhī chūn qù jǐ duō shí

闲坐小窗读周易，不知春去几多时。平支

— | | — | — | | — — | | — —

普通话

葉 yè **采** cǎi **即** jí **雀** què **入** rù **坐** zuò **读** dú **易** yì **不** bù

注释

即事 眼前的事物。用为诗题，表示写的是眼前事物。如果写的是眼前之景，就说“即景”。有时候，眼前之景与眼前事物是分不清楚的。**瓦雀** 麻雀的别名。**书案** 书桌。靠窗放，所以瓦雀在上面行走。**砚池** 砚台。**周易** 儒家经典著作之一，也称《易经》，是研究自然与社会变化的书。易，变化的意思。**不知** 不管。**几多** 多少。

语译

双双瓦雀跑到书桌上来散步，点点杨花又飘进砚池里面。我只顾安静地坐在小窗前读我的《周易》，不管烂漫的春光已经消逝了多少日子。

提示

这首绝句写暮春读书的情景。专心读书，麻雀都飞到书桌上来了。

第三句的标准格式是“仄仄平平平仄仄”。但第六字必须用平声“周”字，不得不拗，所以第五字用仄声“读”字相救。“仄仄平平仄平仄”是“仄仄平平平仄仄”的变式，唐宋诗人喜用，而且考试也允许。

登山 dēng shān

唐 táng · 李 lǐ 涉 [ʂəʔ]

zhōng [zʅəʔ] hūn hūn zuì mòng jiān [xuəʔ] wén chūn jǐn qiǎng dēng shān

终日昏昏醉梦间，平删 忽闻春尽强登山。平删

— | — — | | — | — — | | — —

yīn guō [tʂoʔ] yuàn fóng sēng huà yòu [təʔ] fóu shēng bàn [zʅəʔ] xián

因过竹院逢僧话，又得浮生半日闲。平删

— — | | — — | | | — — | | —

普通话

涉 shè **日** rì **梦** mèng **忽** hū **尽** jìn **过** guò **竹** zhú **逢** féng **得** dé **浮** fú

注释

终日 整天。实指“天天”。**醉梦间** 谓处在如醉如梦的状态。**强** 勉强。**过** 经过。平、去二读。一般读去声，这里要读平声。**竹院** 诗题一作

《题鹤林寺僧舍》，故“竹院”当指鹤林寺。**浮生** 人生。《庄子》：“其生若浮。”谓人生在世，虚浮无定，故称人生为“浮生”。

语译

天天忙得昏头昏脑，处在如醉如梦的状态里；忽然听说春将去尽，就勉强登一次山。因为经过竹院逢着僧人谈谈说说，这才浮生又得半日清闲。

提示

这首绝句的主旨是逢僧话而得清闲，却从强登山说起。登山没有？登山见到了什么？按理要写这些，但都不写。这叫作“跳出窠臼”。

蚕妇吟 (cán fǒu yín)

宋·谢枋得 (sòng · xià fāng [təʔ])

zǐ guī tí [tʂʻəʔ] sì gēng shí
子规啼彻四更时，（平支）
丨 — — 丨 丨 — —

qǐ shì cán chóu pà [iɪʔ] xī
起视蚕稠怕叶稀。（平微）
丨 丨 — — 丨 丨 —

[pəʔ] xìn lóu tóu yáng liǔ [yɪʔ]
不信楼头杨柳月，
丨 丨 — — — 丨 丨

[ioʔ] rén gō wǔ wèi céng guī
玉人歌舞未曾归。（平微）
丨 — — 丨 丨 — —

普通话

谢 xiè **得** dé **妇** fù **彻** chè **叶** yè **不** bú **月** yuè **玉** yù **歌** gē

注释

蚕妇 养蚕的妇女。**吟** 诗体的一种。**子规** 杜鹃鸟。暮春啼叫。**啼彻** 一直啼到。**四更** 一夜分为五更，四更是天将明未明之时。**蚕稠怕叶稀** 怕蚕多桑叶少。稠，多也。**楼头杨柳月** 谓月亮下移到楼头杨柳上。即指四更时。**玉人** 美人。指歌儿舞女。

语译

从黄昏起，杜鹃鸟就一直啼，啼到现在已经四更时分了。蚕妇怕蚕多叶少，再一次起床来看看。她日夜忙碌，说什么也不会相信，现在月亮已经西移到楼边杨柳上了，那些美人儿还在唱歌跳舞，还没有回家去呢。

提示

这首小诗写蚕妇养蚕的辛苦。

用对比写法。蚕妇忙到四更天还不能放心睡，而玉人歌舞到四更天还在唱歌跳舞。玉人歌舞，妙在从蚕妇不信写出。

首句用邻韵。

唐 táng
·
韩 hán
愈 yǔ

wǎn chūn
晚春

cǎo [moʔ] zhī chūn [pəʔ] jiǔ guī，(平微) [pəʔ] bān hóng zǐ dòu fāng fēi。(平微)
草木知春不久归，百般红紫斗芳菲。
| | — — | | — | — — | | — —

yáng huā yú [tɕiɪʔ] wú cái sì， wéi jiǎ mán tiān [tsoʔ] [ɕiɪʔ] fēi。(平微)
杨花榆荚无才思，惟解漫天作雪飞。
— — — | — — | — | — — | | —

普通话

愈 yù **木** mù **不** bù **百** bǎi **荚** jiá **才** cái **思** sī **解** jiě **漫** màn **作** zuò **雪** xuě

注释

百般 各种各样。**芳菲** 芳香。**榆荚** 榆树未生叶前先生荚，形似铜钱而小，联缀成串，也称榆钱。**才思** 才气和文思。这里指才能。思，名词，读书音读去声。**作** 如，像。

语译

草木知道春天不久就要回去了，所以开出各种各样红的紫的花儿来互相比芳香。杨花和榆荚没有什么才能，只知道像雪一样漫天飞舞。

提示

这首小诗写晚春（暮春）景色。

因为知春不久归，所以草木们抓紧“斗芳菲”，颇有奇趣。而最有趣的是写杨花、榆荚虽“无才思”，却也来凑热闹。

有没有寓意？难说。此等处，不妨不求甚解。

“漫”字，诗韵平去二读，但在这首诗里必须读平，如果读去，末句就犯孤平了。

伤春 shāngchūn

宋 sòng · 杨 yáng 万 wàn 里 lǐ

准拟今春乐事浓，（平冬）依然枉却一东风。（平东）

zhǔn nǐ jīn chūn [loʔ] shì nóng，yī rán wǎng [tɕʻioʔ] [iɪʔ] dōng fōng。

丨丨——丨丨—，——丨丨丨——。

年年不带看花眼，不是愁中即病中。（平东）

nián nián [pəʔ] dèi kān huā yǎn，[pəʔ] shǐ chóu zhōng [tɕiɪʔ] bìng zhōng。

——丨丨——丨，丨丨——丨丨—。

普通话

乐 lè **却** què **一** yì **风** fēng **不** bú **带** dài **看** kàn **是** shì **即** jí

注释

伤春 为春天将逝而悲伤。**准拟** 料想，估计。**浓** 多。**枉却** 白费了。**一东风** 谓吹了一季的春风。**带** 用同“戴”。眼睛是生在头上的，这里说

“不戴”，是风趣的说法。**即** 就是。

语译

本来估计今春乐事多，谁知依然白费了春风吹拂一季。年年春天都不戴看花的眼睛，不是处在忧愁里，就是处在病痛中。

提示

这首绝句感叹自己年年春天都不能赏花。首句说估计今年春天不但能够赏花，而且乐事一定很多，说得兴高采烈。次句即作一百八十度的转弯，转写“伤春”了。这是“抬高跌重”的写法。

宋·王令（sòng wáng lìng）

送春（sòng chūn）

sān [yiʔ] cán huā [loʔ] gèng kāi　xiǎo yán [zəʔ] [zəʔ] yàn fēi lái

三月残花落更开，平灰 小檐日日燕飞来。平灰

— | — — | | —　| — | | | — —

zǐ guī yà bàn yóu tí [ɕyiʔ]　[pəʔ] xìn dōng fōng huàn [pəʔ] huí

子规夜半犹啼血，不信东风唤不回。平灰

| — | | — — |　| | — — | | —

普通话

月 yuè **落** luò **开** kāi **日** rì **来** lái **夜** yè **血** xuè **不** bú **风** fēng **不** bù

注释

更 再，又。**子规啼血** 杜鹃鸟春末啼叫不息，据说口角流血，所以说是“啼血”。这里只指啼叫。

语译

三月花残，落了又开。小小茅檐下，天天有燕子飞来飞去。杜鹃鸟半夜里还在啼叫，啼得嘴角上都有血了，不信春风唤不回来！

提示

这首小诗，题为“送春”，实写“留春”心愿。

暮春时候，杜鹃鸟是不停地啼叫的，诗人由此作美妙想象，想象鸟儿是在呼唤春风回到人间来。而且还信心十足，不信唤不回呢！

三月晦日送春

sān [yɪʔ] huì [zə̣ʔ] sòng chūn

唐 táng · 贾 jiǎ 岛 dǎo

sān [yɪʔ] zhèng dāng sān [ṣəʔ] [zə̣ʔ] fōng guāng [piɪʔ] wǒ kǔ yín shēn

三月正当三十日，风光别我苦吟身。平真

— | | — — | | — — | | | — —

gòng jūn jīn yà [pəʔ] xū shuì wèi dào xiǎo zhōng yóu shǐ chūn

共君今夜不须睡，未到晓钟犹是春。平真

| — — | | — | | | | — — | —

普通话

月 yuè **日** rì **十** shí **风** fēng **别** bié **夜** yè **不** bù **是** shì

注释

三月晦日 指农历三月三十日。农历每月的最后一天叫“晦日”（第一天叫“朔日”）。**正当** 正值，正逢。**风光** 指春光。**苦吟身** 苦吟之人。反复吟诵，雕琢诗句，叫“苦吟”。**君** 诗题一作《三月晦日赠刘评事》，可知“君”指姓刘的评事。评事，官名。**不须** 不要。**晓钟** 报晓的钟声。古代敲钟报晓。

语译

今天正逢三月三十日，春光就要别我这苦吟之人而去了。我和您今夜都不要睡，没到报晓的钟声响起就还是春天。

提示

这首七绝写珍惜春光的心情。

春季三个月，农历三月三十日是最后一天。诗人这一夜自己不睡，还叫朋友也不要睡。为什么呢？就是要抓住“春的尾巴”。

末句第三字拗，第五字救出。如不救，便犯孤平。

[k'əʔ] zhōng chū xià

客中初夏

宋 sòng · 司 sī 马 mǎ 光 guāng

sì [yɪʔ] qīng hó yǔ zhà qíng nán shān dāng hù zhuǎn fēn míng

四月清和雨乍晴，平庚 南山当户转分明。平庚

丨 丨 — — 丨 丨 — — — — 丨 丨 — —

gèng wú liǔ xù yīn fōng qǐ wéi yǒu kuí huā xiàng [zəʔ] qīng

更无柳絮因风起，惟有葵花向日倾。平庚

丨 — 丨 丨 — — 丨 — 丨 — — 丨 丨 —

普通话

客 kè **月** yuè **和** hé **户** hù **风** fēng **日** rì

注释

清和 景色清明，气候和暖。**乍** 突然。**当户** 对着门。**更** 再。**柳絮因风起** 东晋谢安下雪天家宴，问："白雪纷纷何所似？"侄子谢朗说："撒盐空中差（chā。略）可拟（比拟）。"侄女谢道韫（yǔn。普通话念去声）说："未若柳絮因风起。"

语译

时正四月初夏，本来下雨，突然放晴。对门的南山，原先轮廓模糊，现在转为分明了。现在的季节，再没有柳絮随风而起，只有葵花向着太阳倾斜。

提示

王安石实行变法，司马光和他政见不同，于熙宁四年（1071）客居洛阳，居洛共十五年之久。居洛期间，编撰《资治通鉴》。

这首绝句又题为《居洛初夏作》，显然作于客地洛阳。诗写初夏雨后初晴的景色，远景是南山，近景是葵花。三、四句话里有话，说自己如葵花向日，爱君忠义；客地洛阳也没有像柳絮那样因风飞扬，去附和王安石的人。

宋 sòng · 赵 zhǎo 师 shī 秀 xiù

[ioʔ] [kʻəʔ]

约客

huáng méi shí [tɕiɪʔ] jiā jiā yǔ，qīng cǎo chí táng chù chù wā

黄梅时节家家雨，青草池塘处处蛙。平麻

— — — | — — |　— | — — | | —

yǒu [ioʔ] [pəʔ] lái guō yà bàn，xián qiāo qí zǐ [loʔ] dēng huā

有约不来过夜半，闲敲棋子落灯花。平麻

| | | — — | |　— — — | | — —

普通话

赵 zhào **约** yuē **客** kè **节** jié **不** bù **来** lái **过** guò **夜** yè **落** luò

注释

黄梅时节 春末夏初梅子黄熟的一段时期。其间长江中下游地区多雨，空气潮湿。**青草池塘** 边滩上长满青草的池塘。**过** 超过。此义诗韵平去二读。**闲** 空闲。**灯花** 灯芯燃烧时结成的花状物。

语译

黄梅时节家家挂着雨帘，青草池塘处处响着蛙声。朋友有约，可是过了半夜还不见来到。闲着没事做，拿枚棋子敲敲棋盘，却把灯花给震落下来了。

提示

这首七绝写黄梅时节夜里等待朋友来下棋的情景。

首句写雨，次句写蛙声，第三句点题。末句写继续等待朋友来下棋，用“闲敲棋子”来表现心态。

宋 sòng · 杨 yáng 万 wàn 里 lǐ

闲居初夏午睡起
xián jū chū xià wǔ shuì qǐ

méi zǐ liú suān ruǎn chǐ yá bā jiāo fēn [loʔ] yǔ chuāng shā
梅子流酸软齿牙，平麻 芭蕉分绿与窗纱。平麻
— | — — | | — — — — | | — —

[zəʔ] cháng shuì qǐ wú qíng sì xián kàn ér tóng [tʂoʔ] liǔ huā
日长睡起无情思，闲看儿童捉柳花。平麻
| — | | — — | — | — — | | —

普通话

绿 lǜ **日** rì **思** sī **捉** zhuō

注释

流酸 流出酸汁。一作“留酸”（吃过梅子，嘴里还留有梅子的酸味）。**情思** 犹“情趣”。**闲** 空闲。**柳花** 即柳絮。

语译

梅子流出的酸汁软倒齿牙，芭蕉把绿阴分给窗纱。白昼长了，午睡起来没有什么情趣；闲着没事做，就看儿童们捕捉柳花吧。

提示

这首小诗写初夏午睡起来的清闲情景。其时宋孝宗再次向金朝割地赔款，诗人英雄无用武之地，闲居愁闷。看儿童捉柳花，实在是无可奈何的事。

这首诗，要透过字面看，要联系时代看。

三衢道中

sān qú dǎo zhōng

宋·曾幾 sòng zēng jī

méi zǐ huáng shí [zə̩ʔ] [zə̩ʔ] qíng, xiǎo qī fàn jǐn [tɕʻioʔ] shān xíng。

梅子黄时日日晴，平庚 小溪泛尽却山行。平庚

— | — — | | — | — | | | — —

[loʔ] yīn [pəʔ] jiǎn lái shí lù, tiān [təʔ] huáng lí sì wǔ shēng。

绿阴不减来时路，添得黄鹂四五声。平庚

| — | | — — | — | — — | | —

普通话

道 dào **日** rì **溪** xī **尽** jìn **却** què **绿** lǜ **不** bù **来** lái **得** dé

注释

三衢 地名，在今浙江衢州。**却** 再（《诗词曲语辞汇释》）。

语译

今年梅子黄时反而天天晴好。前几天我去游玩，现在沿原路返回。先泛舟小溪，到小溪尽头上岸，再在山间小路上行走。路上绿阴比来时没有减少，只是添了四五声黄鹂的鸣叫。

提示

这是纪（jǐ。普通话念去声）行诗，记所经路途和路上风光。

诗用“来时路”表明所写的是回程。

“不减”与“添得”是钩勒字，写出往返期间季节由暮春到初夏的变化。

宋·朱淑真 sòng zhū [ʂoʔ] zhēn

即景
[tɕiɪʔ] jǐng

[tʂoʔ] yáo qīng yǐng zhào yōu chuāng, liǎng liǎng shí qín sào [ɕiɪʔ] yáng.

竹摇清影罩幽窗，(平江) 两两时禽噪夕阳。(平阳)

丨 — — 丨 丨 — — 丨 丨 — — 丨 丨 —

xià [tɕʻioʔ] hěi táng fēi jǐn xù, kùn rén tiān qì [zəʔ] chū cháng.

谢却海棠飞尽絮，困人天气日初长。(平阳)

丨 丨 丨 — — 丨 丨 丨 — — 丨 丨 — —

普通话

淑 shū 即 jí 竹 zhú 噪 zào 夕 xī 谢 xiè 却 què 海 hǎi 尽 jìn 日 rì

注释

即景 眼前的景物。用作诗题，表示所写是眼前的景物。**罩** 笼罩。**幽** 清幽。**时禽** 时鸟，应时而鸣的鸟。**噪** 喧叫。《广韵》苏到切，读书音念 sào。**谢却** 谢掉了。**絮** 柳絮。**困人** 使人困倦。

语译

竹子摇动的清影笼住幽窗，成双成对的应时而鸣的鸟儿在夕阳下喧叫。海棠花落完了，柳絮也飞尽了。白昼刚刚长（cháng）起来，天气让人感到困倦。

提示

这是即景诗，写初夏之景。竹摇清影，禽噪夕阳，是实笔；海棠谢，柳絮飞，则是虚笔。虚实结合，形成季节对比。

末句“困人天气日初长”写人在初夏时的状态，很确切，常为人引用。

二、四句押下平声七阳韵，首句用上平声三江韵。江韵与阳韵，本相隔很远；后来语音变化，韵相近了。

宋 sòng ·戴 dèi 复 [foʔ] 古 gǔ

初夏游张园
chūn xià yóu zhāng yuán

rǔ [iaʔ] chí táng shuǐ qiǎn shēn
乳鸭池塘水浅深，平侵
| | — — | | —

[ʂoʔ] méi tiān qì bàn qíng yīn
熟梅天气半晴阴。平侵
| — — | | — —

dōng yuán zèi jiǔ xī yuán zuì
东园载酒西园醉，
— — | | — — |

[tʂeʔ] jǐn pí pá [iɪʔ] shù jīn
摘尽枇杷一树金。平侵
| | — — | | —

普通话

戴 dài **复** fù **鸭** yā **熟** shú **载** zài **摘** zhāi **尽** jìn **一** yí

注释

乳鸭 幼鸭，小鸭。**熟梅** 梅子成熟。**半晴阴** 时晴时阴。**载酒** 携带着酒。

语译

小鸭子在水位深浅不一的池塘里嬉戏，这梅子成熟的天气时晴时阴。有人携酒去游东园，喝个大醉；有人携酒去游西园，也喝个大醉。张园园主还把一树金黄的枇杷都摘下来给大家吃呢！

提示

宋代私家园林常择时开放，纵人游赏，一般不收费。

诗题里的张园，不知在何地。

“东园载酒西园醉”，不是说“携酒到东园去，而在西园喝醉”，而是说“东园载酒，醉；西园载酒，醉”。上半句“东园载酒”省“醉”，下半句“西园醉”省“载酒”。这种写法叫“互文见义”。交错叫“互”，交错文字叫“互文”。诗用互文，是因为受到字数的限制。

宋 sòng · 黄 huáng 庭 tíng 坚 jiān

鄂州南楼书事

[oʔ] zhōu nán lóu shū shì

sì gù shān guāng [tɕiɪʔ] shuǐ guāng, píng lán [ʂəʔ] lǐ jì hó xiāng

四顾山光接水光，平阳 凭栏十里芰荷香。平阳

| | — — | | — — — | | | — —

qīng fōng míng [yɪʔ] wú rén guǎn, bìng [tsoʔ] nán léi [iɪʔ] wèi liáng

清风明月无人管，并作南来一味凉。平阳

— — — | — — | | | — — | | —

普通话

鄂 è 接 jiē 十 shí 荷 hé 风 fēng 月 yuè 作 zuò 来 lái 一 yí

注释

鄂州 治所（官署所在地）在今湖北武汉市武昌。**书事** 犹“即事”，表示写的是眼前之事。**芰** 菱。**无人管** 谓人人都可享受。**并作** 合成。**南来** 当时吹南风，所以说“南来”。**一味凉** 一种清凉的感觉。一种药物叫“一味”，这里把“清凉”比作药物。

语译

月下登楼四顾，但见山光与水光相接。凭栏而立，闻到十里芰荷香气。清风明月无人能管住，它们和山光水光、芰荷清香一起，合成自南而来的一味清凉。

提示

这是黄庭坚在崇宁二年（1103）农历六月再登南楼时写的。

诗人罢官后流寓鄂州，等待新的任命。他很苦闷，只好从佛家的思想中寻求精神寄托。

“清凉”是佛家常用语，指摆脱一切爱与恨，达到无烦恼境界。诗里的“一味凉”，就含有这个意思。

这首小诗是说：夜登南楼，看到月下山光与水光相接，又闻到南风送来的芰荷香，烦恼尽除，进入佛家的清凉境界里了。

唐 táng
·
高 gāo
骈 pián

shān tíng xià [zəʔ]
山亭夏日

[loʔ] shù yīn nóng xià [zəʔ] cháng lóu tái dào yǐng [zəʔ] chí táng
绿树阴浓夏日长，平阳 楼台倒影入池塘。平阳
| | — — | | — — — | | | — —

shuǐ jīng lián dǒng wéi fōng qǐ mǎn jià qiáng wéi [iɪʔ] yuàn xiāng
水晶帘动微风起，满架蔷薇一院香。平阳
| — — | — — | | | — — | | —

普通话

日 rì **绿** lǜ **台** tái **入** rù **动** dòng **微** wēi **风** fēng **薇** wēi **一** yí

注释

水晶帘 水晶做的帘子。这里借指池塘水面。

语译

绿树树阴浓密，夏季白昼很长。楼台的倒影终于移入池塘，是太阳已经西斜了。忽然，像水晶帘一样的水面动了起来，哦，原来是起了微风。这微风呀，还把下面满院子的清香吹送到山亭上来。那是蔷薇的香味。瞧，满架都盛开着蔷薇花呢！

提示

这首小诗写夏日山亭所见。这个亭子，可能是造在一座假山上的。

用“水晶帘”形容夏日阳光下的水面，很贴切。

第三句“水晶帘动”应次句的“池塘”，而“微风起”又启末句“满架蔷薇一院香”。这叫“前后照应”。

宋·范成大 sòng fǎn chéng dà

田家 tián jiā

zhòu [tʂʻəʔ] yún tián yà [tɕiɪʔ] má　cūn zhuāng ér nǚ [koʔ] dāng jiā
昼出耘田夜绩麻，平麻　村庄儿女各当家。平麻
丨丨一一丨丨一　一一一丨丨一一

tóng sūn wèi jiǎ gōng gēng [tʂəʔ]　yǎ bàng sāng yīn [ɕyɪʔ] zhòng guā
童孙未解供耕织，　也傍桑阴学种瓜。平麻
一一丨丨一一丨　丨丨一一丨丨一

普通话

范 fàn **出** chū **夜** yè **绩** jì **各** gè **解** jiě **织** zhī **也** yě **学** xué

注释

田家 农家。**耘田** 在田里除草。**绩麻** 把麻纤维披开接续起来搓成线。**当家** 内行（háng），劳动能手。**供** 从事，担任。

语译

男人白天出去耘田，女人夜里在家绩麻，村庄农家的男人女人各个都是劳动能手。孙子孙女还是儿童，还不懂将来也要从事耕织的工作，却也

傍着桑树阴学习种瓜了。

提示

这首诗是用老农口气写的。“儿女”指老农的儿子、媳妇和女儿们。“童孙”指他的孙子、孙女。写童孙傍着桑阴学习种瓜，极富儿童情趣。

宋 sòng · 翁 ōng 卷 juǎn

村居即事
cūn jū [tɕiɪʔ] shì

[loʔ] biàn shān yuán [pəʔ] mǎn chuān zǐ guī shēng lǐ yǔ rú yān
绿遍山原白满川，平先 子规声里雨如烟。平先
| | — — | | — | — — | | — —

xiāng cūn sì [yɪʔ] xián rén shǎo cái liǎo cán sāng yòu [tʂʻaʔ] tián
乡村四月闲人少，才了蚕桑又插田。平先
— — | | — — | — | — — | | —

普通话

翁 wēng **即** jí **绿** lǜ **白** bái **月** yuè **才** cái **插** chā

注释

村居 在农村的居所。“居”作名词用。**即事** 眼前之事。用作诗题，表示所写是眼前所见的事情。**山原** 山岭和原野。**川** 指河流、湖泊、池塘、沟渠等。**子规** 杜鹃鸟。**插田** 插秧。

语译

山岭原野都绿遍，河流沟渠全都泛着白白的水光。杜鹃声声，细雨如烟似雾。四月里的乡村闲人很少，大家刚刚结束了采桑养蚕的活儿，又忙着插秧了。

提示

诗题一作《乡村四月》。“绿”字写树色，“白”字写水光，形象鲜明。“雨如烟”也很形象，且放在“子规声里”写出，真是有声有色。

三、四两句就写诗题“即事”的“事”。这是这首诗要特别写出来的。

tí liú huā
题榴花

唐 táng · 韩 hán 愈 yǔ

wǔ [yɪʔ] liú huā zhào yǎn míng zhī jiān shí jiàn zǐ chū chéng
五月榴花照眼明，平庚 枝间时见子初成。平庚
| | — — | | — — — — | | — —

kǒ lián cǐ dì wú chā mǎ diān dǎo cāng téi [loʔ] jiàng yīng
可怜此地无车马，颠倒苍苔落绛英。平庚
| — | | — — | — | — — | | —

普通话

愈 yù 月 yuè 可 kě 车 chē 苔 tái 落 luò

注释

题榴花 从诗题看，应是一首题画诗。“榴花”，指榴花图，不知画者是谁。**照眼** 耀眼。**时见** 偶见。**子初成** 小石榴刚刚长成。**可怜** 可惜。**颠倒** 反而，倒（《诗词曲语辞例释》）。**绛英** 深红色的花瓣。

语译

五月里的石榴花鲜亮得耀眼，枝条间已可偶尔见到刚长成的小石榴。可惜此地没有车马经过，没人珍惜，倒只让深红色的花瓣落满在青苔上。

提示

这首题画诗头两句描写画中的石榴花和枝间的小石榴，三、四两句是由看画生发感慨，感慨榴花不遇知音。自然这是将花喻人。

也许，“苍苔落绛英”也是画里画着的。

村晚 cūn wǎn

宋 sòng · 雷 léi 震 zhèn

cǎo	mǎn	chí	táng	shuǐ	mǎn	bēi		shān	xián	[loʔ]	[zəʔ]	jìn	hán	yī	
草	满	池	塘	水	满	陂	，平支	山	衔	落	日	浸	寒	漪	。平支
|	|	—	—	|	|	—		—	—	|	|	|	—	—	
[moʔ]	tóng	guī	qù	héng	niú	bèi		duǎn	[tiɪʔ]	wú	qiāng	xìn	kǒu	chuī	
牧	童	归	去	横	牛	背	，	短	笛	无	腔	信	口	吹	。平支
|	—	—	|	—	—	|		|	|	—	—	|	|	—	

普通话

落 luò **日** rì **牧** mù **笛** dí

注释

村晚 农村的傍晚。**池塘** 蓄水的坑，一般不太大，也不太深。此处指水池的岸滩。**陂** 水池。**衔** 含。**漪** 波纹。**信口** 随口。

语译

草长满在小池的岸滩上，水涨满在小池里。山衔落日的倒影，浸在泛着微波的有些凉意的水里。牧童回去，横坐在牛背上，没有腔调，短笛只是随口吹吹而已。

提示

首句写草写水，点明季节。次句点出诗题。后两句写牧童归去，切合“村晚”的题目。

这首绝句，无论是写景还是写人，都达到了极高的艺术境界。然而作者雷震，却不为人知，我们只能查到他是宋人而已。

宋·王安石 sòng wáng ān [ʂəʔ]

书湖阴先生壁

shū hú yīn xiān shēng [piɪʔ]

máo yán cháng sǎo jìng wú téi huā [moʔ] chéng xí shǒu zì zēi

茅檐常扫净无苔，平灰 花木成畦手自栽。平灰

— — — | | — — — | — — — | —

[iɪʔ] shuǐ hù tián jiāng [loʔ] rǎo liǎng shān pá [t'əʔ] sòng qīng léi

一水护田将绿绕，两山排闼送青来。平灰

| | | — — | | | — — | | — —

普通话

石 shí **壁** bì **苔** tái **木** mù **畦** qí **栽** zāi **一** yì **绿** lǜ **绕** rào **排** pái **闼** tà **来** lái

注释

湖阴先生 杨德逢，号湖阴。王安石晚年居南京锺山，与杨是邻居，常来往。**茅檐** 茅屋的廊檐。这里借指庭院。**畦** 指整齐的花圃。**手自** 亲手。**绿** 指田里的庄稼。**排闼** 推开门。闼，本指房门，这里是泛指。

语译

庭院常扫，干净得连青苔都不见；花木品种繁多，分了好几畦，它们都是先生亲手栽种的。一水护田，将绿油油的庄稼围住；两山自己推开院子门，把青翠的山色送进来。

提示

这首是题壁诗。

头两句写院内，突出其干净和花木成畦。后两句写院外的山水。一水护田，两山排闼，都用拟人手法。

古代诗文常用典故，叫“用典”或“用事”。

《汉书·西域传序》有“护田”（士兵守护田地）的记载，《汉书·樊哙传》有樊哙“排闼直入”去见刘邦的话。王安石就把这两个典故融化在诗句里。知道出典的人，赞其精妙；不知道出典的人，也不影响对诗意的理解。

wū yī xiàng

乌衣巷

唐 táng · 刘 liú 禹 yǔ 锡 [ɕiɪʔ]

zhū [tɕ'ioʔ] qiáo biān yǎ cǎo huā， wū yī xiàng kǒu [ɕiɪʔ] yáng xiá。

朱雀桥边野草花，平麻 乌衣巷口夕阳斜。平麻

— | — — | | — 　 — — | | | — —

jiù shí wáng xià táng qián yàn， fēi [zəʔ] xún cháng [pəʔ] xìng jiā。

旧时王谢堂前燕，飞入寻常百姓家。平麻

| — — | — — | 　 — | — — | | —

普通话

锡 xī **雀** què **野** yě **夕** xī **斜** xié **谢** xiè **入** rù **百** bǎi

注释

乌衣巷 在今南京市。三国吴时于此置乌衣营，以兵士穿乌衣而名。东晋时，王谢等望族（有名望有地位的家族）居此。**朱雀桥** 桥横跨秦淮河，桥南即乌衣巷。**花** 开花。**王谢** 王导家族和谢安家族。王导是东晋开国元勋，谢安曾指挥淝水之战击退北方前秦的侵略。**堂前** 堂上。

语译

朱雀桥边野草开花，乌衣巷口夕阳西斜。从前东晋时期曾在王谢家堂上垒窝的燕子，现在只好飞到普通百姓家里去垒窝了。

提示

这首是怀古诗。

怀古诗是怀念古代的。说是古代，其实只要是从前的，都可以算在里面。

这首是唐朝的刘禹锡怀念离他三四百年前的王谢家族的。

东晋王谢家族，十分显赫荣耀，现在厅堂也没有了，巷口只有西斜的夕阳，桥边也只有野草在开花。

诗人为了加重感叹王谢家连个厅堂都没了，就说现在的燕子只好飞入寻常百姓家去垒窝了。

什么意思呀？是说繁华、荣耀都是不可能永久的。

唐 táng
·
王 wáng
维 wéi

sòng yuán èr shǐ ān xī
送元二使安西

wèi chéng zhāo yǔ [iɪʔ] qīng chén [k'əʔ] shà qīng qīng liǔ [səʔ] xīn
渭城朝雨浥轻尘，平真 客舍青青柳色新。平真
| — — | | — — | | — — | | —

quàn jūn gèng jǐn [iɪʔ] bēi jiǔ xī [tʂ'əʔ] yáng guān wú gù rén
劝君更尽一杯酒，西出阳关无故人。平真
| — | | | — | — | — — — | —

普通话

浥 yì **客** kè **舍** shè **色** sè **尽** jìn **一** yì **出** chū

注释

元二 姓元，在同祖父的弟兄中排行（háng）第二。古人喜欢称人家排行。**安西** 指安西都护府，治所在龟兹城（在今新疆库车）。**渭城** 秦都咸阳故城，渭水北岸。唐代从长安往西去的，多在此地送别。**浥** 湿润。**客舍** 驿馆，旅舍。驿站里供人住宿的房子。**阳关** 古关名。因在玉门关之南故名，是当时去西域的通道。

语译

渭城朝雨沾湿了轻尘，轻尘不再飞扬；柳色显得清新，映得客舍青青。我劝您再喝完一杯酒，往西出了阳关，可就看不见老朋友了。

提示

这是送别诗。

头两句写送别的地点、时间和景色。后两句是劝饮的话，劝行者再喝一杯。

惜别之情十分深挚，后来就有人给它谱了曲，常在离筵上演唱。演唱的歌曲叫《阳关三叠》，也称《渭城曲》。

唐 táng · 李 lǐ 白 [pəʔ]

tí [pəʔ] xià bēi
题北榭碑

[iɪʔ] wéi qiān [k'əʔ] qù cháng shā xī wàng cháng ān [pəʔ] jiàn jiā
一为迁客去长沙，平麻 西望长安不见家。平麻
| — — | | — — — | — — | | —

huáng [xoʔ] lóu zhōng chuī [ioʔ] [tiɪʔ] jiāng chéng wǔ [yɪʔ] [loʔ] méi huā
黄鹤楼中吹玉笛，江城五月落梅花。平麻
— | — — — | | — — | | | — —

普通话

白 bái **北** běi **榭** xiè **一** yì **客** kè **不** bú **鹤** hè **玉** yù **笛** dí **月** yuè **落** luò

注释

题北榭碑 黄鹤楼四面有台榭，此诗刻于北面台榭的碑上。建在台上

的房屋叫榭。诗题里的“题”字，是“刻”的意思。**迁客** 被贬谪流放的人。**去长沙** 往长沙。这里用汉朝贾谊被贬往长沙的典故，比喻自己被贬夜郎。**黄鹤楼** 在今武汉市南岸的武昌蛇山顶上。**玉笛** 笛子的美称。**江城** 指武昌城。**落梅花** 古笛曲有《梅花落》。

语译

一做迁客像贾谊去往长沙那样，西望长安可就望不见家了。有人在黄鹤楼中吹笛子，吹的是《梅花落》。听着这曲子，我恍惚看到江城五月里飘舞梅花，觉得身上有些冷了。

提示

安史之乱，唐玄宗逃亡四川。他的第三子李亨主持平叛事宜，于至德元年（756）即位于灵武，史称肃宗。永王李璘是李亨的弟弟。李璘借平叛名义组织军队，要与李亨争夺帝位。李白不知内情，加入李璘幕府。李璘兵败后，李白被贬，流放夜郎。这首诗是乾元元年（758）李白被流放夜郎途经黄鹤楼时所作。

耳朵听到《梅花落》，眼前浮现梅花飘落的情景，身上感到有些冷。这是人们常有的现象。把这种现象写在诗文里，叫运用“通感”手法。通感，就是把听的感觉、看的感觉甚至皮肤冷暖的感觉等等互相联通。

宋 sòng · 程 chéng 颢 hǎo

题淮南寺
tí huá nán sì

nán qù [pəʔ] lái xiū biàn xiū [pəʔ] pín chuī jǐn chǔ jiāng qiū

南去北来休便休，平尤 白蘋吹尽楚江秋。平尤

— | | — — | — | — — | | — —

dǎo rén [pəʔ] shǐ bēi qiū [k'əʔ] [iɪʔ] rèn wǎn shān xiāng duì chóu

道人不是悲秋客，一任晚山相对愁。平尤

| — | | — — | | | | — — | —

普通话

颢 hào **淮** huái **北** běi **来** lái **白** bái **尽** jìn **道** dào **不** bú **是** shì **客** kè **一** yí

注释

淮南寺 其时，淮南路（路是宋代行政区划名）的治所在扬州。这个寺，大约就在扬州或其附近。**白蘋** 一种水中浮草，即马尿花。**楚江** 古时长江中下游一带属楚国，故此段长江叫楚江。**道人** 明道之人。作者自指。道，指儒道。**悲秋客** 对着秋景伤感的人。指文人。**一任** 听任，任凭。

语译

我南去北来想休息时就休息，今天就在淮南寺落脚了；楚江上的秋风把白蘋全都吹没了，我也不管。我是“道人”，不是悲秋之客，任凭傍晚时这座山面对着那座山发愁。

提示

此诗之妙，妙在说自己不是悲秋客，对秋天的景色漠不关心，然而在这样的告白里，却把楚江上秋风吹尽了白蘋、淮南寺周遭晚山相对好像在发愁这些秋景都夹带着描写了出来。

这是诗家狡狯（开玩笑。狯，guì，普通话念 kuài），很风趣。

秋月 qiū [yɪʔ]

宋·朱熹 sòng zhū xī

qīng qī liú guò [piɪʔ] shān tóu，kōng shuǐ chéng xiān [iɪʔ] [səʔ] qiū
清溪流过碧山头，(平尤) 空水澄鲜一色秋。(平尤)
— — — | | — —　— | — — | | —

[kəʔ] duǎn hóng chén sān [ʂəʔ] lǐ，[pəʔ] yún huáng [iɪʔ] liǎng yōu yōu
隔断红尘三十里，白云黄叶两悠悠。(平尤)
| | — — — | |　| — — | | — —

普通话

月 yuè **溪** xī **碧** bì **一** yí **色** sè **隔** gé **断** duàn **十** shí **白** bái **叶** yè **悠** yōu

注释

空水 指天空和溪水。**澄鲜** 清朗明丽。谢灵运《登江中孤屿》：“云日相辉映，空水共澄鲜。”**一色秋** 谓呈现同样的秋色。**红尘** 飞扬的尘土，形容繁华热闹。这里用以称“人世”。**两悠悠** 谓白云安闲地飘浮，黄叶安闲地飘落。

语译

一条清溪流过碧绿的山头，月光下，天空和溪水全都清朗明丽，显出一样的秋色。这里把红尘隔断在三十里之外了，白云和黄叶都悠然自得。

提示

这首诗描写月下秋景。

清溪，碧山，白云，黄叶，皆是秋天里的景物，皆在秋夜月光下显其安闲宁静之态。

诗里无一字写秋月，其实句句都写秋月。这是藏题的写法。

读藏题诗，必须将诗句与题目联系起来研究。

[tɕ‘iɪʔ][ɕiɪʔ]

七夕

宋 sòng · 杨 yáng 朴 [p‘oʔ]

wèi huì qiān niú yì [zoʔ] hó xū yāo [tsəʔ] nǚ lòng jīn suō

未会牵牛意若何，平歌 须邀织女弄金梭。平歌

| | — — | | — — — | | | — —

nián nián [tɕ‘iɪʔ] yǔ rén jiān qiǎo [pəʔ] dǎo rén jiān qiǎo yǐ duō

年年乞与人间巧，不道人间巧已多。平歌

— — | | — — | | | — — | | —

普通话

朴 pǔ **七** qī **夕** xī **若** ruò **何** hé **织** zhī **弄** nòng **乞** qǐ **不** bú **道** dào

注释

未会 不懂。**须** 必（《诗词曲语辞汇释》）。**弄金梭** 谓演示用金梭织布之巧。**不道** 犹云“不知”（《诗词曲语辞汇释》）。

语译

真不懂牵牛心里是怎么想的，必定年年七夕要请织女给人间演示用金梭织布的巧法。年年把织女的巧法求来给人间，却不知巧在人间已经太多了。

提示

旧时风俗，农历七月七日夜，妇女穿七孔针以向织女乞巧。这首诗则说是牛郎求织女把织布之巧教给人们的。

技艺高明叫“巧”，善于欺骗也叫“巧”。这首诗故意把两种“巧”的概念混淆，以讽刺社会。

宋 sòng · 刘 liú 翰 hàn

[liɪʔ] qiū

立秋

rǔ yā tí sàn [ioʔ] píng kōng　[iɪʔ] zhěn xīn liáng [iɪʔ] shàn fōng

乳鸦啼散玉屏空，平东 一枕新凉一扇风。平东

| — — | | — —　| | — — | | —

shuì qǐ qiū shēng wú [miɪʔ] chù　mǎn jiā wú [iɪʔ] [yɪʔ] míng zhōng

睡起秋声无觅处，满阶梧叶月明中。平东

| | — — — | |　| — — | | — —

普通话

立 lì **玉** yù **一** yì **一** yí **风** fēng **觅** mì **阶** jiē **叶** yè **月** yuè

注释

立秋 二十四节气之一。**乳鸦** 小乌鸦。**玉屏** 玉制或玉饰的屏风。屏风多置于床前，故借指室内。**空** 清静。**一枕** 满枕。**新凉** 谓初秋的凉意。**一扇风** 谓如扇（shàn）子一下一下摇动，扇（shān）出的风。**睡起** 指夜里起来。**秋声** 指秋天的风声、落叶声和虫鸣声等。

语译

今天是立秋。傍晚时，窗前乳鸦啼叫了一阵子飞散了，床前立着玉屏的屋里也就清静了下来。睡下去，满枕都是新秋的凉意，好像有人拿着扇子，一扇一扇地扇出微风来。

睡里听到秋声，起来想寻觅，却无处寻觅；只见月明之中满阶的梧桐

落叶，原来就在这里！

提示

这首小诗，如题目所示，写立秋。

我们中国，习惯上是以立秋作为秋季的开始的。过了一个难熬的热天，忽然凉快了下来，人对这“新凉”，感受就特别地深切。

前两句写睡，后两句写起。睡时听到秋声（梧桐叶落声），起来寻觅秋声。秋声不见，但见一阶落叶。

秋声怎么可以说寻觅呢？这又是用了通感的写法。北宋的欧阳修早已在其《秋声赋》里“寻觅”过秋声了。

qiū [ɕiɪʔ]
秋夕

唐 táng · 杜 dǔ 牧 [moʔ]

yín [tʂoʔ] qiū guāng lěng huà píng qīng luó xiǎo shàn [pʻoʔ] liú xíng

银烛秋光冷画屏，（平青）轻罗小扇扑流萤。（平青）

— | — — | | — — — | | | — —

tiān jiā yà [səʔ] liáng rú shuǐ zuǒ kàn qiān niú [tʂəʔ] nǚ xīng

天阶夜色凉如水，坐看牵牛织女星。（平青）

— — | | — — | | | — — | | —

普通话

杜 dù **牧** mù **夕** xī **烛** zhú **扑** pū **萤** yíng **阶** jiē **夜** yè **色** sè **坐** zuò **织** zhī

注释

秋夕 七夕。诗题一作《七夕》。**银烛** 白色的蜡烛。**秋光** 指秋夜的月光、星光。**画屏** 有字画的屏风。古人多于床前置屏风。**轻罗小扇** 用轻罗做的小团扇。罗是质地稀疏的丝织品，很轻，故称“轻罗”。**流萤** 萤火虫飞来飞去，故称“流萤”。萤，户扃切，读书音念 xíng。**天阶** 宫中的石阶。**夜色** 夜里的景色。

语译

点着银烛，窗外又照进秋夜的月光来，觉得床前的画屏冷冷的。她拿起轻罗小扇到外面去追扑飞来飞去的萤火虫。扑了一会儿，她又觉得无聊了，不扑了。夜色如水，感觉很凉，她就坐在石阶上痴痴地仰头看天上的牵牛、织女星。

提示

选入宫中供使唤的女子叫宫女，反映她们怨恨心情的诗叫宫怨诗。

这首宫怨诗，通过七夕那夜一个宫女的活动，写出了她内心的怨恨：织女、牵牛一年还能相会一次，而自己却永远只是孤零零的一个。

宋 sòng · 苏 sū 轼 [ʂəʔ]

中秋月
zhōng qiū [yɪʔ]

mù yún shōu jǐn [iɪʔ] qīng hán　yín hàn wú shēng zhuǎn [ioʔ] pán

暮云收尽溢清寒，平寒 银汉无声转玉盘。平寒

| — — | | — —　— | — — | | —

cǐ shēng cǐ yà [pəʔ] cháng hǎo　míng [yɪʔ] míng nián hó chù kān

此生此夜不长好，明月明年何处看！平寒

| — | | | — |　— | — — — | —

普通话

轼 shì **月** yuè **尽** jìn **溢** yì **玉** yù **夜** yè **不** bù **何** hé **看** kàn

注释

收尽 谓天上没有云了。**溢清寒** 谓中秋之月升起，清寒之光四溢。**银汉** 银河，天河。**玉盘** 比喻圆月。**此夜** 指中秋夜。**不长好** 谓不是每年中秋都能见到圆月的。长，常也。**明月** 指中秋月。

语译

暮云收尽了，月亮升起来，清寒之光溢满人间。没有风，银河悄无声息，玉盘一般的圆月在空中慢慢移转。想我此生已度过的中秋之夜，不是都有月亮的，不是都好的。即使明年的中秋也有明月，又不知是在什么地方看的呢！

提示

这首是中秋诗。

一、二两句写云收月出和月亮在空中移动，是写景。三、四两句是感慨。感慨中秋之月不能年年都好；感慨自己做不了自己的主，一直被人呼来喝去，今年到东，明年到西。

第二句“仄仄平平仄仄平”，第三句应该“仄仄平平平仄仄”。这两句，顶节下字、头节下字、腹节下字，平仄须相同，这叫“黏”；如果平仄相反，就叫“失黏”（不符合黏的要求）。这首绝句是失黏的。

苏轼是大诗人，自然知道黏的规矩。但为了用“此生此夜不长好”一句，只好失黏。

江楼有感
jiāng lóu yǒu gǎn

唐 táng · 赵 zhǎo 嘏 jiǎ

[toʔ] shǎng jiāng lóu sì qiǎo rán [yɪʔ] guāng rú shuǐ shuǐ rú tiān

独上江楼思悄然，平先 月光如水水如天。平先

丨 丨 — — 丨 丨 — 丨 — — 丨 丨 — —

tóng lái wàn [yɪʔ] rén hó zěi fōng jǐng yī xī sǐ qù nián

同来玩月人何在？风景依稀似去年。平先

— — 丨 丨 — — 丨 — 丨 — — 丨 丨 —

普通话

赵 zhào **暇** gǔ（又 jiǎ）**独** dú **上** shàng **思** sī **月** yuè **来** lái **玩** wán **何** hé **在** zài **风** fēng **似** sì

注释

江楼 造在江边的楼。**暇** 《广韵》上声马韵古疋（yǎ）切，念jiǎ。**思** 心绪，心情。名词，旧念去声。**悄然** 忧伤的样子。**玩** 赏。《广韵》去声换韵五换切。普通话改念阳平。**依稀** 仿佛，好像。

语译

我独上江楼，心情很忧伤。景色不错，月光如水光，水光如天光，水天一色。去年此时和我同来这里赏月的那个人现在在哪里呀？今年这里的风景跟去年依稀相似呢！

提示

这首小诗写登楼赏月怀人。诗题一作《江楼感旧》。

作者去年此时曾跟那个人一起来这里赏月的，今年此时作者只能独上江楼独自赏月了。

那个人对作者来说很重要，作者很思念他。什么人呢？作者不说，读者可作种种猜想。

“月光如水水如天”一句，先说“……如水”，接说“水如……”。这是用了叠字（“如”字重叠，“水”字重叠）回环（先说“如水”，再倒过去说“水如”）的技巧，读起来特别好听。

宋·林升 sòng lín shēng

题临安邸
tí lín ān dǐ

shān wài qīng shān lóu wài lóu, xī hú gē wǔ jǐ shí xiū?
山外青山楼外楼，（平尤）西湖歌舞几时休？（平尤）
— | — — — | — — — — | | — —

nuǎn fōng xūn [təʔ] yóu rén zuì, [tʂəʔ] bǎ háng zhōu [tsoʔ] biàn zhōu
暖风熏得游人醉，直把杭州作汴州！（平尤）
| — — | — — | | | — — | | —

普通话

外 wài **歌** gē **风** fēng **得** dé **直** zhí **作** zuò

注释

临安 即杭州，南宋定都于此。**邸** 客舍，旅馆。**游人** 实指来自中原的王室成员、达官贵人。**直** 竟然。**汴州** 即开封，北宋都城。

语译

青山外还有青山，高楼外还有高楼，大家在西湖又歌又舞，不知何时能停下来。这里的暖风熏得北来的游人个个醉醺醺的了，竟然都把杭州当作北宋都城汴州呢！

提示

这是一首题壁诗，是题写在杭州一家旅馆的墙壁上的。

这首诗讽刺北来的王室成员和达官贵人天天在杭州寻欢作乐，不思收复中原，还都开封。

首句说杭州山多楼多，是“起”；次句写游人在楼上唱歌跳舞（或听歌观舞），是“承”；第三句改说暖风如何，是“转”；末句既承第三句的话说，又合拢了全篇的意思，说游人们忘了收复中原了，是“合”。

起得自然，承得从容，转得突然，合得意思深刻。好诗！

宋 sòng · 杨 yáng 万 wàn 里 lǐ

xiǎo [tʂʻəʔ] jìng cí sì sòng lín zǐ fāng

晓出净慈寺送林子方

[piɪʔ] jìng xī hú [loʔ] [yɪʔ] zhōng fōng guāng [pəʔ] yǔ sì shí tóng

毕竟西湖六月中，平东 风光不与四时同。平东

| | — — | | — — — | | | — —

[tɕiɪʔ] tiān lián [iɪʔ] wú qióng [piɪʔ] yìng [zəʔ] hó huā [piɪʔ] yàng hóng

接天莲叶无穷碧，映日荷花别样红。平东

| — — | — — | | | — — | | —

普通话

出 chū **毕** bì **六** liù **月** yuè **风** fēng **不** bù **接** jiē **叶** yè **碧** bì **日** rì **荷** hé **别** bié

注释

晓出净慈寺 早上步出净慈寺。净慈寺在杭州西湖边。**林子方** 诗人

的朋友，官居直阁秘书。**毕竟** 到底。**四时** 本指春夏秋冬四时，这里指除“六月”以外的时候。**别样红** 与一般的红色不同，是另外的一种红色。

语译

到底是六月里的西湖，所以风光不与四时相同！跟天边相接的莲叶无穷无尽，全都碧绿生青；映在太阳光里的荷花，显出别样的艳红。

提示

就诗题看，是送别诗；就内容看，则是山水诗，描写西湖六月风光。

头两句是喝彩。诗分两句写，宜作一句读。

后两句展现具体的形象。

莲叶“接天”也“映日”，荷花“映日”也“接天”。说莲叶，字面上无“映日”；说荷花，字面上无“接天”。这两句交错文字，也是“互文见义”的写法。

顺便一说，题有送别字样，诗却无一字写到送别。大诗人杨万里辈可以，一般人不可以。

宋 sòng
·
苏 sū

轼 [ʂəʔ]

yǐn hú shàng chū qíng hòu yǔ
饮湖上初晴后雨

shuǐ guāng liàn yàn qíng fāng hǎo, shān [səʔ] kōng méng yǔ [iɪʔ] qí

水光潋滟晴方好，山色空蒙雨亦奇。平支

丨 — 丨 丨 — — 丨 — 丨 — — 丨 丨 —

[ioʔ] bǎ xī hú bǐ xī zǐ, dàn zhuāng nóng [məʔ] zǒng xiāng yí

欲把西湖比西子，淡妆浓抹总相宜。平支

丨 丨 — — 丨 — 丨 丨 — — 丨 丨 — —

普通话

轼 shì **后** hòu **色** sè **蒙** méng **亦** yì **欲** yù **抹** mǒ

注释

潋滟 水波荡漾的样子。**晴方好** 谓天晴正好显出其美。**空蒙** 景物迷茫的样子。**欲** 若，如果（《诗词曲语辞例释》）。**西子** 春秋时越女西施。**总** 都。**相宜** 适宜，合适。

语译

西湖在天晴的时候，水光潋滟，正好显出其美来；哪知下雨的时候，山色空蒙，也极奇妙！如果把西湖比作西子，这就跟西子不管淡妆还是浓抹全都合适，是一个样的。

提示

这首是山水诗，描写“初晴后雨”的杭州西湖。

诗人在西湖边饮酒，早晨太阳朗照，西湖水光潋滟，他觉得这才显出西湖的美来。后来天气转阴，傍晚下雨，他看到雨中山色空蒙，不由得又叹其妙。前两句诗就点题中“初晴后雨”四字。

后两句作比喻。西子本身美，浓抹也美，淡妆也美。晴方好、雨亦奇的西湖，不就跟她相似吗？

这个比喻既贴切，又空灵，妙手偶得。

第三句正格是“仄仄平平平仄仄”，现在用的是变格“仄仄平平仄平仄”。这种变格，宋人特别爱用。

入直

[zə̥ʔ] [tʂəʔ]

宋 sòng · 周 zhōu 必 [piɪʔ] 大 dà

[loʔ] huá [tɕiaʔ] dǎo [tɕiɪʔ] hūn yā，[tʂ'əʔ] shì chuán xuān zuǒ sì chá。

绿槐夹道集昏鸦，（平麻）敕使传宣坐赐茶。（平麻）

| — | | | — —　| | — — | | —

guī dào [ioʔ] táng qīng [pəʔ] mèi，[yɪʔ] gōu chū shǎng zǐ wéi huā。

归到玉堂清不寐，月钩初上紫薇花。（平麻）

— | | — — | |　| — — | | — —

普通话

必 bì **入** rù **直** zhí **绿** lǜ **槐** huái **夹** jiā **道** dào **集** jí **敕** chì **使** shǐ **坐** zuò **赐** cì **玉** yù **不** bú **月** yuè **上** shàng **薇** wēi

注释

入直 诗题一作《入直召对选德殿赐茶而退》。翰林院有夜里轮流值班的制度，“入直”就是入院值班。周必大有次入直，皇帝召他去应（yìng）对，因作此诗。应对，就是答皇帝问。**集** 群鸟栖止在树上。**敕使** 皇帝的使者。**传宣** 传命。**坐赐茶** “赐坐赐茶”的省略。**玉堂** 即翰林院。**清** 夜色清明。**月钩** 如钩的新月。**紫薇** 一种树，夏秋之季开花。

语译

绿槐夹道，正是黄昏时，乌鸦成群地栖息在树上。敕使传宣我到选德殿去应对。我到了那里，皇上赐坐又赐茶。回到玉堂时，暑气已退，夜色清明，不能入睡，只见一钩新月刚刚从紫薇花架上升了起来。

提示

这是一首纪事诗，记一次入直时召对。

首句记受召进选德殿去的时间和所走的道路。次句即点题。三、四两句写回到值班的玉堂（即翰林院）后的事。

诗里只写“坐赐茶”一个细节。皇帝问什么，自己答什么，都不记。这些内容，一首绝句也没法写出来，自以不写为是。

回到玉堂后，只记“不寐”与看花看月，表现出诗人对这次召对的重视。据史书记载，周接着就向孝宗上书，陈述兵将与郡守变易过于频繁的弊病。

宋 sòng
·
蔡 cèi
确 [tɕʻyɪʔ]

夏日登车盖亭

xià [zəʔ] dēng chā gèi tíng

zhǐ píng [ʂəʔ] zhěn [tʂoʔ] fāng chuáng shǒu juàn pāo shū wǔ mòng cháng

纸屏石枕竹方床，平阳 手倦抛书午梦长。平阳

丨 — 丨 丨 丨 — — 丨 丨 — — 丨 丨 —

shuì qǐ wǎn rán chéng [toʔ] xiào shù shēng yú [tiɪʔ] zěi cāng láng

睡起莞然成独笑，数声渔笛在沧浪。平阳

丨 丨 丨 — — 丨 丨 丨 — — 丨 丨 — —

普通话

蔡 cài **确** què **日** rì **车** chē **盖** gài **石** shí **竹** zhú **梦** mèng **独** dú **笛** dí **在** zài

注释

车盖亭 位于今湖北安陆。**纸屏** 纸屏风。用藤皮茧纸做的。**竹方床** 方形的竹床。**莞然** 微笑的样子。**成独笑** 谓暗自发笑。独，暗自。“成”字义不详。**渔笛** 渔人所吹的笛。**沧浪** 指汉水（或泛指河流）。浪，鲁当切，念阳平。

语译

纸屏，石枕，方的竹床，手倦抛书而睡，做了一个长长的午梦。睡起暗自莞然发笑，听见几声渔笛在沧浪上吹响。

提示

蔡确出身贫苦，后来交了好运，先中进士，又骤升相位。但不久飞祸降临，谪居安州，犹如大梦一场。他夏日登当地的车盖亭，作了十首绝句。所选为第三首，写他回居所之后读书、午睡、做梦、起来独笑和听笛。

干吗“独笑”？他想想自己半辈子的经历，先被捧到天上，再被摔到地上，就不能不笑。以后怎么办呢？“数声渔笛在沧浪”，不是渔父已在向他招手了吗？他决定归隐。

在古诗文里，渔父是隐士的象征。当然，现实生活中的渔父，并不都是隐士。

直玉堂作

[tʂəʔ] [ioʔ] táng [tsoʔ]

宋 sòng · 洪 hóng 咨 zī 夔 kuí

jìn mén shēn suǒ [tɕiɪʔ] wú huá nóng [məʔ] lín lí liǎng xiàng má

禁门深锁寂无哗，平麻 浓墨淋漓两相麻。平麻

| — — | | — — — | — — | | —

chàng [tʂʻəʔ] wǔ gēng tiān wèi xiǎo [iɪʔ] chí [yɪʔ] jìn zǐ wéi huā

唱彻五更天未晓，一墀月浸紫薇花。平麻

| | | — — | | | — | | | — —

普通话

直 zhí 玉 yù 作 zuò 寂 jì 墨 mò 彻 chè 一 yì 月 yuè 薇 wēi

注释

直玉堂 在翰林院值夜班。**禁门** 宫门。宫门是禁人随意出入的。**两相麻** 谓奉皇帝之命写了两份任命左右丞相的诏书。这种诏书是写在黄麻纸上的。**唱彻** 宫中有报晓的官，叫“鸡人”；“唱”指鸡人报晓。“唱彻”，谓已经报过了。**墀** 台阶上的空地，亦指台阶。

语译

宫门已经紧锁，静寂无哗。笔蘸淋漓浓墨，起草了两份任命左右丞相的诏书。鸡人报过五更了，天还没有大亮，紫薇花浸在满地的残月光中。

提示

这是一首纪事诗，记作者有一夜在翰林院值班，奉皇帝之命起草两份任命左右丞相的诏书。

南宋孝宗时改左右仆射（yè）为左右丞相，所以这首诗当作于孝宗时期或之后。

起草这样的诏书，是一件大事，所以诗人作诗记之。

紫薇花是翰林院的标志性花卉，又是夏季开的花，所以写夏天的翰林院，多写到它。

宋 sòng
·
李 lǐ
嘉 jiā
祐 yòu

[tʂoʔ] lóu

竹楼

ào lì shēn xián xiào wǔ hóu xī jiāng qǔ [tʂoʔ] qǐ gāo lóu

傲吏身闲笑五侯，平尤 西江取竹起高楼。平尤

| | — — | | — — — | | | — —

nán fōng [pəʔ] yòng pú kuí shàn shā mào xián mián duì shuǐ ōu

南风不用蒲葵扇，纱帽闲眠对水鸥。平尤

— — | | — — | — | — — | | —

普通话

竹 zhú **风** fēng **不** bú

注释

傲吏 高傲的官吏。本指庄子，这里作者自指。郭璞《游仙诗》：“漆园有傲吏。” **五侯** 泛指显贵。**西江** 西来的大江。泛指大江。**蒲葵** 一种树，形似棕榈，叶大，可制扇。**纱帽** 夏季的凉帽，白居易《夏日作》：“葛衣疏且单，纱帽轻复宽。一衣与一帽，可以过炎天。” **水鸥** 沙鸥。古人视为隐士、高士的朋友。

语译

傲吏一身清闲，笑五侯忙忙碌碌钻天打洞。他从大江边取来竹子，造起了一座高楼。高楼上有的是南风，蒲葵扇也用不着；只管戴了凉帽，面对沙鸥闲眠。

提示

这首纪事诗，借记建造竹楼一事以抒高傲心情。

作者天宝七年（748）中进士，授秘书正字，后来贬谪南方边远之地，未几又调回来，入为中台令，再外放到地方上当刺史。被人折腾来折腾去，大概跟他的“傲”是有关系的。

四句是起承转合的结构。

[tʂəʔ]zhōng shū shěng 直中书省

唐 táng · 白 [pəʔ] 居 jū 易 yì

sī lún [koʔ] xià wén zhāng jǐng zhōng gǔ lóu zhōng [k'əʔ] lòu cháng
丝纶阁下文章静，钟鼓楼中刻漏长。平阳
— — | | — — | — | — — | | —

[toʔ] zuǒ huáng hūn shuí shì bǎn zǐ wéi huā duì zǐ wéi láng
独坐黄昏谁是伴？紫薇花对紫微郎。平阳
| | — — — | | | — — | | — —

普通话

白 bái **直** zhí **阁** gé **下** xià **静** jìng **刻** kè **独** dú **坐** zuò **是** shì **伴** bàn **薇** wēi **微** wēi

注释

直 通“值”。指轮夜值班。唐代，中书省是轮夜值班的。**中书省** 唐代中书与门下、尚书三省为中央行政总汇。中书决策，门下审议，尚书执行。**丝纶阁** 指中书省。古称帝王诏书为“丝纶”。中书省是起草诏书的，故称“丝纶阁”，以与下句“钟鼓楼”成对。**文章** 错杂的色彩或花纹，借指花草树木。**钟鼓楼** 宫中有钟鼓楼，夜漏尽鸣鼓，昼漏尽鸣钟。**刻漏** 夜漏、昼漏都叫刻漏，这里指夜漏，即夜里的时间。**紫薇花** 唐开元元年（713）改中书省为紫微省，不久在省中植紫薇花（“紫薇”与“紫微”音同）。**紫微郎** 中书舍人（中书令属官）的别称。白居易时为中书舍人。

语译

丝纶阁下，色彩斑斓的花草树木因为没有风，显得很安静；钟鼓楼中，夜正长呢。在中书省值夜班，黄昏独坐，谁是伴侣？一架紫薇花对着我一个紫微郎！

提示

这首是纪值诗。

头两句对起（用对仗开头），写中书省里风静夜长。第三句转为自问，末句以自答作结。这首诗只有起、转、合，没有承。这种结构，也是常见的。

宋 sòng · 朱 zhū 熹 xī

观书有感
guān shū yǒu gǎn

bàn mǒu fāng táng [iɪʔ] jiàn kēi　tiān guāng yún yǐng gòng péi huí

半亩方塘一鉴开，平灰　天光云影共徘徊。平灰

| | — — | | —　— — — | | — —

wèn qú nuǒ [təʔ] qīng rú xǔ　wèi yǒu yuán tóu [xuəʔ] shuǐ léi

问渠那得清如许？为有源头活水来。平灰

| — | | — — |　| | — — | | —

普通话

亩 mǔ **一** yí **开** kāi **徘** pái **徊** huái **那** nǎ **得** dé **活** huó **来** lái

注释

方塘 长方的池塘。**鉴** 铜镜。**开** 铜镜平时覆盖镜袱以保洁，用时除去镜袱，叫作“开”。**徘徊** 往返回旋的样子。**渠** 代词，它。**那得** 怎么能够。那，上声、平声二读，《广韵》奴可切，又诺何切。今天普通话念 nǎ，字改写为“哪”。**如许** 如此，这样。**活水** 流动的水。

语译

半亩大长方的池塘，像一面打开的镜子，天光、云影映在上面，往返回旋。若要问它怎么能够如此清澈，那是因为有源头的活水不断流来。

提示

朱熹读书，忽有所感，于是写下这首小诗。

诗把一本好书比作一个方塘。写书的人是不断汲取“活水”才把它写成的，所以清澈，可以照见天光云影。

虽然是说理，但说得生动形象，颇有“理趣”。

宋 sòng · 朱 zhū 熹 xī

fàn zhōu 泛舟

[tsoʔ] yà jiāng biān chūn shuǐ shēng móng chōng jǔ jiǎn [iɪʔ] máo qīng

昨夜江边春水生，平庚 艨艟巨舰一毛轻。平庚

| | — — — | — — — | | | — —

xiàng léi wǎng fèi tuī yí [liɪʔ] cǐ [zə̣ʔ] zhōng liú zì zěi xíng

向来枉费推移力，此日中流自在行。平庚

| — | | — — | | | — — | | —

普通话

昨 zuó **夜** yè **艨** méng **巨** jù **舰** jiàn **一** yì **来** lái **力** lì **日** rì **在** zài

注释

泛舟 划船。**艨艟** 古代一种战船。**向来** 从前(见《诗词曲语辞汇释》)。**枉费** 白费。**中流** 水流当中。**此日** 指今日。**自在** 任意。

语译

昨夜江边春水骤涨，汇入江中，原先搁浅的艨艟巨舰竟像一片羽毛那

样轻地浮起来了。以前白费了许多推移它的力气，今天它自个儿就可以在水流当中任意地航行。

提示

朱熹《读书有感》共二首，这首是第二首，编《千家诗》的人把诗题改为“泛舟”。

这首说的是什么感想呢？读书常常会碰到一时解不开的难题。怎么办呢？不要急于求解，要多读书，多汲取知识。书读得多了，知识足够了，难题也就自然能够解开了。

跟前一首一样，道理也是通过形象说出来的。

冷泉亭
lěng quán tíng

宋·林稹
sòng lín zhěn

[iɪʔ] wēng qīng kǒ qìn shī pí　lěng nuǎn nián lái [tʂəʔ] zì zhī
一泓清可沁诗脾，平支　冷暖年来只自知。平支
| — — | | — —　| | — — | | —

liú [tʂʻəʔ] xī hú zèi gō wǔ　huí tóu [pəʔ] sǐ zěi shān shí
流出西湖载歌舞，回头不似在山时。平支
— | — — | — |　— — | | | — —

普通话

一 yì **泓** hóng **可** kě **来** lái **只** zhǐ **出** chū **载** zài **歌** gē **不** bú **似** sì **在** zài

注释

冷泉亭 杭州西湖灵隐寺有泉名冷泉，上建有冷泉亭。**一泓** 犹“一潭”。“泓”为量词，用于清水。**清可** 谓其清可以如何如何。“清”与“可”是两个词。**沁诗脾** 谓使诗兴大发。沁，渗入。诗脾，犹“诗肠”，喻诗兴。**年来** 有两种解释，一是近年以来，一是近来。**流出** 犹“流到”。**载歌舞** 谓载起游船。**回头** 回顾，回想。

语译

有一泓清水，它的清凉可以沁人诗脾。冷暖年来只有它自己知道，它感到太寂寞了，因此它要离开。它流出了山，流到西湖里，却去承载坐着歌儿舞女的游船，把自己给弄脏了。回头想想，自己已经不像在山时那样清澈，可是懊悔也已经来不及了。

提示

杜甫《佳人》有“在山泉水清，出山泉水浊”之句。这首绝句加以演绎，说冷泉之水在山时，其清可沁诗脾；而出山流为西湖之水，就浊了，竟去承载游船。

字面上说泉水，实际说人，说人要守得住清贫。

第二句“冷暖年来只自知”，切“冷泉”的“冷”字，并说它不耐寂寞，因此要流出山去。

宋 sòng
·
苏 sū
轼 [ʂəʔ]

zèng liú jǐng wén
赠刘景文

hó jǐn yǐ wú qíng yǔ gèi [tɕioʔ] cán yóu yǒu ào shuāng zhī
荷尽已无擎雨盖，菊残犹有傲霜枝。平支
— | | — — | | | — — | | — —

[iɪʔ] nián hǎo jǐng jūn xū jì zuì shǐ chéng huáng [tɕyɪʔ] [loʔ] shí
一年好景君须记，最是橙黄橘绿时。平支
| — | | — — | | | — — | | —

普通话

轼 shì **荷** hé **尽** jìn **盖** gài **菊** jú **一** yì **是** shì **橘** jú **绿** lǜ

注释

刘景文 即刘季孙，字景文，苏轼的朋友。**擎雨盖** 向上托着的遮雨的伞，指荷梗托着的荷叶。**傲霜** 傲对寒霜，不向寒霜屈服。**最是** 正是。

语译

荷过时了，已经没有遮雨的“伞”了；菊也残了，却还有傲对寒霜的枝干。一年好景，君要记住：不是别时，正是橙黄橘绿之时。

提示

这首诗是苏轼任杭州知州时写了送给林景文的。当时林景文任两浙兵马都监（jiàn），也在杭州。

“橙黄橘绿”，是秋末冬初的景色。屈原有《橘颂》赞美橘，所以这首绝句应该也含有借物喻人的意思。

头两句，字面相对（“菊残”对“荷尽”，“犹有”对“已无”，“傲霜枝”对“擎雨盖”），但内容相连，像流水一样不断。这叫作“流水对”。是“已无”与“犹有”两个钩勒字，将两句连成一句的。

唐 táng · 张 zhāng 继 jì

fēng qiáo yà [poʔ]
枫桥夜泊

[yɪʔ] [loʔ] wū tí shuāng mǎn tiān jiāng fēng yú huǒ duì chóu mián
月落乌啼霜满天，平先 江枫渔火对愁眠。平先
| | — — — | — — — — | | — —

gū sū chéng wài hán shān sì yà bàn zhōng shēng dào [k‘əʔ] chuán
姑苏城外寒山寺，夜半钟声到客船。平先
— — — | — — | | | — — | | —

普通话

枫 fēng **夜** yè **泊** bó **月** yuè **落** luò **外** wài **客** kè

注释

霜满天 霜是凝结在地面上的，但古人误以为霜与雪一样是从天空飘落的，所以说“霜满天”。实际是“霜满地”。**渔火** 渔船上的灯火。**愁眠** 此处指因发愁而睡不着的人。**姑苏** 即苏州。**客船** 诗人在异乡为客，

因称他乘坐的船为“客船”。

语译

月亮落了，惊醒乌鸦，乌鸦不安地啼叫。四望是满世界的白霜。与愁得无法入睡的我相对的，是江边的枫树、江心的渔火。夜半时候，姑苏城外寒山寺的钟声响起，传到了正在异乡为客的我的船上来。

提示

这首是旅愁诗。

头两句写了“月落”“乌啼”“霜满天”“江枫”“渔火”五种景物，还写了“愁眠”一个人物，排得很密。后两句只写“钟声”和“客船”，就疏朗了。这叫“疏密有序”。这样安排，只是为了突出“夜半钟声”。

寒山寺在苏州城西十里左右，与题目上提到的枫桥相距仅约一里。如果船是泊在枫桥边上的，诗里就不该说“姑苏城外寒山寺，夜半钟声到客船”了。“枫桥夜泊”这个题目显然有误。

《中兴间（jiàn）气集》收这首诗，诗题作《夜泊松江》。松江又名吴江、吴淞江、苏州河，是从太湖东流出的一条江。诗人的船停泊在苏州城外松江边上的一个地方歇夜，所以诗里说听到苏州城外寒山寺的钟声传过来。

宋 sòng · 杜 dǔ 耒 lěi

hán yà
寒夜

hán yà [kʻəʔ] léi chá dàng jiǔ [tʂoʔ] lú tāng fèi huǒ chū hóng
寒夜客来茶当酒，竹炉汤沸火初红。平东
— | | — — | | | — — | | — —

xún cháng [iɪʔ] yàng chuāng qián [yɪʔ] céi yǒu méi huā biàn [pəʔ] tóng
寻常一样窗前月，才有梅花便不同。平东
— — | | — — | — | — — | | —

普通话

杜 dù **夜** yè **客** kè **来** lái **竹** zhú **一** yí **月** yuè **才** cái **不** bù

注释

当 代替。**竹炉** 一种小火炉，外面用竹篾做成套子套着。**汤** 古人是将茶叶磨成粉末，入水煮的。汤，指茶汤。**寻常** 平时。**才有** 一有。

语译

寒夜客来，就以茶代酒吧。竹炉里茶汤开了，炭火还刚刚烧红呢。真怪,窗前跟平时一样的月亮，一有梅花可就不相同了。

提示

这首小诗写寒夜客来，主客一起饮茶赏梅。

寒夜客来，以茶代酒，可见主人的清贫，也可知主客相熟，而且两个人全都不俗。

头两句写客来烹茶，是宾；后两句写与客人月下赏梅，是主。

烹茶两句，先叙述，后描写。赏梅两句，全作叙述口气，淡淡道来，不作一字描写，清雅脱俗，妙！

霜月

shuāng [yɪʔ]

唐 táng · 李 lǐ 商 shāng 隐 yǐn

chū wén zhēng yàn yǐ wú chán [pəʔ] [tʂʻəʔ] lóu gāo shuǐ [tɕiɪʔ] tiān

初闻征雁已无蝉，平先 百尺楼高水接天。平先

— — — | | — — | | — — | | —

qīng nǚ sù é jū nèi lěng [yɪʔ] zhōng shuāng lǐ dòu chán juān

青女素娥俱耐冷，月中霜里斗婵娟。平先

— | | — — | | | — — | | — —

普通话

月 yuè **百** bǎi **尺** chǐ **接** jiē **娥** é **俱** jù **耐** nài

注释

征雁 指南飞之雁。征，长途远行或远飞。**青女** 主管霜雪的女神。**素娥** 即月里嫦娥。**俱**《广韵》举朱切，平声（普通话变读去声）。**耐** 受得了，不怕。**斗** 比赛争胜。**婵娟** 美。

语译

刚听到南飞大雁的叫声就已经没有了蝉鸣声。月下登上百尺高楼，只见水光接天，一片澄澈。霜神青女和月里嫦娥，两个都耐得寒冷，一个在月中，一个在霜里，互相比美，谁也不肯服输。

提示

这首是即景寄兴（xìng）的小诗。诗题一作《霜夜》。

头两句写景。一句写雁声，是听到的；一句写水光接天，是看到的。

后两句是就此秋景，生出想象，把霜与月当作青女和嫦娥，寄托情怀。

什么情怀？从“耐冷”两个字中可以探知一二。现实是寒冷的，但美的人是不怕寒冷的，越冷越美。

梅 méi

宋·王淇 sòng wáng qí

[pəʔ] shǒu chén ēi bàn diǎn qīn [tʂoʔ] lí máo shà zì gān xīn

不受尘埃半点侵，平侵 竹篱茅舍自甘心。平侵

| | — — | | — | — — | | — —

[tʂəʔ] yīn wù [ʂəʔ] lín hó jǐng rǎ [təʔ] shī rén [ʂəʔ] dào jīn

只因误识林和靖，惹得诗人说到今。平侵

| — | | — — | | | — — | | —

普通话

不 bú **受** shòu **埃** āi **竹** zhú **舍** shè **只** zhǐ **识** shí **和** hé **靖** jìng **惹** rě **得** dé **说** shuō

注释

尘埃 尘土。**侵** 污染。**舍** 去声祃韵字，读书音念 shà。**林和靖** 北宋诗人林逋（bū），谥（shì。死后的称号）和靖先生。他隐居杭州孤山梅岭，种梅养鹤。其《山园小梅》为世传诵。

语译

不受半点尘土污染，身处竹篱茅舍，虽然清苦，却自己心甘情愿。只因为后来误识了林和靖，被写进诗里去，传扬开来，惹得到今天诗人们还在议论他。

提示

这首藏题诗，把梅花当作人来写。前两句赞美他品行高洁，清苦自甘。后两句责怪林逋把他写进诗里，“惹得诗人说到今”，极为风趣。

梅花是自甘清苦的，所以见出其品格之高。他哪要别人称赞呢？

早春

zǎo chūn

宋 sòng · 白 [pəʔ] 玉 [ioʔ] 蟾 chán

nán zhī cái fàng liǎng sān huā [ɕiɪʔ] lǐ yín xiāng lòng fěn xiā
南枝才放两三花，平麻 雪里吟香弄粉些。平麻
— — — | | — — | | — — | | —

dàn dàn [tʂoʔ] yān nóng [tʂoʔ] [yɪʔ] shēn shēn lóng shuǐ qiǎn lóng shā
淡淡着烟浓着月，深深笼水浅笼沙。平麻
| | | — — | | — — — | | — —

普通话

白 bái **玉** yù **才** cái **雪** xuě **弄** nòng **些** xiē **着** zhuó **月** yuè **笼** lǒng

注释

南枝 朝南向阳的枝条。**吟香弄粉** 谓推敲描写梅花的诗句。吟、弄，都指推敲。香、粉，都指梅花。**些** 语气词。《广韵》写邪切。**着** 笼罩。**笼** 藏。这里是“映”的意思。

语译

朝南向阳的枝条上刚刚开出两三朵花来，我就站在雪里推敲起描写梅花的诗句来了啊！想象夜里月亮出来以后的景象，我吟成了这样的两句：淡淡的轻烟笼着她，浓浓的月色围着她；她的倩影呀，随着月亮的转动，有时深深地映在水里，有时浅浅地映在沙上。

提示

这首是写早春梅花的。

诗人把自己赏花吟诗的活动也写进了诗里，使这首诗显得与众不同。

林逋《山园小梅》有“疏影横斜水清浅，暗香浮动月黄昏”之句。白玉蟾此诗说，梅花在月夜不但笼着月，还笼着烟呢；梅花的影子不但映在水里，还映出在沙上呢。这就添了新意。

这也是一条写诗的路子。

宋 sòng · 卢 lú 梅 méi 坡 pō

雪梅（其一）

[ɕiɪʔ] méi qí [iɪʔ]

méi [ɕiɪʔ] zhēng chūn wèi kěn xiáng　sāo rén [koʔ] [piɪʔ] fèi píng zhāng

梅雪争春未肯降，平江 骚人阁笔费评章。平阳

— | — — | | —　— — | | | — —

méi xū xùn [ɕiɪʔ] sān fēn [pəʔ]　[ɕiɪʔ] [tɕʻioʔ] shū méi [iɪʔ] duàn xiāng

梅须逊雪三分白，雪却输梅一段香。平阳

— — | | — — |　| | — — | | —

普通话

雪 xuě 一 yī 阁 gē 笔 bǐ 白 bái 却 què 一 yí

注释

雪梅 雪和梅。**争春** 谓在早春时比美。**降** 认输。**骚人** 诗人。**阁笔** 搁下笔。阁，同“搁”。**评章** 评论。**须** 应该。**逊**、**输** 都是“差”的意思。

语译

梅与雪在早春之时比美，谁也不肯认输，诗人只好搁了笔，花费时间来加评论：梅花，应该说差雪三分白；而雪呢，却差梅花一段香。

提示

这首小诗描写早春时候的梅花和白雪，设想梅与雪争艳，而诗人作出客观评判。

设想奇特，颇有趣味。

二、四句押下平声七阳，首句用上平声三江里的字作韵脚。江韵与阳韵，早先韵不同，后来渐渐相同了。

宋 sòng ·卢 lú 梅 méi 坡 pō

雪梅（其二）

[çiɪʔ] méi qí èr

yǒu méi wú [çiɪʔ] [pəʔ] jīng shén yǒu [çiɪʔ] wú shī [soʔ] liǎo rén

有梅无雪不精神，平真 有雪无诗俗了人。平真

丨 — — 丨 丨 — — 丨 丨 — — 丨 丨 —

[zəʔ] mù shī chéng tiān yòu [çiɪʔ] yǔ méi bìng [tsoʔ] [ʂəʔ] fēn chūn

日暮诗成天又雪，与梅并作十分春。平真

丨 丨 — — — 丨 丨 丨 — 丨 丨 丨 — —

普通话

雪 xuě **不** bù **俗** sú **了** le **日** rì **作** zuò **十** shí

注释

不精神 没有神采。**俗了人** 使人显得庸俗。**雪** 下雪。动词。**十分春** 春色十分。谓春色达饱和状态。

语译

有梅花，没有雪，就无神采；有雪，没有诗，也让人庸俗了。日暮时分，诗也写成，天又下雪。这诗，这雪，和梅花合在一起，春色就满了十分。

提示

这首小诗，于上首“雪”与“梅”之外，又加上了“诗”，认为十分春光必须三者俱全。

构思也很巧妙。

答钟弱翁

[təʔ] zhōng [zoʔ] ōng

宋 sòng · 牧 [moʔ] 童 tóng

cǎo pū héng yě [loʔ] [tɕʻiɪʔ] lǐ [tiɪʔ] lòng wǎn fēng sān sì shēng

草铺横野六七里，笛弄晚风三四声。平庚

丨 — — 丨 丨 丨 丨 丨 丨 — — — 丨 —

guī lái bǎo fǎn huáng hūn hǒu [pəʔ] [tʻuəʔ] suō yī wò [yɪʔ] míng

归来饱饭黄昏后，不脱蓑衣卧月明。平庚

— — 丨 丨 — — 丨 丨 丨 — — 丨 丨 —

普通话

牧 mù **答** dá **弱** ruò **翁** wēng **野** yě **六** liù **七** qī **笛** dí **弄** nòng **风** fēng **来** lái **饭** fàn **后** hòu **不** bù **脱** tuō **月** yuè

注释

锺弱翁 名傅，字弱翁，宋饶州乐平（今属江西）人。**横野** 开阔的田野。横，形容词。**弄** 吹奏。**饱饭** 吃饭吃得饱饱的。饭，动词，念上声。**蓑衣** 用草或棕毛编成的雨衣。不下雨也可以穿，用以御寒。

语译

青草铺成的六七里开阔的田野，是我来往牧牛的地方；在晚风中，我常常拿起竹笛吹奏三四声。回来把饭吃得饱饱的；黄昏之后，不脱蓑衣就睡在月光里。

提示

这首诗写牧童自由自在、无忧无虑的生活。作者未必真是一个牧童，倒很可能是锺弱翁写的，表现他对牧童生活的羡慕。

首句原应是“平平仄仄平平仄”的，现在第六字（“七”）用了仄声，拗了。次句第五字改用平声（“三”），就救了过来。

第三句本应该是仄仄平平平仄仄”，顶节、头节、腹节的下字都与第二句相应的下字平仄一样，是“黏”的。现在写成“平平仄仄平平仄”，就失黏了。

初唐、盛唐时，不太讲究黏，后来就讲究了。宋人尤其讲究。这首诗要冒充是牧童写的，大概因此就故意让它失黏。

泊秦淮

[poʔ] qín huá

唐·杜牧

táng dǔ [moʔ]

yān lóng hán shuǐ [yɪʔ] lóng shā yà [poʔ] qín huá jìn jiǔ jiā

烟笼寒水月笼沙，平麻 夜泊秦淮近酒家。平麻

— — — | | — — | | — — | | —

shāng nǚ [pəʔ] zhī wáng [kuəʔ] hèn [kəʔ] jiāng yóu chàng hǒu tíng huā

商女不知亡国恨，隔江犹唱后庭花。平麻

— | | — — | | | — — | | — —

普通话

杜 dù **牧** mù **泊** bó **淮** huái **笼** lǒng **月** yuè **夜** yè **不** bù **国** guó **隔** gé **后** hòu

注释

秦淮 河名，流经南京市区西入长江。南京秦淮河一带，六朝时就已繁华。**烟** 水气。**沙** 岸边沙滩。**酒家** 酒店。**商女** 歌女。**后庭花** 即《玉树后庭花》，陈后主作。隋兵包围金陵（今南京）时，陈后主还在听唱《后庭花》，所以后人称其为“亡国之音”。

语译

如烟的水气，淡淡的月光，笼在秦淮河的寒水上，也笼在两岸的白沙上。我的船，夜里就停泊在秦淮河边靠近一家酒店的地方。歌女不知亡国之恨，我听见她还在唱着亡国之音《后庭花》呢！

提示

这首诗写夜泊秦淮听见酒店里传出歌声。歌女是为喝酒的人助兴唱歌的。字面上说“商女不知亡国恨”，实际上讥刺的是喝酒的人。他们大概是不恤国事沉湎酒色的达官贵人吧？

首句写景，次句点题。三、四两句叙述闻歌，用“不知……犹唱……”关联，表现谴责之意。

按脉络，既说“近酒家”，则此商女必是在诗人泊船相近的酒家唱歌的，因而“隔江”两字不可解。或许是传诵的文字有误吧？

归雁 guī yàn

唐 táng · 钱 qián 起 qǐ

xiāo xiāng hó shì děng xián huí shuǐ [piɪʔ] shā míng liǎng àn téi

潇湘何事等闲回，平灰 水碧沙明两岸苔。平灰

— — — | | — — | | — — | | —

èr [ʂəʔ] wǔ xián tán yà [yɪʔ] [pəʔ] shēng qīng yuàn [tɕʻioʔ] fēi léi

二十五弦弹夜月，不胜清怨却飞来。平灰

| | | — — | | | — — | | — —

普通话

何 hé **碧** bì **苔** tái **十** shí **夜** yè **月** yuè **不** bú **胜** shèng **却** què **来** lái

注释

潇湘 泛指湖南地区。古人认为，秋天大雁南飞，被湖南的衡山回雁峰阻挡，就在峰北湘江下游栖息，等到明年春天再飞回北方。**何事** 为什么。**等闲** 随便。**沙明** 沙白。“白”是仄声，这里要用平声。**苔** 指大雁爱吃的草。**二十五弦** 指古乐器瑟。瑟有二十五根弦。**弹夜月** 相传虞舜南巡，死于苍梧山。他的两个妃子娥皇和女英赶到湘水之滨为他哭奠而死，死后成为湘灵（湘水女神）。湘灵因思念虞舜，常在月下弹瑟，瑟声凄清哀怨。**不胜** 不堪，承受不了。

语译

潇湘一带，水又碧，沙又白，两岸都是可口的苔。大雁啊，你们为什么随随便便就回来了呢？噢！一定是湘水女神老在夜月下弹瑟，你们承受不了那份凄清哀怨，所以反而飞回北方来了。

提示

这是咏物诗，咏的是北归的春雁。

诗人由大雁在南方的栖息地潇湘，联想到湘灵鼓（弹奏）瑟的哀艳传说，给春雁北归寻了个理由。想象十分奇特。

首句与次句，可以看作是倒装的。

题壁

tí [piɪʔ]

宋·无名氏

sòng wú míng shì

[iɪʔ] tuán máo cǎo luàn póng póng [məʔ] dì shāo tiān [məʔ] dì kōng

一团茅草乱蓬蓬，平东 蓦地烧天蓦地空。平东

丨 — — 丨 丨 — — 丨 丨 — — 丨 丨 —

zhēng sǐ mǎn lú wēi [kuəʔ].[təʔ] màn téng téng dì nuǎn hōng hōng

争似满炉煨榾柮，漫腾腾地暖烘烘。平东

— 丨 丨 — — 丨 丨 丨 — — 丨 丨 — —

普通话

氏 shì **壁** bì **一** yì **蓬** péng **蓦** mò **似** sì **榾** gǔ **柮** duò **地** de

注释

蓦地 忽然地。**空** 指草烧完了。**争似** 即“怎似”。**煨** 烧。**榾柮** 树疙瘩。**漫** 同“慢”。

语译

一团茅草乱蓬蓬，忽然火势冲上天，忽然火就没了。哪比得上烧一炉子树疙瘩？火慢腾腾地烧，人一直暖烘烘。

提示

据南宋张端义《贵耳集》记载，这首诗是题写在嵩山峻极法堂的壁上的。

说的全是乡言村语，滑稽有趣，是“打油体”。

唐人张打油曾写过滑稽通俗的诗，因此后人称滑稽通俗的诗为“打油诗”。

这种诗，语言虽然通俗，但平仄一般也是不许错误的。

五律

卷头语

1

八句一首的讲究“对”和“黏”的五言诗叫“五言律诗”，简称“五律”。少数五律押仄韵，多数五律押平韵。

五律的基本律句与律体五绝的完全相同（请参看五绝卷的卷头语）。

五律也分仄起仄收、平起仄收和仄起平收、平起平收四种形式。

2

五律有四联。

头两句叫“首联”，次两句叫“颔（hǎn。下巴）联”，再次两句叫“颈联”，末两句叫“尾联”。

中间两联（颔联与颈联）须对仗。

古代帝王和大官出行，前面有仪仗队。仪仗队排成整齐的两行，两行同一位置上的两个人手里拿的是相同的东西，比如一个人擎掌扇，另一个人也擎掌扇。

律诗里的“对仗”，就要求前后两句同一位置上的字，“字性”相同。比如一句里说“绿”，一句里说“红”，“红”和“绿”都是颜色字，字性相同。

除字性相同外，平仄还要相反。“红”是平声，“绿”是仄声，这就对上了。如果一个说“红”，一个说“黄”，字性相同了，但平仄也相同，那还是对不上。

对仗的两句，各个位置上的两个对仗的字，最好全都字性相同而平仄相反。但这很难。可以放宽一点，“红”单独不能对“黄”，但可以允许“红叶”对“黄花”；“春”不能单独对“秋”，但可以允许“春夏”对“秋冬”。

3

古人把字分为“实字”和“虚字”两大类。实字相当于名词，其他动词、形容词、副词、虚词等等都归在“虚字”里头。

对仗讲究字性相同，也就是指实字对实字，虚字对虚字。

虚字范围很广，古人又把虚字划分为几小类。比如“千”对“百”是数字对，“红”对“绿”是颜色对，“者也”对“之乎”是语助对，“飞”对“走”是动字（动词）对，“遥”对“近”是静字（形容词）对，等等。

实字对实字是容易做到的。但虚字里又细分几小类，各自成对，有时比较难。好在同是虚字，不妨让动字去对静字吧。

分类不细的对仗，叫“宽对”；分类细的则叫“工对”。

唐 táng · 李 lǐ 隆 lóng 基 jī

xǐng [ʂoʔ] huí zhì jiàn mén

幸蜀回至剑门

jiàn [koʔ] héng yún jùn luán yú [tʂ'əʔ] shòu huí
剑阁横云峻，銮舆出狩回。平灰
| | — — | — — | | —

cuì píng qiān rèn [xəʔ] dān zhàng wǔ dīng kēi
翠屏千仞合，丹嶂五丁开。平灰
| — — | | — | | — —

guàn [moʔ] yīng qí zhuǎn xiān yún [fəʔ] mǎ lái
灌木萦旗转，仙云拂马来。平灰
| | — — | — — | | —

chéng shí fāng zěi [təʔ] jiā ěr [ləʔ] míng cái
乘时方在德，嗟尔勒铭才。平灰
— — — | | — | | — —

普通话

幸 xìng **蜀** shǔ **阁** gé **出** chū **合** hé **开** kāi **木** mù **萦** yíng **拂** fú **来** lái **在** zài **德** dé **嗟** jiē **勒** lè **才** cái

注释

幸蜀 安史之乱，李隆基逃难到四川。帝王到某地叫“幸某地”。**剑门** 指剑门关，也就是剑阁。在今四川剑阁县东北。大剑山、小剑山两峰如剑，高峻入云，峰顶横而为阁，因称剑门关或剑阁。李白《蜀道难》：“剑阁峥嵘而崔嵬，一夫当关，万夫莫开。”是川陕间的主要通道，军事戍守要地。

横云 横在云霄中，形容高峻。**銮舆** 皇帝的车驾。**出狩** 帝王巡视地方叫“出狩”。李隆基是逃到四川避难的，为了面子，就说成“出狩”。**翠屏** 样子像屏风的青绿色峭壁。**千仞** 形容高。七尺或八尺为一仞，亦有五尺六寸的说法。**丹嶂** 石赤如丹的险峰。**五丁** 传说五个大力士开通蜀道。蜀道是由秦入蜀的必由之路，都在山上，十分难走。**灌木** 丛生的树木。**萦** 绕。**仙云** 谓云有仙气。**乘时** 顺应时势。**方** 正也。**在德** 谓在于有才德。**嗟** 叹词，表赞美。**尔** 你，你们。指来迎接的大臣们。**勒铭** 谓功勋才德足以勒（镌刻）于钟鼎而铭（记载）于旂常（旂与常，指王侯的旗帜。旂念 qí）。

语译

銮舆出狩，现在要回去了，第一程先到剑阁。剑阁横在云霄之中，高峻极了。人站在剑阁上，但见如翠色屏风一样的峭壁，都有千仞之高，合抱而来；石赤如丹的险峰，其上有一线之道可通，那还是古代五个大力士开辟的。我们来的时候，旌旗绕着丛生的古木而转，仙云拂过马头而来。

虽有剑阁之险，但也多亏你们能顺应时势，平定祸乱。啊，你们都是足以勒钟鼎而铭旂常的有才有德之人！

提示

天宝十四年（755）冬，发生安史之乱。次年六月，叛军进入长安。玄宗逃蜀，太子李亨（肃宗）在灵武（在今宁夏）即位，封玄宗为太上皇。长安收复后，大臣们把玄宗接回去。

这首五律，是玄宗被接回经剑门关时所作。

首联点题。

颔联描写站在剑阁上所见之景物。

颈联追写来路的景色。

尾联由蜀道之险转到赞美前来迎接的大臣们，说他们功堪勒钟鼎而铭旂常。

中间两联对仗，甚是工整。

这首是仄起仄收式，所以只有四个韵脚。

唐·杜审言 táng dǔ shěn yán

hò jìn líng [loʔ] chéng zǎo chūn yóu wàng

和晋陵陆丞早春游望

[toʔ] yǒu huàn yóu rén piān jīng [uəʔ] hòu xīn

独有宦游人，平真 偏惊物候新。平真

| | | — — — — | | —

yún xiá [tʂʻəʔ] hěi shù méi liǔ dù jiāng chūn

云霞出海曙，梅柳渡江春。平真

— — | | | — | | — —

[ʂoʔ] qì cuī huáng niǎo qíng guāng zhuǎn [loʔ] pín

淑气催黄鸟，晴光转绿蘋。平真

| | — — | — — | | —

[xuəʔ] wén gō gǔ diào guī sì [ioʔ] zhān jīn

忽闻歌古调，归思欲沾巾。平真

| — — | | — | | — —

普通话

杜 dù **和** hè **陆** lù **独** dú **物** wù **出** chū **海** hǎi **曙** shǔ **淑** shū **绿** lǜ **忽** hū **歌** gē **思** sī **欲** yù

注释

晋陵 今江苏常州一带。**陆丞** 姓陆的晋陵县丞，名字不详。丞：协助县令处理文事的官，也称赞府。**游望** 行走和观赏。**独有** 只有。**宦游** 离开家乡在远地做官。也叫游宦。**偏** 表程度的副词，可译为“深”“极”“很”。**物候** 与时节相应（yìng）的景物和气候。**曙** 破晓，天亮。**梅柳渡江** 渡江而来的梅柳。实指江南的梅柳。**淑气** 指春天温和之气。**黄鸟** 即黄莺。**绿蘋** 也叫“田字草”。生浅水中，叶有长柄，叶柄顶端有四片小叶，如田字。**古调** 指陆丞原唱《早春游望》。**归思** 欲归故乡之心，与“乡思”义近。**沾巾** 代指流泪。流泪的时候，往往用巾（手帕）去擦，巾就沾湿了。不说“流泪”而说“沾巾”，是诗用代语。

语译

只有我这个远离家乡到江南来做官的人，才会为江南早春时节的景物和气候之新异而深感惊奇。望那东边，云霞正从海上升起，天色渐明。走在堤岸上，只见梅也开了，柳也绿了。要是在北方的老家，这时候，梅还没有开，柳也没有绿呢。谁想渡江南来的梅柳，就早早儿显出一派春色了。一边走，一边还听到黄莺的歌唱，那是江南早春的温和之气催促小鸟早早地快乐啼叫吧？一边走，一边还看见清明可爱的阳光闪烁在微风中低昂着的绿蘋上。但是，我忽然地读到了您那首格调高雅的诗篇，思乡之情不禁油然而生，泪水潸潸，就要沾湿手帕了呢！

提示

晋陵陆丞写了一首《早春游望》，寄给杜审言，杜审言也用“早春游望”的原题和了一首。

陆丞的《早春游望》，称为“原唱”（也称“首唱”）。

和作如果用原唱的韵，但与原唱所用的韵脚字不相同，称为“依韵”；

如果用原唱的韵脚字，并且先后次序也相同，称为“步韵”（也称“次韵”）；如果虽用原唱的韵脚字，但先后次序不同，则称“同韵”。

由于陆丞的原唱已佚，所以我们说不准杜审言这首和作究属哪一种。

这位姓陆的诗人在晋陵做县丞时，杜审言则在江阴县为官。江阴在长江南岸。杜审言家在河南巩县，到江阴做官，正是“宦游”。他在江南“早春”之时“游望”，为江南早春“物候”之“新”所“惊”，心情本是很好的。但因为“虽信（确实）美而非吾土（自己的家乡）”，思念起家乡来了，所以反而泪流沾巾。杜作的主旨是借江南早春风光之美反衬自己“归思”之切，表达对“宦游”的厌倦心情。

因为是和诗，所以第七句照顾到读原唱的事情。“忽闻歌古调，归思欲沾巾”，似乎自己的“归思”由陆丞的诗作引发。其实不然（至少不尽然），“归思”主要是由江南春色惹出来的。

这首是仄起平收式，所以有五个韵脚。

唐 táng
·
杜 dǔ
审 shěn
言 yán

pόng lέi sān diàn shì yàn 蓬莱三殿侍宴
fǒng [tʂʻəʔ] yìng zhōng nán shān 奉敕咏终南山

[pəʔ] dǒu guà chéng biān，nán shān yǐ diàn qián
北斗挂城边，（平先）南山倚殿前。（平先）
| | | — — — — | | —

yún biāo jīn [tɕʻyɪʔ] xǐng，shù miǎo [ioʔ] táng xuán
云标金阙迥，树杪玉堂悬。（平先）
— — — | | | | | — —

bàn lǐng tōng jiā qì，zhōng fōng rǎo shuì yān
半岭通佳气，中峰绕瑞烟。（平先）
| | — — | — — | | —

xiǎo chén chí xiàn shòu，cháng cǐ dèi yáo tiān
小臣持献寿，长此戴尧天。（平先）
| — — | | — | | — —

普通话

杜 dù **蓬** péng **莱** lái **奉** fèng **敕** chì **咏** yǒng **北** běi **阙** què **迥** jiǒng **玉** yù **峰** fēng **绕** rào **瑞** ruì **戴** dài

注释

蓬莱三殿 唐朝大明宫内有含元、宣政、紫宸三殿，统称“蓬莱三殿”，亦即大明宫。**侍宴** 陪宴。这里指皇帝做寿赐宴，作者受邀参加宴会。**敕** 皇帝的命令。**咏终南山** 创作以终南山为歌咏对象的诗。终南山，秦岭山峰之一，在长安南，又叫南山。**北斗** 指北斗星。**云标** 云端。标，顶端。**金阙**、

玉堂 都指宫殿。**迥** 远。**树杪** 树梢。**悬** 连接。**佳气** 象征祥瑞的气。美化帝王，谓其“恩德”所至，可使“气”呈现吉兆。**瑞烟** 象征祥瑞的烟。**小臣** 臣子自称。**长此** 永远这样。**戴尧天** 头顶尧天。尧能效法天以推行教化，后因以“尧天”称颂帝王盛德和太平盛世。

语译

北斗星挂在皇城边上，终南山倚在宫殿前面。金阙远出于云端之上，玉堂与终南山的树梢相接。帝京的佳气流通于半岭，瑞烟缭绕于中峰。小臣我就拿这首小诗作为寿礼献上，万众都愿永远这样头顶着尧天过日子！

提示

杜审言是杜甫的祖父，他诗写得好，字也写得好。武则天重其文，授著作佐郎。

这首诗大约是武则天做寿赐宴，命他写的。

首联说终南山所在。

颔联写宫殿之高，与终南山树杪相接。

颈联说“佳气”“瑞烟”流通缭绕于终南山中，美化武则天。

尾联表明以诗献寿。

中间两联对仗工稳，很见功力。但这种美化帝王的诗，并没有多少意义。

这首是仄起平收式，五个韵脚。

春夜别友人

chūn yà [piɪʔ] yǒu rén

唐·陈子昂
táng chén zǐ áng

yín [tʂoʔ] tǔ qīng yān，jīn zūn duì qǐ yán。
银烛吐清烟，平先 金尊对绮筵。平先
— | | — —　— — | | —

lí táng sì qín [səʔ]，[piɪʔ] lù rǎo shān chuān。
离堂思琴瑟，别路绕山川。平先
— — | — |　| | | — —

míng [yɪʔ] yǐn gāo shù，cháng hó [məʔ] xiǎo tiān。
明月隐高树，长河没晓天。平先
— | | — |　— — | | —

yóu yóu [loʔ] yáng qù，cǐ huì zěi hó nián！
悠悠洛阳去，此会在何年！平先
— — | — |　| | | — —

普通话

夜 yè **别** bié **烛** zhú **思** sī **瑟** sè **绕** rào **月** yuè **河** hé **没** mò **悠** yōu **洛** luò **在** zài **何** hé

注释

银烛 白色蜡烛。**金尊** 酒杯的美称。**绮筵** 筵席的美称。绮，丰盛。**“离堂”句** 谓堂上演奏琴瑟，触动离思（离别之情）。**长河** 银河。**晓天** 早晨的天空。**悠悠** 形容路长。

语译

银烛吐着清烟，金尊对着绮筵。堂上演奏琴瑟，触动了我的离思；离别之后，那路可是绕着山峦绕着河流，很不好走的。这夜过得真快，明月已经隐没在高树背后了，银河也已经隐没在早晨的天空里了。去洛阳的路途十分漫长，不知要到何年，我们能够再在这里相会！

提示

陈子昂是蜀人，他从老家出发，要去洛阳，故乡的朋友设宴送别，陈子昂就写下了这首诗。这首是留别诗。

首联描写宴席之盛，含着感谢朋友为自己饯行的意思。

颔联就说离别。

颈联说天亮了，自己要走了。

尾联感叹不知何年还能相见。

律诗只要求中间两联对仗，这首诗连首联也对仗了。

因为这首是仄起平收式的，所以“绮筵”对“清烟”，只能“仄平”对“平平”了。在别的对里，那是不允许的。

第三句和第七句，都是“平平平仄仄”的变式。

第三句“离堂思琴瑟”的“思”，必须读成去声。读去声的“思”，本是名词，其义为“思绪”“心情”等。这里灵活一下，作“触动思绪”讲。“离堂思琴瑟”句，如果“思”字读成平声，则此句变成“平平平平仄”，还算什么律句呢？

唐 táng
·
李 lǐ

峤 qiáo

cháng níng gōng zhǔ dōng zhuāng shì yàn
长宁公主东庄侍宴

[piɪʔ] [iɪʔ] lín qīng diàn　míng luán jiàng zǐ xiāo
别业临青甸，鸣銮降紫霄。平萧
| | — — |　— — | | —

cháng yán yuān lù [tɕiɪʔ]　xiān guǎn fòng huáng tiáo
长筵鹓鹭集，仙管凤凰调。平萧
— — — | |　— | | — —

shù [tɕiɪʔ] nán shān jìn　yān hán [pəʔ] zhǔ yáo
树接南山近，烟含北渚遥。平萧
| | — — |　— — | | —

chéng ēn xián yǐ zuì　liàn shǎng wèi huán biāo
承恩咸已醉，恋赏未还镳。平萧
— — — | |　| | | — —

普通话

别 bié **业** yè **集** jí **凤** fèng **接** jiē **近** jìn **北** běi

注释

长宁公主 唐中宗李显之女。**东庄** 长宁公主的别业（别墅）。**侍宴** 陪宴。这里指陪唐中宗参加长宁公主的宴会。**青甸** 指京城东郊。**鸣銮** 借指皇帝的车驾。銮是帝王车驾上的铃。**紫霄** 天空，借指皇宫。**鹓鹭集** 谓陪宴的百官像鹓和鹭群飞时一样排列有序。鹓和鹭这两种鸟，成群而飞时，都是排列有序的。集：聚集，指参加宴会。**仙管** 指箫。传说有仙人吹箫引来凤凰。**调** 吹奏。**烟** 烟霞。**含** 映也。**北渚** 指北面的渭水。渚通“潴”（zhū），水积聚的地方。**咸** 全，都。**恋赏** 指皇帝对东庄山水留恋，要继续欣赏。**镳** 马嚼子（马口中所衔铁具露出在外的两头部分）。这里借指皇帝的车驾。

语译

公主的别墅靠近东郊，皇上的车驾自皇宫降临东庄。陪宴的百官像鹓鹭一样排列有序，聚集在长长的筵席边；能引来凤凰的仙管随即吹奏了起来。东庄与终南山相近，庄里高入云霄的树枝与终南山上的树枝相连接；东庄上空的烟霞，也映在了遥远的北边渭河的水里。百官承恩，都已醉了；皇上留恋这里的山水风光，还要欣赏，所以车驾没有立刻回去。

提示

长宁公主在东庄别墅宴请父亲李显，百官们跟去陪宴。李峤当时做宰相，又是大诗人，所以就写了这首侍宴诗。

首联说东庄开宴，皇帝赴宴。

颔联描写宴会的场面：百官排队入席，箫声美妙动听。

颈联描写东庄的景色。

尾联说大家吃饱喝醉了，但皇上还恋着东庄的山水，不想立刻离开。

这首诗，虽然有“承恩”一类的话，但还得体，没有滥拍马屁。

除中间两联对仗外，首联也对仗。“青甸”对“紫霄”，亏他想得出！

这种诗并没有什么深的寓意，我们也不能强求它必须有寓意。

唐 táng · 张 zhāng 说 [iɪʔ]

ēn zhì sì [ʂəʔ] yú lì zhèng diàn

恩制赐食于丽正殿

shū yuàn yàn fù [təʔ] lín zì

书院宴赋得林字

dōng [piɪʔ] tú shū fǔ　xī yuán hàn [məʔ] lín

东壁图书府，西园翰墨林。平侵

— | — — |　— — | | —

sòng shī wén [kuəʔ] zhèng　jiǎng [iɪʔ] jiàn tiān xīn

诵诗闻国政，讲易见天心。平侵

| — — | |　| | | — —

wèi [tɕʻiɪʔ] hó gēng zhòng　ēn tāo zuì jiǔ shēn

位窃和羹重，恩叨醉酒深。平侵

| | — — |　— — | | —

zèi gō chūn xìng [tɕʻioʔ]　qíng [tɕiɪʔ] wéi zhī yīn

载歌春兴曲，情竭为知音。平侵

| — — | |　— | | — —

普通话

说 yuè **赐** cì **食** shí **得** dé **壁** bì **墨** mò **国** guó **易** yì **窃** qiè **和** hé **载** zài **歌** gē **曲** qǔ **竭** jié

注释

恩制 皇帝加恩于臣子的命令。**丽正殿书院** 皇帝读书的地方。**宴** 设宴。**赋得林字** 谓皇帝命令用“林”字作韵脚。**东壁** 星宿（xiù）名。古人认为它主管文章，所以称藏书之处为东壁。**西园** 曹操所建。其子曹丕常在此与文人宴集。**翰墨林** 谓笔墨之林。比喻文章汇集之处。**闻** 知道。**国政** 国家的政事。**见** 知道。**天心** 天意。**位窃** 谓处（chǔ）在高位上却没有做好工作。这是自谦之辞。**和羹** 用不同调味品配制的羹汤，比喻辅助君王同心协力治理国政的大臣。当时张说做宰相。**恩叨** 谓受皇恩。**载** 句首助词，无实义。**春兴曲** 时在春天，因称自己的这首诗为“春兴曲”。**情竭** 谓才情穷竭。**知音** 精通音律。

语译

这个书院，跟天上的东壁星宿一样，是图书府库；又如曹子建当年经常与文人宴集的西园，是笔墨之林。在这个书院里，诵《诗》可以知道国家的政事是什么，讲《易》可以知道天意是怎样的。我窃居和羹之重位，今天又深受醉酒的隆恩，唱此春兴曲，心思费尽，只为得到知音赏识。

提示

皇帝造了个书院，书院完工，就在书院里赐宴儒臣。张说身为宰相，皇帝命他用“林”字为韵脚字写一首诗，他就写了这一首。

首联把书院跟东壁、西园相比较。

颔联说皇帝在书院里诵《诗》讲《易》，以闻国政，见天心。

颈联说谢谢皇帝，老酒吃饱了。

尾联说希望这首诗能被皇上赏识。

中间两联对仗，首联也对仗。

值得注意的是“诵诗”“讲易”一联，指明书院的用场，关乎国家政治，堂堂正正，不是一味拍马屁的口气。

这首诗，通行本《千家诗》的题目是“恩赐丽正殿书院赐宴应制得林字”，我们据《全唐诗》改。

古代凡摘取前人成句为题，多加“赋得”二字。又，应制（应皇帝之命）之作及诗人集会分题，也加“赋得”字样。这首诗是应制的，而且皇帝指定用“林”字为韵，所以诗题上加“赋得林字”四字。

sòng yǒu rén

送友人

唐 táng · 李 lǐ 白 [pəʔ]

qīng shān héng [pəʔ] [koʔ]　[pəʔ] shuǐ rǎo dōng chéng
青山横北郭，白水绕东城。平庚
— — — | |　| | | — —

cǐ dì [iɪʔ] wéi [piɪʔ]　gū péng wàn lǐ zhēng
此地一为别，孤蓬万里征。平庚
| | | — |　— — | | —

fóu yún yóu zǐ yì　[loʔ] [zə̩ʔ] gù rén qíng
浮云游子意，落日故人情。平庚
— — — | |　| | | — —

huī shǒu zì zī qù　xiāo xiāo bān mǎ míng
挥手自兹去，萧萧班马鸣。平庚
— | | — |　— — — | —

普通话

白 bái **北** běi **郭** guō **绕** rào **一** yì **别** bié **蓬** péng **浮** fú **落** luò **日** rì

注释

北郭 即郭北。下句“东城”即“城东”。内城叫城，外城叫郭，但往往不分。**一为别** 一旦作别。一：一旦，一经。为别：作别。**蓬** 即飞蓬、征蓬、飘蓬。这种植物，枯后根断，易被风吹折飘走。**征** 远行。**游子** 指友人。**故人** 指诗人自己。**兹** 可指“现在”，也可指“这里”。**萧萧** 马鸣声。**班马** 载人离去之马。班，分开。

语译

送你送到城外东北郊，这里有青山横卧，白水萦绕。朋友啊，此地一经分手，你就如孤蓬一样飞向万里之外去了。天上，有一片浮云冉冉飘过，该是你这个身不由己的游子的同调吧？西边，落日迟迟，依恋不舍，也正跟我这个故人一样不忍与你分别啊！挥挥手，你就这样从此离去了，然而那载你离去的马儿啊，时时发出萧萧的鸣声。

提示

这是送别诗。

首联交代送别地点。北郭，东城，合起来看，就是城之东北郊。

颔联承上（用“此地”二字衔接）点明题目。孤蓬之喻，说明友人是独自一人远去他乡的。

颈联就眼前浮云、落日之景抒依依惜别之情，出句说友人，对句说自己。

尾联叙挥手相别。借马鸣萧萧不忍相离，进一层写二人情谊之深。

这首诗，前三联都用对仗。

第二联是流水对。“一为”对“万里”，“为”和“里”词性不同，宋人认为是犯了“偏枯”之病的。这种偏枯病，晚唐诗人已尽量避免。但在初盛唐，并不视为诗病。（详见施蛰存《唐诗百话》）

唐 táng · 李 lǐ 白 [pəʔ]

sòng yǒu rén [zəʔ] [ʂoʔ]

送友人入蜀

jiàn [ʂəʔ] cán cóng lù, qī qū [pəʔ] yì xíng
见说蚕丛路，崎岖不易行。平庚
| | — — |　— — | | —

shān cóng rén miàn qǐ, yún bàng mǎ tóu shēng
山从人面起，云傍马头生。平庚
— — — | |　— | | — —

fāng shù lóng qín zhàn, chūn liú rǎo [ʂoʔ] chéng
芳树笼秦栈，春流绕蜀城。平庚
— | — — |　— — | | —

shēng chén yīng yǐ dìng, [pəʔ] [piɪʔ] wèn jūn píng
升沉应已定，不必问君平。平庚
— — — | |　| | | — —

普通话

白 bái **入** rù **蜀** shǔ **说** shuō **崎** qí **不** bú **笼** lǒng **绕** rào **必** bì

注释

见说 听说。唐人习用语。**蚕丛路** 就是蜀道，由秦入蜀的道路。蚕丛：古蜀王，这里借指蜀地。李白《蜀道难》有“蚕丛及鱼凫，开国何茫然”之叹。今天考古发掘，已证明古蜀国确有蚕丛与鱼凫两代。**秦栈** 由秦入蜀的栈道。栈道是在峭壁上凿洞架木而建成的，十分险峻。**升沉** 指仕宦的升降进退。**君平** 西汉严遵，字君平，隐居于成都，占卜为生。

语译

听说从长安入蜀，其路崎岖难行。往往怪峰峭壁打人的脸侧突然耸起，团团云雾又挨着马头翻腾涌出，让人胆战心惊。但是也有令人愉悦的景色：芳香的花木从崖边横出它们翠绿的枝条，笼住了栈道；春天的江水绕过蜀城而流向远方。朋友，功名富贵想必早有定数，你到了成都，也不必去向君平问卜。

提示

这也是送别诗。

《送友人》重在叙别情，这一首则似乎重在描写蜀道的风光。

首联概述蜀道之不易行，颔联承之作具体描绘。颈联一转，写蜀道的另一种风光。尾联则是临别赠言，劝友人打消在蜀地追求功名富贵的念头。

大约这位友人在长安很不得意，所以要去蜀地一展抱负，比如在地方军事长官那里谋取一官半职。李白是蜀人，他深知蜀地是英雄无用武之地的，但又不便阻止这位友人入蜀，所以只在送别诗的末尾略作提醒而已。

中间两联对仗，对得都很工整。这两联，一联写蜀道之险，一联写风景之美，倏忽变化，笔力雄健。

唐 táng · 王 wáng 湾 wān

次北固山下
cì [pəʔ] gù shān xiǎ

[k'əʔ] lù qīng shān wèi, xíng zhōu [loʔ] shuǐ qián
客路青山外，行舟绿水前。平先
| | — — |　— — | | —

cháo píng liǎng àn [k'uəʔ], fōng zhèng [iɪʔ] fán xuán
潮平两岸阔，风正一帆悬。平先
— — | | |　— | | — —

hěi [zəʔ] shēng cán yà, jiāng chūn [zəʔ] jiù nián
海日生残夜，江春入旧年。平先
| | — — |　— — | | —

xiāng shū hó chù [təʔ], guī yàn [loʔ] yáng biān
乡书何处达？归雁洛阳边。平先
— — — | |　— | | — —

普通话

北 běi **下** xià **客** kè **外** wài **绿** lǜ **阔** kuò **一** yì **帆** fān **海** hǎi **日** rì **夜** yè **入** rù **何** hé **达** dá **洛** luò

注释

次 途中停留。这里指停船过夜。**北固山** 在今江苏镇江市东北。此山主峰，三面临水。**客路** 旅行之路。这里指陆路。**青山外** 指北固山南麓。**潮平** 潮水涨满。平是满的意思。**风正** 风既顺又和，即既是顺风又是和风。**乡书** 寄往家乡的信。**何处达** 送到何处。

语译

北固山，山后有路，可以陆行；山前是水，可以舟行。江潮涨满时，长江两岸尤为开阔。和风顺顺地吹，白帆犹如悬挂在空中。残夜未逝，东边大海上已涌出一轮红日了；腊月未过，江上景物已显出一片春意。忽听得一声雁叫，大雁也已经开始北飞了吗？大雁啊，我正有一封家书想请你给捎去呢。家书寄往哪儿？就是你要去的洛阳啊。

提示

首联交代北固山的地理位置：山外有陆路，山前（山之北麓）是水路（长江）。

颔联写潮平风正之景；颈联写江南日出之早与春来之早。

尾联因闻雁而抒思乡之情。

这首诗，虽然诗题是“次北固山下”，但所写倒像是“舟过北固山下”的情景。

中间两联很有名，尤其是颔联。作者另一首题作“江南意”的五律，中间也是这两联（只是“阔”作“失”）。

第三句第三字仄拗未救，使此句变成三仄调，是古风的味道了，但是律诗还是允许的。

唐·祖咏 táng zǔ yìng

苏氏别业

sū shì [piɪʔ] [iɪʔ]

[piɪʔ] [iɪʔ] jū yōu chù dào lái shēng yǐn xīn
别业居幽处，到来生隐心。平侵
| | — — | | — — | —

nán shān dāng hù yǒu fōng shuǐ yìng yuán lín
南山当户牖，沣水映园林。平侵
— — — | | — | | — —

[tʂoʔ] fòu jīng dōng [ɕiɪʔ] tíng hūn wèi [ɕiɪʔ] yīn
竹覆经冬雪，庭昏未夕阴。平侵
| | — — | — — | | —

liáo liáo rén jìng wèi xián zuò tìng chūn qín
寥寥人境外，闲坐听春禽。平侵
— — — | | — | | — —

普通话

咏 yǒng **氏** shì **别** bié **业** yè **来** lái **户** hù **沣** fēng **竹** zhú **覆** fù **雪** xuě **夕** xī **外** wài **坐** zuò **听** tīng

注释

隐心 隐居的念头。**当** 面对着。**户牖** 门窗。**沣水** 渭水支流。今称沣河。**未夕阴** 没到傍晚就已经出现的阴影。阴，阴影。**寥寥** 稀少。**人境外** 世外。人境，人世。**听** 耳闻之义，诗韵平去二读。

语译

苏氏别墅位于幽僻之处，来到这里，不由让人生出隐居的念头。终南山正对着门窗，沣水倒映出园林。竹子上还覆盖着经冬未融的白雪；庭院里，没到傍晚就出现阴影，所以显得有些昏暗。这里简直就是世外，人寥寥无几，正可以闲坐着听春鸟啼鸣。

提示

这首诗赞美苏氏别业幽静。首联就说地“幽”，就说可“隐”。中间两联对仗，描写别业的景色。尾联回扣首联，再说别业之幽。“闲坐听春禽”一句极佳，极有味。

春宿左省
chūn [soʔ] zuǒ shěng

唐 táng · 杜 dǔ 甫 fǔ

huā yǐn [iɪʔ] yuán mù jiū jiū xī niǎo guō
花隐掖垣暮，啾啾栖鸟过。平歌
— | | — | — — — | —

xīng lín wàn hǔ dǒng [yɪʔ] bàng jiǔ xiāo duō
星临万户动，月傍九霄多。平歌
— — | | | | | | — —

[pəʔ] qǐn tīng jīn [ioʔ] yīn fōng xiǎng [ioʔ] kō
不寝听金钥，因风想玉珂。平歌
| | — — | — — | | —

míng zhāo yǒu fōng shì [ṣoʔ] wèn yà rú hó
明朝有封事，数问夜如何。平歌
— — | — | | | | — —

普通话

杜 dù **宿** sù **掖** yè **栖** qī **过** guò **户** hù **动** dòng **月** yuè **不** bù **钥** yuè **风** fēng **玉** yù **珂** kē **封** fēng **数** shuò **夜** yè **何** hé

注释

宿左省 在门下省值夜班。宿，值夜。左省，即门下省，因在皇宫之左（东），故称左省。**掖垣** 宫殿围墙。这里指门下省。**栖鸟** 要飞回林子去栖息的鸟。**临** 照耀。**九霄** 本指天空极高处，这里比喻皇帝所居的宫殿。**金钥** 金锁。指开宫门的锁钥声。**因风** 谓因为听到风吹檐间铃铎。**玉珂** 马笼头上的装饰品。多为玉制，也有贝制的，振动则有声。**封事** 密封的奏疏（shù）。**数问** 多次问。**夜如何** 夜已到什么时辰了。《诗经》："夜如何其（jī）？"

语译

门下省里已到傍晚，花朵隐而不见了；要回林子去栖息的鸟儿，啾啾地叫着飞过这里。

在星星照耀下，千门万户似乎都在闪动；高入九霄的宫殿，靠近月亮，仿佛照到的月光特别多。

我值夜睡不着，好像听到有人开宫门的锁钥声；因为听到风吹檐间铃铎的声音，就想象是百官骑马上朝时振动玉珂的声音。

明天早上上朝，我有封事要上，所以几次问人"夜已到什么时辰了"。

提示

至德二载（757）九月，官军收复长安；十月，肃宗自凤翔（今属陕西省）还京，杜甫也从鄜州（今属陕西省。鄜念fū）赶到，仍任左拾遗。左拾遗以纠正皇帝过失为职责，属于左省，所以杜甫在左省值夜班。

首联写黄昏时左省的景色。以"花"点题中"春"字，以"暮"点题中“宿”字，以“掖垣”点题中“左省”二字。

颔联写夜中之景。“月傍九霄多”句，是说帝居高远，寓含颂圣的意思。

颈联写夜中值宿不能成眠的情况。尾联交待不能成眠的原因。

这首五律，表现诗人对君王之忠与对国事之忧。

唐 táng · 杜 dǔ 甫 fǔ

题玄武禅师屋壁
tí xuán wǔ chán shī [oʔ] [piɪʔ]

hó nián gù hǔ tóu，mǎn [piɪʔ] huà cāng zhōu？
何年顾虎头，满壁画沧洲？平尤
— — | | —　| | | — —

[tʂʻəʔ] [zəʔ] [səʔ] lín qì，qīng tiān jiāng hěi liú。
赤日石林气，青天江海流。平尤
| | | — |　— — — | —

[ɕiɪʔ] fēi cháng jìn [xoʔ]，bēi dù [pəʔ] jīng ōu。
锡飞常近鹤，杯渡不惊鸥。平尤
| — — | |　— | | — —

sǐ [təʔ] lú shān lù，zhēn suí huì yuǎn yóu。
似得庐山路，真随惠远游。平尤
| | — — |　— — | | —

普通话

杜 dù 屋 wū 壁 bì 何 hé 赤 chì 日 rì 石 shí 海 hǎi 锡 xī 鹤 hè 不 bù

似 sì **得** dé

注释

玄武 地名，在今四川中东部。**禅师** 和尚的尊称。**顾虎头** 晋代画家顾恺之，小名虎头。**沧洲** 近水的地方。这里指近水地方的景色。**气** 气象，景象。**江海** 指“江河”。因平仄原因，用“海”字。**“锡飞”句** 传说有高僧与道人都想去山里住，梁武帝让他们各用自身所带之物去占地。道人放白鹤，高僧抛锡杖。白鹤飞到时，锡杖已立在山上了。这里写壁上所画的图。锡杖，僧人所持，杖高与眉齐，头有锡环。**杯渡** 传说有高僧乘木杯渡海。**惠远** 东晋高僧。又名“慧远”。他在庐山修行，陶渊明跟他常来往。

语译

满壁的水边景色，非名手不能画出来，顾虎头哪年来此画下的呀？你看：红日照耀林石，气象万千，而江河正向青天之外流去；禅杖一直傍着白鹤而飞；木杯渡海，而鸥鸟不惊。

今天到此看到壁上的图画，我倒好像找到上庐山去的路，真的随东晋高僧惠远一游呢！

提示

首联赞叹壁画高妙，说疑心是顾恺之画的。中间两联描写壁画内容。

尾联说，看此壁画，好像见到了庐山上的东晋高僧惠远。这是把玄武的禅师比作惠远，而把自己比作了陶渊明。

中间两联对仗。“青天江海流”句的“流”字是虚字（动字），而出句“赤日石林气”的“气”字是实字，本不能对；但“流”另有“水流”义是实字，所以这里借“流”之实字义来与“气”成对。

唐 táng
·
王 wáng
维 wéi

zhōng nán shān
终南山

tèi [iɪʔ] jìn tiān dū, lián shān dào hěi yú
太乙近天都，平虞 连山到海隅。平虞
| | | — — — — | | —

[pəʔ] yún huí wàng [xəʔ] qīng èi [zʔəʔ] kān wú
白云回望合，青霭入看无。平虞
| — — | | — | | — —

fēn yǎ zhōng fōng biàn yīn qíng zhòng [xoʔ] shú
分野中峰变，阴晴众壑殊。平虞
— | — — | — — | | —

[ioʔ] tóu rén chù [soʔ] [kəʔ] shuǐ wèn qiáo fū
欲投人处宿，隔水问樵夫。平虞
| — — | | | | | — —

普通话

太 tài **乙** yǐ **海** hǎi **白** bái **合** hé **霭** ǎi **入** rù **看** kàn **野** yě **峰** fēng **壑** hè **殊** shū **欲** yù **宿** sù **隔** gé

注释

太乙 终南山的别名。在今西安南。**天都** 有二义：一为天空，一为京都。在这首诗里，如作天空讲，是写山之高；如作京都讲，是就地理位置说（终南山在唐朝国都长安之南）。**海隅** 海边。**青霭** 云气。**分野** 我国古代天文学把十二星辰的位置跟地上州郡邦国的位置相对应，如以鹑火对应周，以鹑尾对应楚。“分野中峰变”，是说终南山中峰之北是一个分野，中峰之南是另一个分野。这是夸张形容终南山南北的辽阔。壑 山沟。

语译

从长安向南遥望终南山，只觉得它高与天齐。而且，它又峰峰相连，向东绵亘，或许它竟直达海边吧？我从北麓进山，低处是青霭，高处是白云。走进青霭里，却不见了青霭；走进白云里，却也不见了白云。然而走出青霭，回头看时，身后又合拢了青霭；走出白云，回头看时，身后又合拢了白云。我登上中峰，向峰南峰北看去，感觉终南山实在宽阔极了。也许，这中峰就是南北两个分野的分界线吧？南坡是一个区域，北坡是另一个区域。中峰真高，在这里我几乎看到了所有的山壑，它们有的照着阳光，有的背阴照不到阳光，各个显出不同的样子来。游了一天，我还没有尽兴，希望在山里找个人家住一夜，好明天继续游山。真巧，隔着一条山涧隐约传来砍柴的斧声，我就向这位樵夫打听了住处。

提示

这首山水诗，仿佛一篇游记。

首联写诗人从长安南望终南山，用夸张手法突出山之高、山之长。颔联写入山见到白云、青霭的变幻之状。颈联写由北坡登上中峰的所见所感。尾联写自己游兴未尽，想在山中过夜，因而向樵夫询问借宿之处。

这首诗只是写景纪游和抒发喜悦之情，并无寓意。

这首律诗，中间两联都对仗，而且都是写景的。

唐 táng · 岑 cén 参 shēn

jì zuǒ shěng dǔ [ʂəʔ] yí

寄左省杜拾遗

lián bù qū dān bǐ　fēn cáo xiǎn zǐ wéi

联步趋丹陛，分曹限紫微。平微

— | — — |　— — | | —

xiǎo suí tiān zhàng [zəʔ]　mù rǎ yù xiāng guī

晓随天仗入，暮惹御香归。平微

| — — | |　| | | — —

[pəʔ] [fəʔ] bēi huā [loʔ]　qīng yún xiàn niǎo fēi

白发悲花落，青云羡鸟飞。平微

| | — — |　— — | | —

shèng cháo wú [tɕʻyɪʔ] shì　zì [tɕyɪʔ] jiàn shū xī

圣朝无阙事，自觉谏书稀。平微

| — — | |　| | | — |

普通话

杜 dù **拾** shí **陛** bì **限** xiàn **微** wēi **入** rù **惹** rě **白** bái **发** fà **落** luò **阙** quē **觉** jué

注释

寄 赠也。**左省** 见前杜甫《春宿左省》注。**杜拾遗** 杜甫时任左拾遗。**联步** 一起走。**趋** 此字有“小步快走”与“行走”二义。这里指行走。**丹陛** 宫殿台阶。因漆红色，故称“丹陛”。**分曹** 官署分开。杜甫任左拾遗，在门下省办公；岑参任右补阙，在中书省办公。**限紫微** 为宣政殿所分隔。

限，隔开。古人以紫微星垣比喻皇帝居处，此指宣政殿。门下省在殿东，中书省在殿西，所以说“限紫微”。注意：这里的“紫微”不是指“紫微省”（紫微省就是中书省）。**天仗** 皇帝的仪仗。这里指引导百官上朝的人员。**御香** 宫中所焚的香。**阙事** 有过失的事。**谏书** 进谏的奏章。

语译

我们同为谏官，我是右补阙，您是左拾遗，上朝时，我们在丹陛上同步而行；分曹理事时，您在左省，我在右省，中间隔着紫微垣。

早上，我们随着天仗入朝去；傍晚，我们身上惹了御香回家来。

我看见花落，不由悲叹年老发白；见鸟儿飞，又羡鸟儿能自由自在地飞翔在青云上。

朝廷圣明，做事没有什么过失，我自己也觉得近来谏书写得越来越少了。您如何呢？

提示

唐肃宗至德二载至乾元元年初（757—758），岑参与杜甫同朝任谏官。岑任右补阙，属中书省，居右署；杜任左拾遗，属门下省，居左署。

岑参写这首诗赠（即诗题里的“寄”）杜甫，杜甫写《奉答岑参补阙见赠》相答。

岑参这首五律，首联即说同朝为官。颔联写每天晓入、暮归的无聊生活。颈联感叹岁月蹉跎。尾联讽刺朝廷无所作为。

表面颂圣，实含讥讽，笔法曲折隐晦。

肃宗是个自诩圣明、拒绝进谏的皇帝。

唐 táng
·
岑 cén
参 shēn

dēng zǒng chí [koʔ]

登总持阁

gāo [koʔ] [piɪʔ] zhū tiān dēng lín jìn [zɐʔ] biān
高阁逼诸天，平先 登临近日边。平先
— | | — — — — | | —

qíng kēi wàn jǐng shù chóu kàn wǔ líng yān
晴开万井树，愁看五陵烟。平先
— — | | | — | | — —

jiǎn wèi dī qín lǐng chuāng zhōng xiǎo wèi chuān
槛外低秦岭，窗中小渭川。平先
| | — — | — — | | —

zǎo zhī qīng jìng lǐ cháng yuàn fǒng jīn xiān
早知清净理，常愿奉金仙。平先
| — — | | — | | — —

普通话

阁 gé **逼** bī **日** rì **开** kāi **槛** jiàn **外** wài **奉** fèng

注释

总持阁 指总持寺的一个阁。寺在长安城南终南山上。**逼** 迫近。**诸天** 佛教语。指护法众天神。这里指天空。**开** 展开。这里指“展现”。**井** 人口聚居之处。犹言“街道”。**五陵** 汉朝五个皇帝的陵墓，在渭水北岸。**秦岭** 在长安之南。**渭川** 即渭河，在长安之北。**清净** 佛家语，谓远离罪恶与烦恼。**金仙** 即如来佛。佛家认为如来之身，金色微妙，故称“金仙”。

语译

这座高阁迫近“诸天”，登临其上，接近日边。天气晴朗，长安城里千万条街道上的树木，都历历展现在眼前；遥望五陵，却烟雾迷蒙，让人惆怅不已。凭靠栏杆看秦岭，觉得秦岭低了；从窗中看北面的渭河，觉得渭河小了。如果早些知道佛家讲的“清净”之理，我也常愿供奉如来佛呢！

提示

首联说登阁，并描写阁之高。

中间两联都写景。颔联写所见长安城里的树木，城外五陵的烟雾；颈联写槛外所见之秦岭，窗中所见之渭河。

尾联抒情，谓登此寺阁，烦恼顿忘。

唐 táng
·
杜 dǔ

甫 fǔ

dēng yǎn zhōu chéng lóu

登兖州城楼

dōng jùn qū tíng [zəʔ] nán lóu zòng [moʔ] chū
东郡趋庭日，南楼纵目初。平鱼
— | — — | — — | | —

fóu yún lián hěi dèi píng yǎ [zəʔ] qīng xú
浮云连海岱，平野入青徐。平鱼
— — — | | — | | — —

gū zhàng qín bēi zěi huāng chéng lǔ diàn yú
孤嶂秦碑在，荒城鲁殿馀。平鱼
— | — — | — — | | —

cóng léi duō gǔ yì lín tiào [toʔ] chóu chú
从来多古意，临眺独踌躇。平鱼
— — — | | — | | — —

普通话

杜 dù **日** rì **目** mù **浮** fú **海** hǎi **岱** dài **野** yě **入** rù **在** zài **来** lái **独** dú

注释

兖州 又称东郡，在今山东省。**趋庭** 指诗人到兖州看望父亲杜闲。杜闲当时任兖州司马。《论语》记载孔子一个人在庭院里，儿子孔鲤趋（小跑步）而过庭，孔子教导他要学《诗》。后人就以“趋庭”指子承父教。这里实指看望父亲。**纵目** 放眼看。**初** 第一次。**海岱** 指黄海和泰山。**青徐** 青州和徐州。**孤嶂** 指泰山。**秦碑** 即“泰山刻石”。秦始皇统一中国后，曾登泰山，并刻石颂功。**荒城** 指曲阜城。**鲁殿** 鲁灵光殿。汉景帝儿子鲁恭王所建，故址在曲阜。**馀** 残馀。**古意** 怀古之情。**临眺** 登临眺远。**踌躇** 从容自得的样子。注意：踌躇，一般作犹豫不决讲。

语译

现在是我到兖州来看望父亲的日子，我第一次登上南城楼放眼观望。浮云似乎连着黄海，也连着泰山；平坦的原野向远处伸展，一直伸展到青州和徐州。泰山上的秦碑，一定还在；曲阜里的鲁殿，听说只剩了一些断垣残壁。登高望远，向来多怀古的情绪，只有我独独从容自得。

提示

这首诗是杜甫去兖州看望父亲时写的，是他的早年之作。

杜甫的父亲是杜闲，杜闲的父亲是初唐著名诗人杜审言。

首联点诗题。

颔联写实景，纵目所见。

颈联写虚景，纯系想象。

尾联说自己很高兴，不像别人那样怀古伤心。

除尾联外，三联皆对仗。

杜甫律诗，往往首联亦对，这大概是他从小起就养成的习惯。

唐 táng
·
王 wáng
勃 [pəʔ]

送杜少府之任蜀州

sòng dǔ shào fǔ zhī rèn [ʂoʔ] zhōu

chéng [tɕʻyɪʔ] fǔ sān qín fēng yān wàng wǔ jīn
城阙辅三秦，平真 风烟望五津。平真
— | | — — — — | | —

yǔ jūn lí [piɪʔ] yì tóng shì huàn yóu rén
与君离别意，同是宦游人。平真
| — — | | — | | — —

hǎi nèi cún zhī jǐ tiān yá [zoʔ] bì lín
海内存知己，天涯若比邻。平真
| | — — | — — | | —

wú wéi zài qí lù ér nǚ gòng zhān jīn
无为在歧路，儿女共沾巾。平真
— — | — | — | | — —

普通话

勃 bó **杜** dù **蜀** shǔ **阙** què **风** fēng **别** bié **是** shì **海** hǎi **若** ruò **比** bǐ **在** zài

注释

杜少府 王勃的朋友，名字不详。这位姓杜的人即将前往蜀州任县尉（协助县令处理武事的官），因为唐人称县尉为少府（称县令为明府，称县丞为赞府），所以叫他杜少府。**之任蜀州** 意思是：前往蜀州担任县尉。蜀州，今四川崇州。一本作“蜀川”。**城阙** 代指杜少府即将前去的城市。

城门两边的望楼，称为城阙。**三秦** 长安的郊区。实指长安。为了与下句“五津”对仗，故借“三秦”代指京城长安。项羽灭秦，把关内土地三分，以封秦朝的三个降将，所以长安的郊区叫作三秦。**风烟** 风景。**五津** 借指巴蜀一带。长江自湔堰至犍为一段有五个渡口，称五津。**比邻** 近邻。**无为** 无须，不必。**歧路** 岔路，即大路分岔处。**儿女** 小孩子。

语译

今天在长安送你，望不见巴蜀的风景，真的巴蜀离这里很远很远。但是，巴蜀的城市对京都长安起着辅佐的作用，那里土地膏腴，物产繁富，并非蛮荒之地，实在无须为你担忧。然而，毕竟就要与你离别了。与你离别的心情啊，唉，不说也罢。我跟你同样都是背井离乡在外面做官的人，今天我是客中送客，心情如何能好呢？但我又想：只要海内有知己在，那么纵然分隔在天涯海角，也还像近邻一样，因为我们的心是相通相连的。我们今天在大路分岔处，可别像小孩子似的一起流泪啊！

提示

这是送别诗。主旨是劝慰行者莫为离别而悲伤。送别而不作悲酸语，一扫以往送别诗黯然销魂的气氛，极为难得。

首联对仗，点明杜少府将去之地。“三秦”与“五津”是此联中的地名对。

颔联似对非对。“宦游人”与“离别意”相对，而“同是”与“与君”则不对。此联出句说得吞吞吐吐，只说“与君离别意”，却把底下的话压住了。对句“同是宦游人”，则另开话题，但从这另开的话题里隐约地补述了“离别意”是怎样的。

颈联又作对仗，将颔联中稍露的那种悲伤情绪一扫而尽，转出高亢之调。曹植《赠白马王彪》有“丈夫志四海，万里犹比邻；恩爱苟不亏，在远分（fèn。情意）日亲”句，王勃将此四句概括为一联，将曹植叙兄弟之情改为述朋友之谊。

尾联作散句，劝慰对方。这一联既是对颈联的承接，又是对全诗的拢合。

唐 táng · 杜 dǔ 审 shěn 言 yán

sòng cuī yóng
送崔融

jūn wáng xíng [tʂ'əʔ] jiàng shū jì yuǎn cóng zhēng
君王行出将，书记远从征。平庚
— — — | | — | | — —

zǔ zhàng lián hó [tɕ'yɪʔ] jūn huī dǒng [loʔ] chéng
祖帐连河阙，军麾动洛城。平庚
| | — — | — — | | —

jīng qí zhāo [ʂoʔ] qì jiā chuì yà biān shēng
旌旗朝朔气，笳吹夜边声。平庚
— — — | | — | | — —

zuǒ [tɕyɪʔ] yān chén sǎo qiū fōng gǔ [pəʔ] píng
坐觉烟尘扫，秋风古北平。平庚
| | — — | — — | | —

普通话

杜 dù **融** róng **出** chū **河** hé **阙** què **动** dòng **洛** luò **朔** shuò **吹** chuī **夜** yè **坐** zuò **觉** jué **风** fēng **北** běi

注释

崔融 初唐诗人，杜审言的朋友。**君王** 指皇帝。**行** 即将。**出将** 送大将出征。**书记** 指崔融。当时崔任节度使属官“掌书记”。“掌书记”简称“书记”，负责起草文件。**祖帐** 为出行者饯行时所设的帐幕。出行之前，祭祀路神，叫“祖”。为出行者饯行，同时祭祀路神，所以这种帐幕叫“祖帐”。**连河阙** 谓朝臣送行之多，祖帐从宫门外起连续到河边。阙，宫阙，指宫门。**军麾** 指军队。麾，作指挥用的军旗。**洛城** 东都洛阳城。当时皇帝住在东都。**朔气** 寒气。**笳吹** 用笳吹奏的乐曲。笳，即胡笳，军中乐器。吹，乐曲，名词，《广韵》尺伪切。**边声** 边塞之音。**坐** 顿然。**烟尘** 比喻战乱。**古北平** 古代称“北平”的有好几处。这里指当时战乱地区。

语译

君王将送大将出征，您这位书记也要从征去远方了。朝臣们为给将军饯行而搭起的帐幕，从宫门外一直连到了河边；三军之众，更震动了整个东都洛阳城。

我想，你们的军旗，早上迎着北方的寒气前进；夜里，你们听着胡笳吹奏的乐曲，满耳都是边塞之声。

你们将像秋风一样扫过古北平。我顿觉战乱已经被你们平息了。

提示

首联点题。

颔联描写饯行场面和军队出发的场面。

颈联想象行军情形。

尾联预祝胜利。

中间两联对仗稳帖。

唐 táng · 宋 sòng 之 zhī 问 wèn

hǔ cóng dēng fōng tú zhōng[tsoʔ]

扈从登封途中作

zhàng diàn [yɪʔ] cuí wéi　xiān yóu [ʂəʔ] zhuàng zēi

帐殿郁崔嵬，平灰 仙游实壮哉。平灰

| | | — —　— — | | —

xiǎo yún lián [moʔ] juǎn　yà huǒ [tsɑʔ] xīng huí

晓云连幕卷，夜火杂星回。平灰

| — — | |　| | | — —

[koʔ] àn qiān qí [tʂʻəʔ]　shān míng wàn shèng léi

谷暗千旗出，山鸣万乘来。平灰

| | — — |　— — | | —

hǔ yóu liáng kǒ fù　zhōng [fɑʔ] yàn tiān céi

扈游良可赋，终乏掞天才。平灰

| — — | |　— | | — —

普通话

扈 hù **封** fēng **作** zuò **郁** yù **崔** cuī **实** shí **哉** zāi **幕** mù **夜** yè **杂** zá **谷** gǔ **出** chū **来** lái **可** kě **乏** fá **才** cái

注释

扈从 随从。特指随从帝王出行。**登封** 县名，今属河南省。**帐殿** 皇帝出行，休息时以帐幕为行宫，称帐殿。**郁** 高大。**崔嵬** 指高山。**仙游** 指皇帝出行。**实** 真正。**连** 犹言“傍”。**卷** 谓舒卷。**火** 烛火，灯火。**杂** 夹杂，错杂。**回** 回绕。**“山鸣”句** 从前汉武帝登嵩山，吏卒听到三次像高呼

“万岁”的声音。谓现在唐高宗登嵩山，也如此。万乘，指皇帝。**扈游** 随从皇帝出行。一本作“扈从”。**良可** 很应该。**赋** 赋诗，写诗。**掞天** 光芒照天。

语译

帐殿设在崔嵬之高山上，十分高大；皇帝出行如神仙之游，真壮观啊！

早上的云雾傍着帐殿的帷幕舒卷，夜里的灯火夹杂着星光回绕在帐殿外。扈从的军队出来时，千面旗子遮暗了山谷；皇上出来时，山里响起了高呼万岁的声音。随从皇帝出行，这事情很应该写成诗；可惜我终究缺乏光芒照天的文才，没能把诗写好。

提示

唐高宗祭祀中岳嵩山，宋之问作为扈从人员跟去，回京城时，在登封路上写了这首诗。

首联说皇帝的帐篷搭在山上。

颔联就描写帐篷高与云齐，高入星空。

颈联写归程。出句写旗多，对句颂圣。

尾联说诗写得不好。

宋之问认为能跟着皇帝出行是一件极有面子的事，所以要写首诗记下来。

唐 táng
·
孟 mèng
浩 hǎo
然 rán

题义公禅房
tí yì gōng chán fáng

yì gōng [ɕiɪʔ] chán [tɕiɪʔ]，[tɕiɪʔ] yǔ yī kōng lín。

义公习禅寂，结宇依空林。平侵

hǔ wèi [iɪʔ] fōng xiù，jiā qián zhòng [xoʔ] shēn。

户外一峰秀，阶前众壑深。平侵

[ɕiɪʔ] yáng lián yǔ [tsoʔ]，kōng cuì [loʔ] tíng yīn。

夕阳连雨足，空翠落庭阴。平侵

kàn qǔ lián huā jìng，fāng zhī [pəʔ] rǎn xīn。

看取莲花净，方知不染心。平侵

普通话

浩 hào **习** xí **寂** jì **结** jié **户** hù **外** wài **一** yì **峰** fēng **阶** jiē **壑** hè **夕** xī **足** zú **落** luò **不** bù

注释

义公 唐代高僧。**禅房** 僧房。**习** 修习，训练。**禅寂** 即坐禅寂定。佛教徒每天在一定时间内静坐，排除一切杂念，使心神恬静自在。**结宇** 建造房子。**依** 依托。也就是“在”。**空林** 清静的林子。**秀** 突出，耸起着。**壑** 山谷。**雨足** 谓雨已下够了。**空翠** 指青翠的山色。**落** 映。**看取** 看着。取，语助词，犹“着”也（《诗词曲语辞汇释》）。**莲花净** 洁净的莲花。莲花即荷花，出淤泥而不染，被佛家视为圣洁之物，佛座即作莲花形。**不染心** 谓心中澄净，一尘不染。

语译

义公修习“禅寂”，房子就造在清静的林子里。门外一峰独秀，阶前是深深的几条山谷。傍晚，雨下够了，接着就出太阳；青翠的山色映在庭院里，庭院显得阴阴的。你只要看着洁净的莲花，就知道义公心里是一尘不染的。

提示

这首诗是题在禅房壁上盛赞义公的，所以叫作“题赞诗”。因中间两联描写山水景色，所以也可以称作“山水诗”。

首联点题上“义公”与“禅房”四字。

颔联描写户外、阶前的山水。

颈联从外面收回庭院来，是一幅庭院晚晴图。

尾联就是赞了。

词句清丽，诗意很浓。

第一句是“平平平仄仄”的变式。第二句最后三字“依空林”皆是平声，前人称为“三平调”。三平调是古体诗中常用的，所以律体诗大多避而不用。但初盛唐时还不太讲究，所以这一首就出来了这么一句。

唐 táng · 高 gāo 適 [ʂəʔ]

zuì hǒu zèng zhāng jiǔ [ɕioʔ]

醉后赠张九旭

shì shàng mán xiāng [ʂəʔ] cǐ ōng shú [pəʔ] rán
世上漫相识，此翁殊不然。平先
丨丨—— 丨，丨——丨—

xìng lái shū zì shèng zuì hǒu yǔ yóu diān
兴来书自圣，醉后语尤颠。平先
丨——丨丨，丨丨丨——

[pəʔ] [fəʔ] lǎo xián shì qīng yún zěi [moʔ] qián
白发老闲事，青云在目前。平先
丨丨丨—丨，——丨丨—

chuáng tóu [iɪʔ] hú jiǔ néng gèng jǐ huí mián
床头一壶酒，能更几回眠？平先
——丨—丨，—丨丨——

普通话

適 shì **后** hòu **旭** xù **漫** màn **识** shí **翁** wēng **殊** shū **不** bù **来** lái **白** bái **发** fà **在** zài **目** mù **一** yì

注释

张九旭 即张旭。因他在同祖父的弟兄中排行第九，所以人家称他“张九”或“张九旭”。张旭是唐代书法家，以草书著称，人称“草圣”。**世上** 指世上的人。**漫相识** 谓交往随便，随随便便就互相做朋友了。漫，随便也，诗韵平去二读，这里要读平声。识，朋友，这里是“做朋友”。

翁 对男性的尊称。对方老了，或对方还没老，都可以称他为“翁”。**殊不然** 犹言很不同，大不相同。殊，很。不然，不这样。**圣** 精妙无比。**颠** 即“癫”。**老闲事** 谓打算把闲居当作乐事来做，一直做到老死。**青云** 比喻高官，谓交了做官的运。唐玄宗下诏，任张旭做书学博士。**“床头”二句** 张旭好（hào）饮，床头常置一壶酒，醒来就喝，喝了再睡，睡醒再喝。谓做了官，不能再这样了。

语译

世上的人随随便便就互相交朋友，此翁则大不同。兴致来时，他的书法自然而然就达到了精妙之境；喝醉后，他说出的话儿尤其疯癫。现在已经白发苍苍了，他还想把闲居当作乐事来做，一直到老死。然而皇帝就在眼前下诏，叫他做书学博士，把他一把提到青云上去。从此以后，床头还能常放一壶酒，一个夜里再几回醉几回眠吗？

提示

高適跟张旭一起喝酒，高適醉后写了这首诗送给张旭。

首联说张旭不随便交朋友，表明自己与张旭的友情不一般。

颔联写张旭的书圣与语癫。

颈联说张旭没法再闲下去了。

尾联为张旭叹息。

张旭是性情中人，高適也是性情中人。张旭的书法好，高適的诗歌好，尤其是这一首五律。

唐 táng · 杜 dǔ 甫 fǔ

[ioʔ] tói guàn

玉台观

hǎo [tɕiɪʔ] yīn wáng zǎo píng tói fàng gǔ yóu
浩劫因王造，平台访古游。平尤
｜｜——｜ ——｜｜—

cǎi yún xiāo shǐ zhù wén zì lǔ gōng liú
彩云萧史驻，文字鲁恭留。平尤
｜——｜｜ —｜｜——

gōng [tɕʻyɪʔ] tōng qún dì qián kūn dào [ʂəʔ] zhōu
宫阙通群帝，乾坤到十洲。平尤
—｜——｜ ——｜｜—

rén chuán yǒu shēng [xoʔ] shí guò [pəʔ] shān tóu
人传有笙鹤，时过北山头。平尤
——｜—｜ —｜｜——

普通话

杜 dù **玉** yù **台** tái **浩** hào **劫** jié **造** zào **访** fǎng **彩** cǎi **阙** què **十** shí **鹤** hè **北** běi

注释

玉台观 道观名。故址在今四川阆（làng）中。**浩劫** 大的台阶。这里指玉台观的台阶。注意："浩劫"的常用义是"大灾难"。**王** 指唐朝滕王李元婴。他是唐高祖李渊的儿子。**平台** 故址在今河南商丘东北。相传建于春秋时期，汉梁孝王曾与文人游于其上。**萧史** 神话传说，秦穆公女儿弄玉与丈夫萧史乘彩云升天。**鲁恭** 汉景帝儿子鲁恭王曾破坏孔子旧宅，得藏于壁中的古书。**群帝** 谓五方之帝。道教认为天上有多位帝，故称“群帝”。此处指群帝所在的天。**乾坤** 本指“天地”，这里似指玉台观壁上所画的“天地图画”。**十洲** 传说在八方大海中有十个岛屿，为神仙居住的地方。**笙鹤** 传说仙人王子乔常乘鹤吹笙。

语译

我寻访古迹，来游滕王建造的堪比平台的玉台观。玉台观上空有彩云，疑是萧史所乘，至今还留驻于此；碑上的文字，疑是鲁恭王灵光殿中的文字。这里的楼阁，与群帝所在的天相通；壁上的乾坤图，连神仙所住的十洲也都画到了。人们传说，时常有吹笙乘鹤的仙人飞过玉台观附近的北山头。

提示

杜甫流落四川时，有天游阆州的玉台观，因而写下这首诗。

首联即说访古而游玉台观。

颔联一句写玉台观上空的彩云，一句写玉台观墙上的文字。

颈联一句说玉台观房屋高大，一句说壁上的乾坤图内容丰富。

尾联借传说，写玉台观的“仙气”。

前三联都对仗。

这首诗，看不出有什么寓意。

第七句是“平平平仄仄”的变式。

唐 táng
·
杜 dǔ
甫 fǔ

guān lǐ gù qǐng sī mǎ dì 观李固请司马弟 shān shuǐ tú 山水图

fāng zhǎng hún lián shuǐ, tiān tēi zǒng yìng yún
方丈浑连水，天台总映云。平文
— | — — | — — | | —

rén jiān cháng jiàn huà, lǎo qù hèn kōng wén
人间长见画，老去恨空闻。平文
— — — | | | | | — —

fǎn lǐ zhōu piān xiǎo, wáng qiáo [xoʔ] [pəʔ] qún
范蠡舟偏小，王乔鹤不群。平文
| | — — | — — | | —

cǐ shēng suí wàn [uəʔ], hó chù [tʂʻəʔ] chén fén
此生随万物，何处出尘氛？平文
| — — | | — | | — —

普通话

杜 dù **丈** zhàng **台** tāi **范** fàn **鹤** hè **不** bù **物** wù **何** hé **出** chū **氛** fēn

注释

题目 一本作《观李固言司马题山水图》。有人说：李固言，人名，曾任司马，有山水图卷，所画皆名山仙迹；李有诗题在后面，杜甫也和而题之。**方丈** 海中仙山。**浑** 全，整个儿。**天台** 山名，在浙江。神话传说，汉时刘晨、阮肇入天台采药遇神仙。**长** 常。**老去** 犹“老来”。**范蠡** 春秋越国大夫（大，读书音念dèi），辅佐勾践灭吴后，传说携西施坐船入太湖，不知踪影。**王乔** 传说仙人王子乔是骑鹤的。**不群** 谓只有一只鹤，不成群。**尘氛** 尘埃，指俗世。

语译

方丈仙山四面整个儿都连着水，天台山上四季总是映着云霞。人间常常可以见到这种描绘仙境的图画，但到老来也只恨不过是空闻。范蠡的船偏偏小了一点，我不能坐；王子乔骑的鹤只有一只，不成群，我也不能骑 。我此生只随万物浮沉了，到哪里去才能超出俗世呢？

提示

杜甫看了画名山仙迹的图卷，就写诗抒发感慨。

首联描写图卷所画的方丈与天台。

颔联抒发仙境只能在画里看到而不能身临的感慨。

颈联描写图卷所画的范蠡入舟太湖和王子乔乘鹤翔云的故事。

尾联抒发不能超出尘世的感慨。

这首诗的结构比较特别，打破了一般律诗的写法。

律诗只要求中间两联对仗，首联是不用对仗的。如果颔联不对仗，但首联却对仗了，这叫“偷春格”。好比梅花，偷了春色提前在冬天里就开了。

这首律诗是属偷春格的。

唐 táng · 杜 dǔ 甫 fǔ

lǚ yà shū huá
旅夜书怀

xì cǎo wéi fōng àn wéi qiáng [toʔ] yà zhōu
细草微风岸，危樯独夜舟。平尤
| | — — | — — | | —

xīng chuí píng yǎ [kʻuəʔ] [yɪʔ] yǒng dà jiāng liú
星垂平野阔，月涌大江流。平尤
— — — | | | | | — —

míng qǐ wén zhāng zhù guān yīng lǎo bìng xiū
名岂文章著？官应老病休。平尤
— | — — | — — | | —

piāo piāo hó sǔ sǐ tiān dì [iɪʔ] shā ōu
飘飘何所似？天地一沙鸥。平尤
— — — | | — | | — —

普通话

杜 dù **夜** yè **怀** huái **微** wēi **风** fēng **危** wēi **独** dú **野** yě **阔** kuò **月** yuè **何** hé **所** suǒ **似** sì **一** yì

注释

旅夜 旅途之夜。**书怀** 纪怀。也有人认为就是抒怀。**危樯** 船上高高的桅杆。**独夜** 孤独之夜。**文章** 指诗歌。古人把诗歌也称作文章。**应** 是。**何所似** 即“所似何”。“所似何”是“所似者为何”的省略。意思是“像什么”。**沙鸥** 水鸟，栖息于沙洲，经常飞翔于江海之上。

语译

微风吹拂着江岸的细草，桅杆高高的小船在夜里孤单地停泊着。四空的星光垂照原野，使原野显得异常广阔；倒映在水中的月亮，随着大江浪涛的翻卷，时而隐没，时而涌现。我的声名岂是因为诗歌写得好而显扬？小小的官儿倒是由于年老多病而罢休。我四海飘泊着跟什么相似呢？就像是空阔的天地间一只孤独的小小的沙鸥吧！

提示

永泰元年(765)四月，剑南节度使严武去世，杜甫失去了生活上的依靠，遂离蜀东下，在岷江、长江上飘泊。这首诗即作于飘泊途中。

这首诗前四句写景，紧扣“旅夜”二字；后四句抒情，缴足“书怀”题面。

首联对仗，写岸写舟。岸是细草微风之岸，舟是危樯独夜之舟。“细草微风”极渺小，“危樯独夜”极孤独。诗人感到渺小和孤独，此种心情遂有意无意地融在了景里。

颔联仍对仗，写星月，写平野，写大江。景美境大，反衬出诗人内心的渺小感和孤独感。

颈联再作对仗，由月涌江流之景引起思绪的翻腾，直抒胸臆。杜甫生前，诗名未著。他是因为上疏救房琯（guǎn）而为人所知的。至德元载（756），房琯自请领兵讨伐安禄山，战于陈涛斜（yá），全军覆没，因此朝廷降罪于他。杜甫毅然为他申辩，一时震惊朝野，这才出了名。但也因此得罪肃宗，由左拾遗降为华州司功参军，不久他就辞职了。这件事影响了杜甫一生的命运。“名岂文章著”的反问，也许还含着诗歌不为当时人所赏识的悲酸情绪。“官应老病休”，则藏着牢骚，因为他是敢言直谏而丢官的。

尾联以眼前所见的沙鸥自况，再次突现他内心的渺小感和孤独感。

这首诗前三联皆作对仗。中间两联，一联写景，一联抒情，最是得体。

唐 táng · 杜 dǔ 甫 fǔ

登 dēng 岳 [yɪʔ] 阳 yáng 楼 lóu

[ɕiɪʔ] wén dòng tíng shuǐ, jīn shǎng [yɪʔ] yáng lóu

昔闻洞庭水，今上岳阳楼。平尤

| — | — | ，— | | — —

wú chǔ dōng nán [tʂ'əʔ], qián kūn [zəʔ] yà fóu

吴楚东南坼，乾坤日夜浮。平尤

— | — — | ，— — | | —

qīn péng wú [iɪʔ] zì, lǎo bìng yǒu gū zhōu

亲朋无一字，老病有孤舟。平尤

— — — | | ，| | | — —

róng mǎ guān shān [pəʔ], píng xuān tì sì liú

戎马关山北，凭轩涕泗流。平尤

— | — — | ，— — | | —

普通话

杜 dù **岳** yuè **昔** xī **上** shàng **坼** chè **日** rì **夜** yè **浮** fú **一** yí **北** běi

注释

岳阳楼 江南三大名楼之一，在湖南岳阳城西。**洞庭水** 即“洞庭湖”。

将“湖”字改为“水”字，是须用仄声之故。**坼** 土地分裂。这里借以表示区域划分的意思。**乾坤** 指日月星辰。**戎马** 战马，借指战争。**关山北** 指北方。**轩** 指岳阳楼上的栏杆。**涕泗** 分开说，涕是泪，泗是鼻涕；合在一起，即指眼泪。

语译

从前听人家讲起过洞庭湖，今天既漂泊至此，也就姑且登上岳阳楼看看它吧。它果然异常地广阔，把吴楚给分开来了，一个分在东，一个分在南；浮动在它上面的，白天是太阳，黑夜是月亮和星星。唉，说起“分开”，说起“浮动”，不由人想到自个儿。亲朋好友长期分离，连一个字的音信都没有；年老多病，所依靠的唯有到处漂泊的孤舟一叶。我倚着楼头的栏杆北望，似乎看得见在那重重的关山之外仍在燃烧的战火，我哪能不涕泗滂沱啊！

提示

杜甫于大历三年（768）正月由夔州出三峡，准备北归洛阳，但因时局动乱，北归无望，只好以舟为家，漂泊于江陵、公安、岳州、潭州一带。这首诗即是在岳州登楼所作。

首联以流水对述事，述“昔闻今上”，点明题目。

颔联以对仗写景，写登楼所见洞庭湖的浩瀚广阔，借“坼”“浮”两字炼字传神。

颈联以对仗抒情，抒亲朋相离、老病孤舟的凄凉之情，脉从颔联“坼”“浮”二字引来。

尾联改为散联，以凭轩流泪的形象表达了诗人忧国忧民的心情，也说明上一联所写亲朋相离、老病孤舟的个人不幸实是源于国家的动乱未息。

这首五律与上一首一样，前三联都对仗。但《旅夜书怀》首联即写景，而这一首首联是叙事。

第一句是“平平平仄仄”的变式。

唐 táng · 祖 zǔ 咏 yìng

江南旅情
jiāng nán lǚ qíng

chǔ shān [pəʔ] kǒ [tɕiɪʔ] guī lù dàn xiāo tiáo
楚山不可极，归路但萧条。平萧
| — | | | — | | — —

hěi [səʔ] qíng kān yǔ jiāng shēng yà tìng cháo
海色晴看雨，江声夜听潮。平萧
| | — — | — — | | —

jiàn liú nán dǒu jǐn shū jì [pəʔ] fōng yáo
剑留南斗近，书寄北风遥。平萧
| — — | | — | | — —

wèi bào kōng tán [tɕyɪʔ] wú méi jì [loʔ] qiáo
为报空潭橘，无媒寄洛桥。平萧
| | — — | — — | | —

普通话

咏 yǒng **不** bù **可** kě **极** jí **海** hǎi **色** sè **看** kàn **夜** yè **听** tīng **近** jìn **北** běi **风** fēng **橘** jú **洛** luò

注释

旅情 旅行在外地的思乡之情。**楚山** 指江南的山。**极** 尽。**但** 只。**萧条** 本指凋零，这里似与“茫茫”相近。**“海色”句** 谓看海色而知晴雨。海色，海上的景色。**“江声”句** 谓听江涛声而知夜潮涨落。**剑** 借指作者自己。古代文人喜欢佩剑。**南斗近** 与南斗相近的地方，指江南。参看本卷王维《终南山》“分野”注。**为报** 犹“欲报”。**空潭** 指昭潭。昭潭在长沙市南湘江中，相传其下无底。**媒** 指帮人带信带东西的人。**洛桥** 洛阳桥，借指作者故乡洛阳。借“洛桥”作“洛阳”，是为了押韵。

语译

江南的山，走也走不完；回去的路又只是茫茫不可见。在江南，看海上景色而知天晴天雨，听江涛声响而知夜潮涨落。我书剑飘零在近南斗的地方；家里人把信托北风寄给我，路太遥远，我常常收不到。想要把这里空潭地区的橘子送给家里人尝尝，可惜没有人能帮我把橘子送到洛阳去。

提示

这首是旅愁诗。

首联点题。

颔联描写江南的情景。

颈联一句说书剑飘零，一句说家书难达。

尾联感叹交通不便。

颔联为了对仗，把“看海色而知晴雨”说成“海色晴看雨”，把“听江声而知夜潮涨落”说成“江声夜听潮”。很费力气，读者也不容易懂。

宿龙兴寺

[soʔ] lóng xīng sì

唐(táng)·綦(qí)毋(wú)潜(qián)

xiāng [tʂʻaʔ] yà wáng guī，sōng qīng gǔ diàn fēi。
香刹夜忘归，平微 松清古殿扉。平微
— | | — — — — | | —

dēng míng fāng zhǎng [ʂəʔ]，zhū xì bǐ qiū yī。
灯明方丈室，珠系比丘衣。平微
— — — | | — | | — |

[pəʔ] [zəʔ] chuán xīn jìng，qīng lián yù [faʔ] wéi。
白日传心净，青莲喻法微。平微
| | — — | — — | | —

tiān huā [loʔ] [pəʔ] jǐn，chù chù niǎo xián fēi。
天花落不尽，处处鸟衔飞。平微
— — | | | | | | — —

普通话

宿 sù **刹** chà **夜** yè **忘** wàng **丈** zhàng **室** shì **白** bái **日** rì **法** fǎ **微** wēi **落** luò **不** bú **尽** jìn

注释

宿 指借宿。**香刹** 佛寺。刹就是佛寺，因佛寺里焚香，故又可称为“香刹”。**扉** 门。**方丈** 指主持僧寺事务的大和尚，即“住持”。**珠** 念珠。佛教徒念经时计算诵经次数的串珠。一般由 108 颗珠子组成一串。又称佛珠或数（shǔ）珠。**比丘** 出家修行的男僧，即和尚。**传** 指住持传法。**青莲** 青色莲花。花瓣长而宽，青白分明，佛书多比喻为眼目。**法** 指佛法。**微** 精微，精深。**天花** 传说梁武帝时云光法师讲经，感动上天，天上的花纷纷落下。

语译

春游忘记了归去的时间，只好夜宿香刹。几株清静的老松挺立在古殿大门之外。方丈室中，灯光明亮；和尚们夜里诵经，一串串念珠挂在法衣之前。大和尚传法，其心之净堪比白日；佛法以青莲喻目，十分精深。天花落个没完，处处有鸟儿来把它们衔走。

提示

诗人春游，忘了回去的时间，就借宿在龙兴寺里。这首诗就写龙兴寺夜里的情景。

首联点题，并描写殿门外之古松。

颔联写夜里和尚们的活动。

颈联点赞。

尾联写春花春鸟，却都将其抹上佛教的色彩。

作者綦毋潜，“綦毋”是复姓。

唐 táng · 常 cháng 建 jiàn

pò shān sì hǒu chán yuàn
破山寺后禅院

qīng chén [zəʔ] gǔ sì, chū [zəʔ] zhào gāo lín

清晨入古寺，初日照高林。平侵

— — | | |　— | | — —

[tɕʻioʔ] jìng tōng yōu chù, chán fáng huā [moʔ] shēn

曲径通幽处，禅房花木深。平侵

| | — — |　— — — | —

shān guāng [iɪʔ] niǎo xìng, tán yǐng kòng rén xīn

山光悦鸟性，潭影空人心。平侵

— — | | |　— | | — —

wàn lèi cǐ jū [tɕiɪʔ], wéi wén zhōng qìng yīn

万籁此俱寂，惟闻钟磬音。平侵

| | | — |　— — — | —

普通话

后 hòu **入** rù **日** rì **曲** qū **木** mù **悦** yuè **籁** lài **俱** jù **寂** jì

注释

破山寺 在江苏常熟虞山北麓。**后禅院** 破山寺有前后两个院，后禅院即后院。因为是寺里的院，所以称为“禅院”。**古寺** 破山寺建于南朝齐时，到唐朝时已算古寺了。**初日** 初出的太阳。**曲径** 一作“竹径”。**禅房** 和尚唱经礼佛的地方。**鸟性** 与下句“人心”对仗，“性”跟“心”一个意思。**潭影** 实指潭水，因与上句“山光”对仗，故写作“潭影”。**空人**

心 荡涤人心。空：去声，动词。**万籁** 各种声音。籁：从孔穴里发出的声音。**此** 指此时此地。

语译

清晨进入古寺里，初升的太阳正照着寺中树木长得很高的林子。曲曲折折的小路通向一个十分幽静的所在。这儿就是后禅院，院里的禅房跟繁茂的花木相掩映。这里，山光使鸟儿愉悦，潭水使人心得以荡涤。此时此地万籁俱寂，只听到礼佛的钟磬之声。

提示

这是山水诗。因为是题在壁上的，所以又可称作题壁诗。

这首诗描写后禅院的幽静（注意：它不是描写整个破山寺）。

首联对起（以对仗起写），交代入寺时间，以“古寺”点题中“破山寺”三字，以“高林”照应下联“花木深”。

颔联改为散联，写自己经由曲径而到达“禅房花木深”的“幽处”，也就是诗题中的“后禅院”。首联对，颔联散，是“偷春格”。

颈联又作对仗，写后禅院的山光、潭影，并写自己的凡俗之心在这里被洗涤净尽。

尾联描写后禅院的钟磬之音，悠然作结。

题松汀驿

tí sōng tīng [iɪʔ]

唐 táng · 张 zhāng 祜 hǔ

shān [səʔ] yuǎn hán kōng, cāng máng [tsəʔ] [kuəʔ] dōng

山色远含空，（平东）苍茫泽国东。（平东）

— | | — —　— — | | —

hěi míng xiān jiàn [zə̣ʔ], jiāng [pəʔ] xǐng wén fōng

海明先见日，江白迥闻风。（平东）

| — — | |　— | | — —

niǎo dǎo gāo yuán qù, rén yān xiǎo jìng tōng

鸟道高原去，人烟小径通。（平东）

| | — — |　— — | | —

nuó zhī jiù yí [iɪʔ], [pəʔ] zěi wǔ hú zhōng

那知旧遗逸，不在五湖中。（平东）

— — | — |　| | | — —

普通话

祜 hù **驿** yì **色** sè **泽** zé **国** guó **海** hǎi **日** rì **白** bái **迥** jiǒng **风** fēng **道** dào **那** nǎ **逸** yì **不** bú **在** zài

注释

松汀驿 驿站名。在江苏太湖边。**远含空** 即“含远空”。含，犹“接”也。**苍茫** 旷远无边的样子。**泽国** 水乡。这里当指太湖。**江白** 谓江水作浪而泛白波。**迥** 远。**鸟道** 指小路。**高原** 指地势较高的比较平坦的地方，犹言“高地”。**人烟** 指村庄。**那** 哪。**旧** 故旧，老朋友。**遗逸** 隐士。**五湖** 即太湖。

语译

松汀驿位于苍苍茫茫的太湖之东畔，这里的山色与远空相接。这里近海，早晨海上一片明亮，是因为它先见太阳；这里多江河，江水作浪，泛起白波，你可以听到远处的风声。可以经由小路走到高敞之地去，也可以从小路上走到村子里去。我是来访友的，哪知这位隐逸的老友，现在不在太湖中。

提示

张祜是山东人，他到苏州一带访友，却没有找到朋友，只好住进湖边的松汀驿，题诗而去。

首联交待松汀驿之所在。

中间两联描写湖边景色。颔联写水，颈联写路。

尾联说没有找到朋友，很遗憾。

第七句是“平平平仄仄”的变格。

唐 táng
·
释 [ʂəʔ]
处 chǔ
默 [məʔ]

shèng guǒ sì

圣果寺

lù zì zhōng fōng shǎng pán huí [tʂʻəʔ] bì luó
路自中峰上，盘回出薜萝。平歌
| | — — | — — | | —

dào jiāng wú dì jǐn [kəʔ] àn [yɪʔ] shān duō
到江吴地尽，隔岸越山多。平歌
| — — | | | | | — —

gǔ [moʔ] cóng qīng èi yáo tiān jìn [pəʔ] bō
古木丛青蔼，遥天浸白波。平歌
| | — — | — — | | —

xiǎ fāng chéng [koʔ] jǐn zhōng qìng [tsəʔ] shēng gō
下方城郭近，钟磬杂笙歌。平歌
| — — | | — | | — —

普通话

释 shì **默** mò **峰** fēng **上** shàng **出** chū **尽** jìn **隔** gé **越** yuè **木** mù **蔼** ǎi **白** bái **下** xià **郭** guō **近** jìn **杂** zá **歌** gē

注释

圣果寺 在杭州城南凤凰山上。**中峰** 主峰，最高峰。**盘回** 盘曲回旋。**薜萝** 两种攀缘植物薜荔与女萝。**江** 指钱塘江。古代吴、越以钱塘江为界。钱塘江以西是吴地，以东是越地。**从** 动词，聚也。**青蔼** 即“青霭”。蔼通“霭”，云气。**下方** 下面。**城郭** 城市。**钟磬** 指和尚诵经时敲打的乐器。**笙歌** 指世俗的音乐。

语译

自中峰寻路而上，从薜荔、女萝之间盘曲回旋地走出来，终于登上了圣果寺。圣果寺面东临江。古吴的地界到钱塘江东岸就已经尽了；隔岸是古越，那里山真多。这里古树上笼着青青的云气；看远处，远天则浸在了白白的波浪里。寺下面与城市离得近，寺里的钟磬声与市里的笙歌声混杂在一起。

提示

处默和尚爬上凤凰山，到圣果寺来看看，就写了这首登临诗。

首联写登山。

中间两联写在寺中临眺所见。

尾联说寺与城市相近。

对于“钟磬杂笙歌”，处默和尚是不以为然的呢，还是欣赏的呢，我们不得而知。和尚自有和尚的想法，管他呢！

yě wàng
野望

唐 táng · 王 wáng 绩 [tɕiɪʔ]

dōng gāo [poʔ] mù wàng， xǐ yǐ [ioʔ] hó yī
东皋薄暮望，徙倚欲何依？平微
— — | | | | | | — —

shù shù jiā qiū [səʔ]， shān shān wéi [loʔ] huī
树树皆秋色，山山唯落晖。平微
| | — — | — — — | —

[moʔ] rén qū [toʔ] fǎn， [liɪʔ] mǎ dèi qín guī
牧人驱犊返，猎马带禽归。平微
| — — | | | | | — —

xiāng gù wú xiāng [ʂəʔ]， cháng gō huá cěi wéi
相顾无相识，长歌怀采薇。平微
— | — — | — — — | —

普通话

绩 jì **野** yě **薄** bó **欲** yù **何** hé **皆** jiē **色** sè **落** luò **牧** mù **犊** dú **猎** liè **带** dài **识** shí **歌** gē **怀** huái **采** cǎi **薇** wēi

注释

野望 身在山野，向四周眺望。**东皋** 小地名。是作者家乡附近的一个地方。皋：水边高地。**薄暮** 傍晚。薄是迫近的意思。**徙倚** 徘徊。**欲何依** 化用曹操《短歌行》“月明星稀，乌鹊南飞，绕树三匝，何枝可依”意，表达找不到可以依靠的人的彷徨心情。**秋色** 诗中指秋天里树叶的黄色。**落**

晖 落日的光辉。晖：阳光。**采薇** 周武王灭了商，伯夷、叔齐就隐居首阳山，不吃周朝的粮食，采食薇以维持生活。诗里以“采薇”比喻隐居不仕。薇：大巢菜，也叫野豌豆。

语译

傍晚时分，独自一人散步东皋，眺望四方；来回地走着，仿佛曹操诗中那只“绕树三匝”的乌鹊。唉！我究竟要依附谁呢？谁又值得我去依附呢？抬眼望，树树都只是显着秋色，山山都只是映着夕阳的馀晖。一派萧瑟景象，好不凄凉！山路上，牧人正赶着牛犊回村来，猎人也让他的马带着禽鸟归家了。可是这些走过的牧人和猎人，我一个也不认识，他们也不认识我。其实，在这世上，我就是一个跟谁都不相干的人。我太孤独了。我还是放声高歌，去怀念那采薇的隐士，引为同道吧。

提示

王绩是隋唐之际人。这是已知现存唐诗中最早的一首五言律诗。

当时尚无“律诗”的名称，只称“五言四韵诗”。

这首五律，首联不对仗，尾联也不对仗，都是“散联”。颔联和颈联都是对仗的，都是“对联”。

首尾两联不对仗，中间两联对仗，这种形式大约一直要到中唐时期才成为律诗写作的规矩。王绩是开了个头。

这首律诗，全篇紧扣“野望”二字来写。

首句“东皋”暗点题中“野”字（东皋地处山野），“望”明点题中“望”字，“薄暮”则交代了“望”的时间。

第二句由“望”生出“徙倚”的动作，复由这动作生出“欲何依”的感叹。

颔联两句写自然景色，是“望”中所见；颈联两句写人事活动，也是由“望”而见的。

尾联两句由“牧人”、“猎人”（“猎马”一词中点明有“猎人”在）的与己不相识，加深孤独感，回应首联的“欲何依”，表达隐居不仕的心情。

王绩是因为“无所依”才隐居的。隐居出于无奈，无“乐”可言，所以他眼中的景色是凄凉的，他所见的“牧人”“猎人”是跟他漠不相关的。这首诗的情感，跟乐于隐居的陶渊明的田园诗全然不同。

唐 táng · 陈 chén 子 zǐ 昂 áng

sòng [piɪʔ] cuī zhù [tsoʔ] dōng zhēng
送别崔著作东征

jīn tiān fāng [soʔ] [ʂɑʔ]，[pəʔ] lù shǐ zhuān zhēng
金天方肃杀，白露始专征。平庚
— — — | |，| | | — —

wáng shī fēi [loʔ] zhàn，zhī zǐ shèn jiā bīng
王师非乐战，之子慎佳兵。平庚
— — — | |，— | | — —

hěi qì qīn nán bǔ，biān fēng sǎo [pəʔ] píng
海气侵南部，边风扫北平。平庚
| | — — |，— — | | —

[moʔ] mài lú lóng sèi，guī yāo lín [koʔ] míng
莫卖卢龙塞，归邀麟阁名。平庚
| | — — |，— — — | —

普通话

别 bié **作** zuò **肃** sù **杀** shā **白** bái **乐** lè **海** hǎi **部** bù **风** fēng **北** běi **莫** mò **卖** mài **塞** sài **阁** gé

注释

崔著作 指崔融。时崔融任著作佐郎。著作佐郎，属秘书省，掌国史资料及撰述之职。**金天** 指秋天。**肃杀** 形容天气寒冷，草木枯落。**白露** 二十四节气之一。**专征** 经皇帝特许，大将可以自主出兵的征伐。**王师** 帝王的军队，官军。**乐战** 以征战为快乐的事情。**之子** 这个人。这里犹言“您”。**佳兵** 典出《老子》：“夫佳兵者，不祥之器，物或恶之，故有道者不处。”**海气、边风** 形容官军气势如大风。海气，海边大风；边风，边塞大风。**侵** 犹“扫”。**南部** 指在南面的契丹军队。**北平** 郡名。在北方，郡治在新昌（今河北卢龙）。**“莫卖”句** 卢龙塞，在今河北喜峰口附近。古有塞道。东汉末曹操征辽西乌桓，田畴做向导，从此塞道走。凯旋后，曹操欲封田畴为亭侯，田畴不受，说：“如果受封，岂不成了我拿出卖卢龙塞来换取高官厚禄？”莫，不也。**邀** 求取。**麟阁** 即麒麟阁，在未央宫内。汉宣帝时画功臣霍光、苏武等十一人图像于阁中。

语译

正处肃杀的秋天，白露那日，大将方始“专征”契丹。王师不是以打仗为乐的。您对万一出现好杀的情况自然是会谨慎对待的。这一去，王师如海风、边风，直扫南部和北平。您随军出征，不是为了归来求得图像入于麒麟阁以出名。您跟当年说过“不卖卢龙塞”的田畴是一样的。

提示

武则天万岁通天元年（696），崔融随梁王武三思出征契丹，陈子昂写了这首诗送别崔融。

武三思是武则天的侄儿，专擅威福。陈子昂这首诗是写给崔融的，所以诗里希望崔融能提防出现“佳兵”（好杀）之事。

首联交代东征的季节。

颔联希望崔融留意武三思可能做出好杀之事。

颈联预祝胜利。

尾联用两个典故，赞崔融此行不为个人功名（至少字面上是称赞的）。

颔联出句，尾联出句，都失黏。初盛唐还不太讲究黏的要求。

唐 táng · 杜 dǔ 甫 fǔ

xí jì [nəʔ] liáng wǎn jì yù yǔ

携妓纳凉晚际遇雨

qí [iɪʔ]

（其一）

[loʔ] [zə̣ʔ] fàng chuán hǎo，qīng fōng shēng làng chí。

落日放船好，轻风生浪迟。平支

| | | — |，— — — | —

[tṣoʔ] shēn liú [k'əʔ] chù，hó jìng [nəʔ] liáng shí。

竹深留客处，荷净纳凉时。平支

| — — | |，— | | — —

gōng zǐ tiáo bīng shuǐ，jiā rén [ɕiɪʔ] ǒu sī。

公子调冰水，佳人雪藕丝。平支

— | — — |，— — | | —

piàn yún tóu shàng [xəʔ]，yīng shǐ yǔ cuī shī。

片云头上黑，应是雨催诗。平支

| — — | |，— | | — —

普通话

杜 dù **携** xié **纳** nà **一** yī **落** luò **日** rì **风** fēng **竹** zhú **客** kè **荷** hé **雪** xuě **黑** hēi **是** shì

注释

妓 歌舞女艺人。注意：不是娼妓。**纳凉** 乘凉。**晚际** 傍晚的时候。**放船** 开船。**迟** 缓缓地行进。**时** 也是“处”的意思。**公子** 诗题原作《陪诸贵公子丈八沟携妓纳凉晚际遇雨二首》，所以“公子”即指“贵公子”。**佳人** 指女艺人。**调冰水** 调冰为饮料。水，指饮料。**雪藕丝** 洗藕切为丝（实指切为片）。雪，动词，洗涤。嫩藕切片可当水果吃。**应** 想必。

语译

落日之时正好开船，轻风生细浪，船儿缓缓地前进。竹深之处，荷净之处，都是留客纳凉的好地方。公子调冰为饮料，佳人洗藕切成片。一片黑云浮在头顶上空，想必是雨要来催我们写诗了。

提示

杜甫陪几个公子哥儿坐船去纳凉，写了两首诗，这是第一首。

首联说放船时间是傍晚，点题中“晚际”二字。

颔联说纳凉的地方好。

颈联写公子和佳人做些什么事。

尾联说要下雨了，点题中“遇雨”二字。把“片云头上黑”看作是雨要来催人作诗，很高雅。

这首诗实在没有多少意思。

唐 táng · 杜 dǔ 甫 fǔ

xí jì [nəʔ] liáng wǎn jì yù yǔ

携妓纳凉晚际遇雨

qí èr

（其二）

yǔ lái zhān [ɕiɪʔ] shàng, fōng [tɕiɪʔ] děng chuán tóu

雨来沾席上，风急打船头。平尤

| — — | | — | | — —

[yɪʔ] nǚ hóng qún [ʂəʔ], yān jī cuì dèi chóu

越女红裙湿，燕姬翠黛愁。平尤

| | — — | — — | | —

làn qīn dī liǔ xì, màn juǎn làng huā fóu

缆侵堤柳系，幔卷浪花浮。平尤

| — — | | | | | — —

guī lù fān xiāo [səʔ], bēi táng wǔ [yɪʔ] qiū

归路翻萧飒，陂塘五月秋。平尤

— | — — | — — | | —

普通话

杜 dù **携** xié **纳** nà **来** lái **席** xí **风** fēng **急** jí **打** dǎ **越** yuè **湿** shī **黛** dài **缆** lǎn **浮** fú **飒** sà **月** yuè

注释

沾 打湿。**席** 他们坐的是歌舫，可以在里面歌舞宴乐，有席位。**越女**、**燕姬** 都指歌舞女艺人。**翠黛** 用黛螺（一种青黑色颜料）画的眉。**侵** 绕。因要用平声字，所以不用“绕”而用“侵”。**幔** 指歌舫上的帷幔。**翻** 反而，却。**萧飒** 凄凉。**陂塘** 池塘。指丈八沟。**五月** 农历五月，是仲夏。

语译

雨下起来，把座席都打湿了；风刮得很急，正打船头。越女燕姬，红裙湿了，翠黛愁得皱起来了。赶紧把缆绳绕着堤上柳树系住，可是帷幔却已被浪花卷走，漂浮在水里。回去的路上，大家反而感到有些凄凉，五月的池塘上也凉如秋天。

提示

这首是承上首“片云头上黑”句写的。

首联即说风急雨来。

颔联写歌舞女艺人的狼狈相。

颈联写赶紧系缆，然而船上帷幔已付浪花。

尾联写归路。

这首诗也看不出有什么寓意。

宿云门寺阁

[soʔ] yún mén sì [koʔ]

唐 táng · 孙 sūn 逖 [t'iɪʔ]

xiāng [koʔ] dōng shān xià, yān huā xiàng wài yōu
香阁东山下，烟花象外幽。平尤
— | — — |　— — | | —

xuán dēng qiān zhàng [ɕiɪʔ], juǎn màn wǔ hú qiū
悬灯千嶂夕，卷幔五湖秋。平尤
— — — | |　| | | — —

huà [piɪʔ] yú hóng yàn, shā chuāng [soʔ] dǒu niú
画壁馀鸿雁，纱窗宿斗牛。平尤
| | — — |　— — | | —

gèng yí tiān lù jìn, mòng yǔ [pəʔ] yún yóu
更疑天路近，梦与白云游。平尤
| — — | |　| | | — —

普通话

逖 tì **宿** sù **阁** gé **下** xià **象** xiàng **外** wài **夕** xī **壁** bì **近** jìn **梦** mèng **白** bái

注释

云门寺 在浙江绍兴云门山上。**香阁** 指云门寺的一个阁。**东山** 云门山又叫东山。**烟花** 笼在苍茫暮色里的花（苍茫暮色犹如烟霭）。**象外** 物象之外，超尘拔俗。**幽** 幽静。**千嶂** 群山。**幔** 帷幔。这里指窗帘。**五湖** 本指太湖，这里指鉴湖。为与出句“千嶂”对，所以用“五湖”。**宿** 值宿守卫。**斗牛** 二十八宿中的斗宿和牛宿。**更** 甚，很。

语译

已见香阁就在东山下，离我不远了；笼在苍茫暮色里的山花，显得超尘拔俗地幽静。

我住进香阁里的时候，已是夜里，和尚给我悬灯照明，我似乎看见阁外耸立着许多山；我想，如果白天卷起阁上的窗帘，还能欣赏到鉴湖的秋色呢。

我睡下的时候，看见壁上有古画，然而已经剥落，只剩了几只大雁；纱窗外，斗牛星宿好像在为我值宿守卫。

我很怀疑这里离天上的路很近。要不，我睡着时，梦里怎么就跟白云一起遨游呢?

提示

孙逖是洛阳人，来游吴越，投宿在绍兴云门寺里，感到很新鲜，就写了这首旅游诗。

首联写傍晚向云门寺阁进发。

颔联写夜里赶到了云门寺阁。

颈联就写睡在阁里。

尾联说做了一个“与白云游”的梦。

颔联文字极佳，意境开阔，并且点明投宿的季节（秋）和时间（夕）。

这首诗句句写香阁之高，但首句却说它在“东山下”，不可解。

唐 táng · 李 lǐ 白 [pəʔ]

秋登宣城谢朓北楼
qiū dēng xuān chéng xià tiǎo [pəʔ] lóu

jiāng chéng rú huà lǐ　shān wǎn wàng qíng kōng
江城如画里，山晚望晴空。平东
— — — | |　— | | — —

liǎng shuǐ [tɕiaʔ] míng jìng　shuāng qiáo [loʔ] cǎi hóng
两水夹明镜，双桥落彩虹。平东
| | | — |　— — | | —

rén yān hán [tɕyɪʔ] yòu　qiū [səʔ] lǎo wú tóng
人烟寒橘柚，秋色老梧桐。平东
— — — | |　— | | — —

shuí niàn [pəʔ] lóu shàng　lín fōng huá xià gōng
谁念北楼上，临风怀谢公？平东
— | | — |　— — — | —

普通话

白 bái **谢** xiè **北** běi **夹** jiā **落** luò **彩** cǎi **橘** jú **色** sè **风** fēng **怀** huái

注释

宣城 在今安徽省东南部。**谢朓北楼** 南朝齐诗人谢朓任宣城太守时所建之高斋地，又名谢公楼、叠嶂楼。**江城** 水边之城。这里指宣城。**两水** 句（gōu）溪和宛（旧读 yuǎn，今读 wǎn）溪。宛溪在宣城的东北与句溪相会，绕城合流。**双桥** 指跨溪的凤凰桥和济川桥，都是隋初的建筑。**人烟** 住户的炊烟。**念** 犹“怜”也（《诗词曲语辞汇释》）。**北楼** 指谢朓北楼。

语译

在夕阳下山的时候，我登上谢朓北楼，望晴空下的江城，感到它美得如同画在画里的一样。句溪和宛溪，夹城而流，泛着波光，像明镜似的；凤凰桥和济川桥，像两条彩虹架在溪上。丛林里有人家飘出一缕缕炊烟，好像给橘柚添了些寒意；而秋色更使梧桐显得苍老。我在北楼上对着秋风怀念谢公，可是又有谁会理解我、同情我呢？我自己是一个知音也没有啊！

提示

天宝十三载（754），中秋节过后，李白再次从金陵来宣城。李白在天宝初曾供奉翰林，为玄宗爱重，后来渐受疏远，只好离开长安。他心里一直气闷，觉得政治上很不得意。

谢朓的诗，李白很欣赏。谢朓虽然曾做过很大的官，但后来却被人诬陷而死，死时才三十多岁。李白很同情他。

这首诗，首联开门见山，就说登楼眺望。

中间两联具体描写登楼所见景色。颔联写两水、双桥，颈联写人烟、秋色。

尾联感叹自己“临风怀谢公”的心情无人理解，反映他政治上受压抑而又找不到出路的苦闷。

唐 táng
·
孟 mèng
浩 hǎo
然 rán

临洞庭
lín dòng tíng

[paʔ] [yɪʔ] hú shuǐ píng hán xū hǔn tèi qīng
八月湖水平，平庚 涵虚混太清。平庚
| | — | — — — | | —

qì zhēng yún mòng [tsəʔ] bō hǎn [yɪʔ] yáng chéng
气蒸云梦泽，波撼岳阳城。平庚
| — — | | — | | — —

[ioʔ] jì wú zhōu [tɕiɪʔ] duān jū chǐ shèng míng
欲济无舟楫，端居耻圣明。平庚
| | — — | — — | | —

zuǒ guān chuí diào zhǎ tú yǒu xiàn yú qíng
坐观垂钓者，徒有羡鱼情。平庚
| — — | | — | | — —

普通话

浩 hào **八** bā **月** yuè **混** hùn **太** tài **梦** mèng **泽** zé **撼** hàn **岳** yuè **欲** yù **楫** jí **坐** zuò **者** zhě

注释

涵虚 沉浸在天空里，或作“天空沉浸在湖里”解。涵：沉浸。虚：天空。**混太清** 意思与“涵虚”同。混：相混，相融。太清：天空。古人认为是轻而清的气升而为天空的，故称天空为太清。**云梦泽** 洞庭湖的古名（施蛰存说）。**端居** 犹今言“在家闲着”。**坐** 与下句的“徒”字互文，都是“徒然”的意思（《诗词曲语辞汇释》）。**羡鱼** 羡慕别人逮到鱼。语出《淮南子·说林训》：“临河而羡鱼，不若归家织网。”注意：“羡鱼”不是羡慕鱼的自由自在。

语译

时当八月，水涨湖平，洞庭湖显得更加浩渺。远望去，水天一色，天融入于湖，湖包容了天。水气蒸腾之时，给湖面笼起一个轻纱的梦；波涌浪起的当儿，把湖边的岳阳城摇得颠簸晃荡。

唉，湖面太宽了，我想去到对岸，惜乎没有渡船。我又能做些什么呢？在这圣明的时代，我却只能待在家里闲着，也实在感到可耻。我是徒然地看着别人在湖边垂钓，徒然地心生羡鱼之情呀！

提示

这是一首写景兼干谒的诗。干谒，就是求荐，请求别人推荐去做官。

前四句写景。首联写湖面之宽广。颔联则分写“气蒸”之状与“波撼”之势。首联写静态，颔联写动态，都是扣住题中“望”字的。颔联是古来描写洞庭湖的最出色的诗句。

后四句表达求荐之意。诗题中原有“赠张丞相”四字，即表明是求张九龄丞相援手的。颈联出句，自然地由描写洞庭湖之景转入抒情。这一联把求荐的原因说得堂皇正大（圣明时代端居可耻），没有一点儿可怜相，最为得体。尾联再从湖字上生发，借“羡鱼”的典故，向张九龄表达自己希望做官的心情。

第一句第三字拗（该仄而用平），第四字救（改平为仄）。“仄仄仄平平”改为“仄仄平仄平”，比较少见。

这首诗“涵虚混太清”一句，“涵虚”的意思跟“混太清”相同，是一个毛病。诗是讲究精练的，不宜重复同一个意思。

唐 táng · 王 wáng 维 wéi

过香积寺
guò xiāng[tɕiɪʔ] sì

[pəʔ] zhī xiāng[tɕiɪʔ] sì shù lǐ [zəʔ] yún fōng
不知香积寺，数里入云峰。平冬
丨 — — 丨 丨 丨 丨 丨 — —

gǔ [moʔ] wú rén jìng shēn shān hó chù zhōng
古木无人径，深山何处钟？平冬
丨 丨 — — 丨 — — — 丨 —

quán shēng [iɪʔ] wéi [ʂəʔ] [zəʔ] [səʔ] lěng qīng sōng
泉声咽危石，日色冷青松。平冬
— — 丨 — 丨 丨 丨 丨 — —

[poʔ] mù kōng tán [tɕʻioʔ] ān chán zhì [toʔ] lóng
薄暮空潭曲，安禅制毒龙。平冬
丨 丨 — — 丨 — — 丨 丨 —

普通话

积 jī **不** bù **入** rù **峰** fēng **木** mù **何** hé **咽** yè **危** wēi **石** shí **日** rì **色** sè **薄** bó **曲** qū **毒** dú

注释

过 探望，拜访。**香积寺** 唐代在长安南。**云峰** 白云缭绕的山峰。**无人径** 谓有小路但不见有人走。**咽危石** 谓泉水在耸立的岩石间艰难地流，发出呜咽的声音。咽，呜咽。危，高耸。**薄暮** 傍晚。薄，靠近。**空潭** 幽静的潭水。**曲** 转折处。**安禅** 佛家语，谓安静地打坐。**制毒龙** 佛教故事说：

有高僧曾以佛法制服西方一个水潭里的毒龙，使之离开。后比喻克制人心中的欲念。

语译

不知道香积寺究竟在哪里，听说隐在山峰间。走了数里路方才走进白云缭绕的山峰。这里古木参天，有小路，却无人迹；忽然深山里响起钟声，又不知是哪里传来的。在耸立的岩石间呜呜咽咽的，那是泉声；使青松越发显得寒冷的，则是黄昏时分的阳光。

傍晚终于寻到了香积寺，看到了寺前幽静的水潭。在水潭的一曲，有和尚在安静地打坐。他在制服“毒龙”吧？

提示

首联说寻找香积寺。

中间两联描写路上所见所闻，有声有色。尤其是“咽”字“冷”字，极佳，堪称“诗眼”（如人之眼目，炯炯有神）。

尾联说傍晚终于寻到了香积寺。

这首诗写了“过”香积寺的全过程。

“泉声咽危石”句是“平平平仄仄”的变式。

唐 táng · 高 gāo 適 [ʂəʔ]

sòng zhèng shì yù [tʂəʔ] mín zhōng

送郑侍御谪闽中

[tʂəʔ] qù jūn wú hèn mín zhōng wǒ jiù guō
谪去君无恨，闽中我旧过。平歌
| | — — | — — | | —

dà dū qiū yàn shǎo [tʂəʔ] shǐ yà yuán duō
大都秋雁少，只是夜猿多。平歌
| — — | | | | | — —

dōng lù yún shān [xəʔ] nán tiān zhàng lì hó
东路云山合，南天瘴疠和。平歌
— | — — | — — | | —

zì dāng fóng yǔ lù xíng yǐ shèn fōng bō
自当逢雨露，行矣慎风波。平歌
| — — | | — | | — —

普通话

適 shì **谪** zhé **闽** mǐn **过** guò **只** zhǐ **是** shì **夜** yè **合** hé **和** hé **逢** féng **风** fēng

注释

郑侍御 姓郑的侍御史。作者友人。**谪** 把高级官吏降职并调到边远的地方做官。**无** 通“毋”，不要。**闽中** 泛指福建。**旧过** 谓从前去过。**大都** 大概，大体，一般。**南天** 指南方。**瘴疠和** 瘴与疠相结合。浸染瘴气而生的病，内病为瘴，外病为疠。和，结合。**自当** 一定会。**逢雨露** 喻皇帝开恩，把他调回来。

语译

被贬谪离去，您不要有怨恨；闽中我从前也去过。那地方，一般说，秋雁少，只是夜猿多。向东去的路，山会越来越高，几乎与云相聚在一起；南方的瘴疠也是合在一起的，您可要多作防备。我想您将来一定会上调回来的。您去吧，路上小心风浪。

提示

郑侍御史被贬谪去闽中，高適写了这首诗送别。

首联点题中“谪闽中”三字。

颔联和颈联写闽中的情况。“东路”与“南天”两句互文见义。

尾联宽慰对方，说不久就会上调回来的，并叫他路上小心些。

唐 táng · 杜 dǔ 甫 fǔ

qín zhōu [tsəʔ] shī

秦州杂诗

fòng lín guō wèi [ɕiɪʔ] yú hěi lù cháng nán

风林戈未息，鱼海路常难。平寒

丨 — — 丨 丨 — 丨 丨 — —

hòu huǒ yún fōng jùn xuán jūn [moʔ] jǐng gān

候火云峰峻，悬军幕井干。平寒

丨 丨 — — 丨 — — 丨 丨 —

fōng lián xī [tɕiɪʔ] dǒng [yɪʔ] guò [pəʔ] tíng hán

风连西极动，月过北庭寒。平寒

— — — 丨 丨 丨 丨 丨 — —

gù lǎo sī fēi jiàng hó shí yì [tʂoʔ] tán

故老思飞将，何时议筑坛？平寒

丨 丨 — — 丨 — — 丨 丨 —

普通话

杜 dù **杂** zá **凤** fèng **戈** gē **息** xī **海** hǎi **峰** fēng **幕** mù **风** fēng **极** jí **动** dòng **月** yuè **北** běi **何** hé **筑** zhù

注释

秦州 治所在今甘肃天水。**凤林** 指凤林关，在今甘肃临夏。**戈** “干戈”之省，指战争。**鱼海** 城名，也在甘肃。**候火** 烽火。古代边防报警的信号。**云峰** 高与云齐的山峰。这里指筑有烽火台的山峰。**悬军** 深入敌境的孤军。**幕井** 一种军用水井。**西极** 西方极远之处。**北庭** 汉时指北匈奴居住的地方，泛指北方极远之处。**故老** 年老多阅历的人。**飞将** 汉武帝时匈奴人害怕的飞将军李广。**筑坛** 谓筑坛拜将（拜，授官也）。

语译

凤林关和鱼海，战火不息，路常难通。筑有烽火台的山峰，与云相齐，十分高峻；深入敌境的孤军，因为天旱，水井常干，没有水喝。这里的风大极了，刮起来的时候，把“西极”也连带着一起掀动；这里冷得很，夜里的月色比“北庭”的还冷。老人们思念像飞将军李广那样的将军，希望他来带兵，好早些打败敌军，过上太平日子。朝廷什么时候商议筑坛拜将呀？

提示

唐肃宗乾元二年（759）秋天，杜甫辞去华（huà）州司功参军的官职，开始远游。他从长安出发，第一站就到秦州。他在秦州写了二十首内容不一的诗，统称《秦州杂诗》。这里选的是第十九首。

秦州虽处交通要道，但本不属边防前线。安史乱起，吐蕃乘机夺取陇右、河西之地，地处陇东的秦州，这才成了边防军事重镇。

首联说秦州一带战火不息，道路不通。两句互文见义。

颔联一句写军情紧急，一句写士兵困苦。

颈联写此地风之大、天之寒。

尾联写故老的心愿，希望朝廷委派能干将领来指挥作战，以早日结束战争。

唐 táng · 杜 dǔ 甫 fǔ

yǔ miào
禹庙

yǔ miào kōng shān lǐ　qiū fōng [loʔ] [zəʔ] xiá
禹庙空山里，秋风落日斜。平麻
| | — — |　— — | | —

huāng tíng chuí [tɕyɪʔ] yòu　gǔ [oʔ] huà lóng shá
荒庭垂橘柚，古屋画龙蛇。平麻
— — — | |　| | | — —

yún qì xū qīng [piɪʔ]　jiāng shēng zǒu [pəʔ] shā
云气嘘青壁，江声走白沙。平麻
— | — — |　— — | | —

zǎo zhī chéng sì zèi　shū [tsoʔ] kòng sān bā
早知乘四载，疏凿控三巴。平麻
| — — | |　— | | — —

普通话

杜 dù **风** fēng **落** luò **日** rì **斜** xié **橘** jú **屋** wū **蛇** shé **壁** bì **白** bái **载** zài **凿** záo

注释

禹庙 这首诗所说的禹庙，建在忠州（治所在今重庆忠县）临江的山崖上。**橘柚** 大禹治理洪水后，九州人民得以安居生产，远居东南的“岛夷”也把丰收的橘子和柚子进贡给禹，所以禹庙里多种植橘柚，以为纪念。**龙蛇** 传说大禹治理洪水，把龙和蛇赶进有水草的大泽里，也给它们一条生路，所以禹庙的壁上多画龙蛇。**云气** 指龙嘘出的如云雾一般的气。**嘘青**《全唐诗》作“生虚”，下注：“一作嘘清。”《唐诗鉴赏辞典》作“嘘青”，是，从之。**江声**《千家诗》通行本作“江深”，误。今据《全唐诗》改。**走白沙** 白沙滚动，即“浪淘沙”。**乘四载** 相传大禹治水，到处奔波，逢水乘舟，逢陆乘车，逢泥路乘輴（chūn），逢山路乘樏（léi）。**疏凿** 指疏通长江，凿开三峡。**控三巴** 三巴，指巴郡、巴东、巴西，相当今川、渝间嘉陵江和重庆綦江流域以东的大部。传说这一带原为泽国，大禹凿通三峡后，方才“控”为陆地。控，从水中提出来。

语译

在阵阵秋风里，在落日的斜光中，我来到空山里的一所禹庙。庭院荒芜了，但树上还挂着橘子和柚子；屋子很古老了，但墙上绘画的龙蛇还依稀可见。

我走出庭院，看见外面崖壁上长满了青苔，在夕阳光里，好像笼着些云雾。莫非庙里那条龙游了出来，把气吐在上面？听山崖下江涛声澎湃，是大浪正在卷走白沙。

大禹啊，我是早就知道您乘坐四种交通工具，疏通长江，凿开三峡，把三巴从一片汪洋中给提上来的。您真是伟大的英雄！

提示

首联说来到禹庙。

颔联描写庙内景色。

颈联描写出来到庙外的所见所闻。

尾联赞美大禹的功德。

荒庭里古屋上应该还有些别的东西，但老杜只写“垂橘柚”和“画龙蛇”。为什么呢？因为这两个可以极好地表现大禹的伟大。“垂橘柚”和“画龙蛇”，把它们写进诗里，又是用了关于大禹的两个典故。这首诗里用这两个典故，知道典故的人觉得有味，不知道典故的人也不影响理解诗意。“用典故”又叫“用事”。这首诗，人家说是“用事入化”。艺术达到精妙境界，叫作“入化”，谓可以与“造化”（大自然）相比也。

唐 táng · 李 lǐ 颀 qí

wàng qín chuān 望秦川

qín chuān zhāo wàng xǐng [zə̣ʔ] [tʂ'əʔ] zhèng dōng fōng
秦川朝望迥，日出正东峰。平冬
— — — | | | | | — —

yuǎn jǐn shān hó jìng wēi yí chéng [tɕ'yɪʔ] chóng
远近山河净，逶迤城阙重。平冬
| | — — | — — — | —

qiū shēng wàn hǔ [tʂoʔ] hán [səʔ] wǔ líng sōng
秋声万户竹，寒色五陵松。平冬
— — | | | — | | — —

yǒu [k'əʔ] guī yú tàn qī qí shuāng lù nóng
有客归欤叹，凄其霜露浓。平冬
| | — — | — — — | —

普通话

迥 jiǒng 日 rì 出 chū 峰 fēng 近 jìn 河 hé 阙 què 户 hù 竹 zhú

色 sè　客 kè

注释

秦川 地名。泛指今陕西、甘肃秦岭以北的平原地区。**迥** 远。**净** 用同“静”。宁静。**逶迤** 绵延不绝的样子。**城阙** 城门两边的望楼，此处借指城市。**寒色** 使人感到清寒冷落的自然景色。**五陵** 汉时五个皇帝的陵墓所在地。**有客** 实指诗人自己。**归欤** 回家去吧。欤，语气词。**凄其** 寒冷。其，词尾。

语译

正是日出东面山峰之上的早晨，我登高眺望远远的秦川大地。那里，远远近近的山河都显得很宁静，绵延不绝的城市重重叠叠。万家竹林发出秋声，五陵松柏映着寒色。有客虽然发着“归去吧归去吧”的感叹，然而却忧愁途中天气寒冷，霜露浓重。

提示

这首诗是李颀罢职出长安，登高回望长安所作。但诗题不用“望长安”，而用“望秦川”。

首联即点题。

中间两联写回望之景。一联写山河、城阙，一联写秋声、寒色。

尾联说自己一面说着“归欤归欤”，一面又害怕路上寒冷。这反映出诗人的矛盾心情。

唐 táng · 张 zhāng 谓 wèi

同王征君洞庭有怀

tóng wáng zhēng jūn dòng tíng yǒu huái

[paʔ] [yɪʔ] dòng tíng qiū　xiāo xiāng shuǐ [pəʔ] liú

八月洞庭秋，平尢 潇湘水北流。平尢

丨丨丨——　——丨丨—

huán jiā wàn lǐ mòng　wéi [kʻəʔ] wǔ gēng chóu

还家万里梦，为客五更愁。平尢

——丨丨丨　—丨丨——

[pəʔ] yòng kēi shū [tʂəʔ]　piān yí shǎng jiǔ lóu

不用开书帙，偏宜上酒楼。平尢

丨丨——丨　——丨丨—

gù rén jīng [loʔ] mǎn　hó [zʅʔ] fòu tóng yóu

故人京洛满，何日复同游？平尢

丨——丨丨　—丨丨——

普通话

怀 huái **八** bā **月** yuè **北** běi **梦** mèng **客** kè **不** bú **开** kāi **帙** zhì **上** shàng **洛** luò **何** hé **日** rì **复** fù

注释

同 和别人诗词，仍用原作的韵脚字，但前后次序不同，叫“同”。**征君** 不接受朝廷征聘（招聘，聘请）的人叫“征士”。对征士敬称“征君”。**洞庭有怀** 王征士原作的诗题。**潇湘** 潇水和湘江。它们汇合后向北流入洞庭湖。**书帙** 书卷的外套。**京洛** 洛阳。**偏** 只（《诗词曲语辞例释》）。

语译

正是洞庭湖八月的秋天，潇湘之水不住地往北流去。离家万里，只有在梦里才能回家；在他乡作客，直到五更天还愁得睡不着觉。不用打开书卷外套读书，读书是忘不了忧愁的，只宜上酒楼去喝酒。在洛阳的老友很多，哪一天能跟他们再一起游玩呢？

提示

这首是“同韵诗”，用王征士《洞庭有怀》“秋”“流”“愁”“楼”“游”五个韵脚字押韵，但前后次序有些变动。如果次序与原作相同，则叫“步韵”。好比走路，踩着人家的脚步走。

首联说时间和地点。“潇湘水北流”一句，景中寓情（水能北流，而自己却回不去北方）。

中间两联抒写滞留南方的痛苦心情。

尾联感叹不能再和京城洛阳的故人同游。

这首是乡愁诗。

唐 táng
·
丁 dīng
仙 xiān
芝 zhī

渡扬子江
dù yáng zǐ jiāng

guì [tɕiɪʔ] zhōng liú wàng kōng bō liǎng bàn míng
桂楫中流望，空波两畔明。平庚
| | — — | — — | | —

lín kēi yáng zǐ [iɪʔ] shān [tʂʻəʔ] rùn zhōu chéng
林开扬子驿，山出润州城。平庚
— — — | | — | | — —

hěi jǐn biān yīn jǐng jiāng hán [ʂoʔ] chuì shēng
海尽边阴静，江寒朔吹生。平庚
| | — — | — — | | —

gèng wén fōng [iɪʔ] xià [ɕiɪʔ] [liɪʔ] dù qiū shēng
更闻枫叶下，淅沥度秋声。平庚
| — — | | | | | — —

普通话

楫 jí **开** kāi **驿** yì **出** chū **海** hǎi **尽** jìn **静** jìng **朔** shuò **吹** chuī **枫** fēng **叶** yè **淅** xī **沥** lì

注释

扬子江 今仪征、扬州一带的长江，古称扬子江。扬，也写作“杨”。**桂楫** 本指用桂木做的船桨，后作木船的美称。**中流** 流中，江中。**空波** 开阔的水面。**润州** 唐州名。治所在今江苏镇江。**海尽** 谓入海处是江的尽头。**边阴** 海边的月亮。月称“太阴”，又称“阴”。**朔吹** 北风。吹，风也。又，义为吹奏乐曲的活动，或乐曲，也念去声。**度** 传送。

语译

船到江中心，我放眼而望，江面虽然开阔，但两岸景物却都看得清楚。北岸，丛林分开处是扬子驿；南岸，山冈耸起处是润州城。扬子江入海处就是长江的尽头了，海边的月亮照着，显得很安静；陡然觉得江上寒冷起来，原来吹来了北风。我还听见江渚上有枫叶淅淅沥沥地落下，传送着秋声。

提示

这首诗写月下渡扬子江的情景。

首联说船到江中央。

颔联描写月光下所见的南北景物。

颈联写静与寒，方才把“月”（“阴”）给点了出来。

尾联以闻枫叶之落点明时属秋天。

唐 táng
·
张 zhāng
说 [iɪʔ]

幽州夜饮

yōu zhōu yà yǐn

liáng fōng chuī yà yǔ xiāo [səʔ] dǒng hán lín
凉风吹夜雨，萧瑟动寒林。平侵
— — — | | — | | — —

zhèng yǒu gāo táng yàn néng wáng chí mù xīn
正有高堂宴，能忘迟暮心。平侵
| | — — | — — — | —

jūn zhōng yí jiàn wǔ sèi shàng zhòng jiā yīn
军中宜剑舞，塞上重笳音。平侵
— — — | | | | | — —

[pəʔ] [tsoʔ] biān chéng jiàng shuí zhī ēn yù shēn
不作边城将，谁知恩遇深？平侵
| | — — | — — — | —

普通话

说 yuè **夜** yè **风** fēng **瑟** sè **动** dòng **忘** wàng **塞** sài **不** bú **作** zuò

注释

幽州 唐州名。**萧瑟** 秋风声。**正有** 只因为有。**高堂** 高大厅堂，即正厅。**迟暮** 暮年。**谁知** 怎么知道。**恩遇** 恩惠知遇。知遇，赏识任用。

语译

凉风吹来夜雨，萧瑟之声在寒林中回荡。只因有此高堂之宴，所以能让我暂忘暮年的悲哀心情。军中宜以舞剑取乐，边塞爱听胡笳之音。如果不到边城来为将，怎知朝廷恩遇之深？

提示

张说曾受命巡边。这首诗当是他到幽州巡边时所作。

首联写幽州秋夜之风雨，寒气森森。

颔联方始说到“夜饮”二字上来。

颈联描写夜饮的热闹。

尾联说作边城将也自有其乐趣。

颈联所写，颇具北方军中的特色，甚佳。

七律

卷头语

1

跟五律一样，也是一首八句。但每句分四节：顶节、头节、腹节和脚节。

和七绝一样，也是四种基本律句：

仄仄 / 平平——/ 平仄 / 仄

平平——/ 仄仄 / 仄平——/ 平——

平平——/ 仄仄 / 平平——/ 仄

仄仄 / 平平——/ 仄仄 / 平——

也分仄起仄收、平起仄收和仄起平收、平起平收四种形式。

也与五律一样，中间两联（颔联和颈联）须对仗。

2

我们讲讲拗救。

“仄仄 / 平平 / 平仄 / 仄，平平 / 仄仄 / 仄平 / 平，平平 / 仄仄 / 平平 / 仄，仄仄 / 平平 / 仄仄 / 平”，这是律句标准的平仄安排。如果有一处的平仄不按这标准，那这一处就是“拗”了。拗者，不顺之谓也。

有的拗，必须“救”；有的拗，可救可不救。

前人说：“一三五不论，二四六分明。”七律或七绝每句第一、第三、第五字，都不在节奏点上，所以一般说，用平用仄可以随便。也就是说，拗了就拗了，可以不救它。

然而不能一刀切。

“平平 / 仄仄 / 仄平 / 平”（五言“仄仄 / 仄平 / 平”），第五字（五言第三字）绝不可以拗，一拗，这句最后三字都是平了。一句末三字都是平声，叫“三平调”。三平调是古体诗（古风）喜欢用的。律体诗必须避免。是必须避免，而不是说拗了可以救。它没法救！

可以救也必须救的是下列情况：

一、“仄仄 / 平平 / 仄仄 / 平”（五言“平平 / 仄仄 / 平”），第三字（五言第一字）如果拗，用了仄，那么第五字（五言第三字）必须改用平声字以相救。也就是改成“仄仄 / 仄平 / 平仄 / 平”（五言是“仄平 / 平仄 / 平”）。

如果不救呢？那是犯规，术语叫“犯孤平”。什么意思？是说“仄仄 / 平平 / 仄仄 / 平”（五言“平平 / 仄仄 / 平”）这个句子里，第三字（五言第一字）被改用仄声，那么韵脚字不算，只剩下孤零零的一个平声字了。

请注意：只有“仄仄 / 平平 / 仄仄 / 平”（五言“平平 / 仄仄 / 平”）这个句式，方才有忌犯孤平一说。

二、“仄仄 / 平平 / 平仄 / 仄”（五言句是“平平 / 平仄 / 仄”）句式，如果第六字（五言句是第四字）拗，也就是用了平，这也要救，救的方法极简单，就是本句第五字（五言句是第三字）改平为仄。这样一拗一救，这个句子就变成“仄仄 / 平平 / 仄平 / 仄”（五言句是“平平 / 仄平 / 仄”）了。按“一句之内，平仄相间”的规矩看，这是犯规的。但奇怪的是，这算是拗了救出的句式。更奇怪的是，唐宋人还极喜欢用这个变式，用得跟正式的一样多。更更奇怪的是，考试还允许诗中出现这种变式。

以上两种拗，是本句自救的。还有一种拗，本句救不了，须要对句救，这就是下一种情况。

三、“平平 / 仄仄 / 平平 / 仄”（五言句是“仄仄 / 平平 / 仄”），如果第六字（五言句是第四字）拗成仄，成了“平平 / 仄仄 / 平仄 / 仄”，那么其对句“仄仄 / 平平 / 仄仄 / 平”（五言句是“平平 / 仄仄 / 平”）必须将第五字（五言句是第三字）改为平。也就是说，如果出句是“平平 / 仄仄 / 平仄 / 仄”（五言句是“仄仄 / 平仄 / 仄”），对句必须变成“仄仄 / 平平 / 平仄 / 平”（五言句是“平平 / 平仄 / 平”）。

我们只要记住这三种拗救就行了。

唐 táng
·
贾 jiǎ
至 zhì

zǎo cháo dà míng gōng

早朝大明宫

yín [tʂoʔ] cháo tiān zǐ [məʔ] cháng jìn chéng chūn [səʔ] xiǎo cāng cāng

银烛朝天紫陌长，平阳 禁城春色晓苍苍。平阳

— | — — | | — | — — | | — —

qiān tiáo [zoʔ] liǔ chuí qīng suǒ [pəʔ] zhuàn liú yīng rǎo jiàn zhāng

千条弱柳垂青琐，百啭流莺绕建章。平阳

— — | | — — | | | — — | | —

jiàn bèi shēng suí [ioʔ] chí bù yī guān shēn rǎ yù lú xiāng

剑佩声随玉墀步，衣冠身惹御炉香。平阳

| | — — | — | — — — | | — —

gòng [moʔ] ēn bō fòng chí shàng zhāo zhāo rǎn hàn shì jūn wáng

共沐恩波凤池上，朝朝染翰侍君王。平阳

| | — — | — | — — | | | — —

普通话

烛 zhú **陌** mò **色** sè **弱** ruò **百** bǎi **绕** rào **佩** pèi **玉** yù **惹** rě **沐** mù **凤** fèng

注释

早朝 上早朝。**大明宫** 唐宫殿名。**银烛** 白色的蜡烛，此指明亮的烛光。**朝天** 朝拜皇帝。**紫陌** 本指帝都郊野的道路，这里指大臣上朝经过的道路。**禁城** 宫城。**苍苍** 形容青绿。**弱** 纤细柔软。**青琐** 宫门上镂刻的青色连环图纹。借指宫门。**啭** 鸟婉转地叫。**流莺** 指黄莺。流，谓其鸣声圆

转。**建章** 汉代宫殿名，借指大明宫。**剑佩** 宝剑和玉佩。**玉墀** 铺砌玉石的台阶。**御炉** 皇宫里的香炉。**沐** 沐浴。比喻蒙受。**恩波** 指帝王的恩惠。**凤池** 亦称凤凰池。本是宫中池沼，后来因魏晋南北朝时中书省设于宫中，掌管机要，接近皇帝，遂称中书省为凤池。**染翰** 用笔蘸墨。翰，指笔。

语译

明亮的烛光下，大臣们走过长长的紫陌，来大明宫朝拜天子。宫城的早晨，春色一派青翠。千条细柳垂挂在宫门边，百啭黄莺围绕着大明宫鸣叫。宝剑和玉佩，随着在玉阶上行走的步伐而发出声响；身上的衣服和帽子，染上了御炉飘出的香气。我身处凤凰池上，天天笔蘸浓墨为君王起草诏书，和大家一样蒙受天子的恩惠。

提示

这首七律，写春天早上作者随百官一起到大明宫上早朝的情景。

首联说自己和百官一起来上早朝。

颔联描写宫城早上的春色。

颈联描写上朝的百官。

尾联说自己沐恩，更要努力“侍君王”。

这样的一首律诗，主题思想只靠首、尾两联表达。但中间两联对仗，作者都是很努力去写的。

颔联两句，“百”对“千”是数目字对数目字。“流莺”与“弱柳”，都是偏正词语。

颈联两句，“衣冠”与“剑佩”，两个都是并列结构的名词性词语。

贾至是中书舍人，负责替皇帝起草诏书，所以尾联说“凤池上”，又说“染翰侍君王”。

尾联出句失黏。

唐 táng
·
杜 dǔ
甫 fǔ

和贾舍人早朝
hò jiǎ shà rén zǎo cháo

wǔ yà lòu shēng cuī xiǎo jiàn, jiǔ chóng chūn [səʔ] zuì xiān táo
五夜漏声催晓箭，九重春色醉仙桃。平豪
| | | — — | |　| — — | | — —

jīng qí [zəʔ] nuǎn lóng shá dǒng, gōng diàn fōng wéi yàn [tɕʻioʔ] gāo
旌旗日暖龙蛇动，宫殿风微燕雀高。平豪
— — | | — — |　— | — — | | —

cháo bà xiāng yān xí mǎn xiù, shī chéng zhū [ioʔ] zěi huī háo
朝罢香烟携满袖，诗成珠玉在挥毫。平豪
— | — — — | |　— — — | | — —

[ioʔ] zhī shì zhǎng sī lún měi, chí shàng yú jīn yǒu fòng máo
欲知世掌丝纶美，池上于今有凤毛。平豪
| — | | — — |　— | — — | | —

普通话

杜 dù **和** hè **舍** shè **夜** yè **色** sè **日** rì **蛇** shé **动** dòng **风** fēng **微** wēi **雀** què **携** xié **玉** yù **在** zài **欲** yù **凤** fèng

注释

贾舍人 指贾至。贾至时任中书舍人。**五夜** 五个更次。一夜分甲、乙、丙、丁、戊五段，因称一夜为“五夜”。**漏声** 漏壶滴水之声。古以漏壶滴水计时。**晓箭** 拂晓时漏壶中指示时刻的箭。常借指凌晨这段时间。**九重** 指皇宫。古制天子所居有九门。**醉仙桃** 谓桃花红得像吃醉了酒。皇宫里的桃树叫“仙桃”。**龙蛇** 旗上的图案。**香烟** 指御炉里焚香所生的烟。**挥毫** 挥笔。**欲** 方也（《诗词曲语辞例释》）。**世掌丝纶** 古称帝王的诏书为“丝纶”，因而为皇帝起草诏书就叫“掌丝纶”。贾至是中书舍人，其职就是为皇帝起草诏书的。贾至的父亲贾曾也做过中书舍人，所以诗里说“世掌丝纶”。世，世代，这里指两代。**美** 才能。**池** 指凤池，即中书省。**于今** 到现在。**凤毛** 谓先人遗下的风采。

语译

因为要上早朝，激动得整夜睡不着，老听着漏声，盼望早些天亮。进了大明宫，见到春色正浓，朵朵桃花红得都像吃醉了酒似的。

宫里阳光和暖，微风轻拂，龙蛇随旗舞动，燕雀纷纷飞向高处。早朝结束，大家带回满袖的香烟，贾舍人您还挥笔作诗，字字珠玉。

捧读了您贾舍人的大作，我方知世代职掌丝纶的才能。怪不得凤池上到现在还有凤毛呢！

提示

这首是和诗。杜甫读了贾舍人的《早朝大明宫》，就答他一首。以诗词相酬答，叫“唱和”。贾至的一首是“原唱”，杜甫的这首是“和诗”。

这首和诗，首联写待晓上朝的心情和上朝时所见宫中的春色。

颔联描写大明宫日暖风微，旗飘鸟飞之景象。颈联描写朝罢的景象，并说贾舍人写了一首好诗以点题。

尾联赞美贾舍人有先人遗风。

七律一般只要求中间两联对仗。杜甫才大，这首连首联也对仗了。

唐 táng · 王 wáng 维 wéi

和贾舍人早朝

hò jiǎ shà rén zǎo cháo

jiàng [tsəʔ] jī rén bào xiǎo chóu shàng yī fāng jìn cuì yún qiú

绛帻鸡人报晓筹，平尤 尚衣方进翠云裘。平尤

| | — — | | — | — — | | — —

jiǔ tiān chāng [xaʔ] kēi gōng diàn wàn [kuəʔ] yī guān bà miǎn liú

九天阊阖开宫殿，万国衣冠拜冕旒。平尤

| — — | — — | | | — — | | —

[zəʔ] [səʔ] céi lín xiān zhǎng dǒng xiāng yān [ioʔ] bàng gǔn lóng fóu

日色才临仙掌动，香烟欲傍衮龙浮。平尤

| | — — — | | — — | | | — —

cháo bà xū céi wǔ [səʔ] zhào bèi shēng guī dào fòng chí tóu

朝罢须裁五色诏，佩声归到凤池头。平尤

— | — — | | | | — — | | — —

普通话

和 hè **舍** shè **帻** zé **阖** hé **开** kāi **国** guó **拜** bài **日** rì **色** sè **才** cái **动** dòng **欲** yù **浮** fú **裁** cái **佩** pèi **凤** fèng

注释

绛帻鸡人 穿红色服装的报晓官。**报晓筹** 报晓的竹牌。谓鸡人将报晓的竹牌送入皇帝寝殿。**尚衣** 掌管帝王衣服的官。**翠云裘** 用翠色鸟羽编织成云纹的裘衣。**九天** 谓天之最高处。**阊阖** 天门。**万国衣冠** 指各国使节。**冕旒** 帝王、诸侯、卿大夫的礼冠。此处借指皇帝。**日色** 日光。**仙掌** 即掌扇，

形状如扇的仪仗，用以挡风遮日。**欲** 正，恰。**衮龙** 龙袍。**裁** 书写，起草。**五色诏** 指用五色纸起草的诏书。**佩声** 指贾舍人走路时玉佩发出的声音。

绛帻鸡人把报晓的竹牌送到寝宫，尚衣官方才进上翠云裘给皇帝穿上。

像九天上的天门一样的宫殿大门迤逦打开，万国的使节就来拜见我们大唐的皇帝。太阳刚要晒到皇帝身上，掌扇就移动过来给皇帝遮阳；御炉里焚香散出的轻烟，正傍着龙袍飘浮。

早朝结束，贾舍人您还得去用五色纸给皇帝起草诏书呢，所以您急急走路，玉佩声声，回到凤凰池边。

提示

这首和诗，与杜甫的那首一样，也分写早朝前、早朝中、早朝后三个阶段。但具体内容有些不同。首联不写百官，却写皇帝早起。颔联突出万国使节朝拜，颈联再写皇帝。尾联照应诗题，说贾舍人如何尽职。

这首和诗，尾联出句也失黏。

唐 táng
·
岑 cén
参 shēn

hò jiǎ shà rén zǎo cháo
和贾舍人早朝

jī míng zǐ [məʔ] shù guāng hán yīng zhuàn huáng zhōu chūn [səʔ] lán
鸡鸣紫陌曙光寒，平寒 莺啭皇州春色阑。平寒
— — | | | — — — | — — — | —

jīn [tɕʻyɪʔ] xiǎo zhōng kēi wàn hǔ [ioʔ] jiā xiān zhǎng yǒng qiān guān
金阙晓钟开万户，玉阶仙仗拥千官。平寒
— | | — — | | | — — | | — —

huā yíng jiàn bèi xīng chū [loʔ] liǔ [fəʔ] jīng qí lù wèi gān
花迎剑佩星初落，柳拂旌旗露未干。平寒
— — | | — — | | | — — | | —

[toʔ] yǒu fòng huáng chí shàng [kʻəʔ] yáng chūn [iɪʔ] [tɕʻioʔ] hò jiā nán
独有凤凰池上客，阳春一曲和皆难。平寒
| | | — — | | — — | | | — —

普通话

和 hè **舍** shè **陌** mò **曙** shǔ **色** sè **阙** què **开** kāi **户** hù **玉** yù **阶** jiē **仗** zhàng **拥** yōng **佩** pèi **落** luò **拂** fú **独** dú **凤** fèng **客** kè **一** yì **曲** qǔ **和** hè **皆** jiē

注释

紫陌 旧谓帝都郊野的道路。**曙光** 清晨的日光。**皇州** 帝都。指长安。**阑** 尽，残。**金阙** 皇宫。**玉阶** 即贾至诗中的“玉墀”。**仙仗** 皇帝的仪仗。**拥千官** 谓许多女官护卫皇帝。拥，诗韵上、平二读。**凤凰池上客** 指贾至。**阳春**

古乐曲名。据说有人唱它，能够和（跟着唱）的人极少。**皆** 同样。

语译

鸡一叫就赶路。走在紫陌上，曙光还有些寒意；帝都长安处处有黄莺鸣叫，是春色将尽的时候。

报晓的钟声一响，宫里就打开了千门万户；台阶上排列了仪仗队，众多的女官护卫着皇上走出寝宫来。晓星初落，大明宫的花儿就迎接身佩宝剑和玉佩的侍卫和大臣们来上朝；露水还没干的柳条，轻轻地拂着旌旗。

朝罢归来，唯有您这位凤凰池上客有才华，写出了一首好诗。要和您这首诗呀，可跟和那阳春曲同样地难呢！

提示

这首和诗也是分上朝前、上朝中、上朝后三部分写的。

首联写赶去上朝。也写紫陌，也写春色，但明说春已暮了。

颔联主要写皇帝从寝宫出来到大明宫上朝。颈联描写百官上朝。

尾联称赞原唱，并点题中“和”字。

这首和诗跟杜甫的那首一样，前三联都对仗。

和诗有四种和法。第一种，和其意，不和其韵。比如贾至原唱押阳韵，杜甫和诗押豪韵，王维和诗押尤韵，岑参和诗押寒韵，各押各的韵。第二种，和其意，也和其韵。原唱用什么韵，和诗也用什么韵，但字不相同。第三种，原唱用哪几个字做韵脚，和诗也用那些字做韵脚，但次序不同。第四种，韵脚字的先后次序也一样，好像踩着人家脚步走。第二种叫“依韵”，第三种叫“同韵”，第四种叫“步韵”。

我们这里读到的三首，都属第一种。

宋 sòng · 蔡 cài 襄 xiāng

上元应制

shàng yuán yìng zhì

gāo [liɪʔ] qiān fōng bǎo jǜ sēn duān mén fāng xǐ cuì huá lín

高列千峰宝炬森，平侵 端门方喜翠华临。平侵

— | — — | | — — — — | | — —

chén yóu [pəʔ] wèi sān yuán yà [loʔ] shì huán tóng wàn zhòng xīn

宸游不为三元夜，乐事还同万众心。平侵

— — | | — — | | | — — | | —

tiān shàng qīng guāng liú cǐ [ɕiɪʔ] rén jiān hó qì [koʔ] chūn yīn

天上清光留此夕，人间和气阁春阴。平侵

— | — — — | | — — — | | — —

yào zhī jǐn qìng huá fōng [tʂoʔ] sì [ʂəʔ] yú nián huì èi shēn

要知尽庆华封祝，四十余年惠爱深。平侵

| — | | — — | | | — — | | —

普通话

蔡 cài **列** liè **峰** fēng **炬** jù **不** bú **夜** yè **乐** lè **还** hái **夕** xī **和** hé **阁** gē **尽** jìn **封** fēng **祝** zhù **十** shí **爱** ài

注释

上元 农历正月十五为上元节，亦称元宵节。**应制** 帝王的命令叫“制”，应制而作的诗文常以“应制”为题。注意：这个“制”不是“製”的简体。**炬** 蜡烛。这里是彩灯。**森** 森森，繁密的样子。**端门** 宫殿南面正门。**方** 正。**翠华** 用翠羽饰于旗竿顶上的旗，用作皇帝仪仗。借指皇帝。**宸游** 皇帝巡游。

宸，皇帝住处，代称皇帝。**三元** 正月十五为上元，七月十五为中元，十月十五为下元。这里借“三元”指“上元”，因为要与下句“万众”对仗。**“乐事”句** 这句说皇帝与民同乐。乐事，欢乐的事，指赏灯。还，仍然。**和气** 温暖之气。**阁** 同“搁”，也是“留”的意思。**春阴** 春时，春天。**华封祝** 即“华封三祝”。华地方的封人（上古时守封疆的官）祝帝尧长寿、富有和多男。**四十馀年** 宋仁宗当时已在位四十多年。**深** 多。

语译

端门外宝灯森然繁密，排成千百个高高的山峰，大家正为皇上来到而高兴。

皇上今夜出来，倒不是为了赏灯；仍然是为了与万众同乐。但愿此夜清澈的月光能长留在天上，春天和暖之气能永驻人间。

要知道为什么百姓都如华封人祝颂帝尧一样祝颂皇上长寿、富有和多男，那是因为皇上四十多年来给百姓的恩惠多啊！

提示

应制诗不好写。不说好话，得罪皇帝；好话说过了头，人家要讥笑他拍马屁。

北宋书家蔡襄这首应制诗，首联写上元节之夜端门前的灯彩和皇帝来此赏灯。

颔联说皇帝好话，说他不是来赏灯，是顺应民心，来与民同乐的。

颈联赞美这一夜的月色和“和气”。

尾联再说好话，说今夜万民共祝皇上长寿、富有和多男。

宋仁宗在皇帝里头还算不错，但把他比作尧帝，可就有些过头了。

上元应制

shàngyuán yìng zhì

宋 sòng · 王 wáng 珪 guī

[ɕiɪʔ] xiāo huá [yɪʔ] mǎn xiān tái　wàn [tʂoʔ] dāng lóu bǎo shàn kāi

雪消华月满仙台，万烛当楼宝扇开。

shuāng fòng yún zhōng fú liǎn xià　[loʔ] áo hěi shàng jià shān léi

双凤云中扶辇下，六鳌海上驾山来。

hǎo jīng chūn jiǔ zhān zhōu yàn　fén shuǐ qiū fōng lòu hàn céi

镐京春酒沾周宴，汾水秋风陋汉才。

[iɪʔ] [tɕʻioʔ] shēng píng rén jǐn [loʔ]　jūn wáng yòu jìn zǐ xiá bēi

一曲升平人尽乐，君王又进紫霞杯。

普通话

雪 xuě 月 yuè 台 tái 烛 zhú 开 kāi 凤 fèng 辇 niǎn 六 liù 海 hǎi 来 lái 镐 hào 风 fēng 才 cái 一 yì 曲 qǔ 尽 jìn 乐 lè

注释

华月 月光。**仙台** 皇宫里的楼台。**宝扇** 掌扇。泛指仪仗。**双凤** 指扶辇的宫女。**辇** 人挽或推的车，秦汉后特指帝王后妃乘坐的车。**鳌** 宋时于元宵夜堆叠彩灯为山形，称为鳌山。鳌，传说海中大龟。**镐京** 西周国都。故地在今西安市长安区西北。**沾** 分享。**汾水秋风** 汉武帝巡行河东，曾在汾水（黄河支流）泛舟，君臣欢宴，他自作《秋风辞》，中有“泛楼船兮济汾河，横中流兮扬素波”之句。**陋** 轻视。**升平** 太平。**进** 通“尽”。**紫霞杯** 一种名贵酒杯。

语译

积雪消融，月光照满宫中楼台。千万支蜡烛也当楼点起来了，仪仗也摆开来了。

宫女扶辇而出，像是云中飞下双凤。六座灯彩，像是六鳌顶着六座大山从海上游来。

今夜君王像从前周王一样在都城里饮宴，让人人都分享到春酒；君臣唱和，盛况超过当年汉武帝泛舟汾水创作《秋风辞》的时候，而且我们的才华比汉人要高多了。

唱罢一曲太平歌，人人都快乐无比；君王高兴，又饮尽紫霞杯里的美酒。

提示

诗题原为《依韵恭和御制上元观灯》。宋神宗写了一首《上元观灯》的诗，身任左相的王珪“应制”和了一首。这首和诗依韵，原唱用灰韵，和诗也用灰韵。

首联写元宵夜宫中点起蜡烛，摆开仪仗。

颔联一句写皇帝坐辇而来，一句写宫中灯彩之盛。

颈联一句说饮宴，一句说作诗。饮宴句借周朝、镐京说宋朝、开封。作诗句借汉武帝汾水泛舟作诗，说宋朝君臣唱和。

尾联以“人人快乐”和“君王又尽一杯”收拢全篇。

中间两联，对仗非常工整。

宋·沈佺期 sòng shěn quán qí

侍宴 shì yàn

huáng jiā guì zhǔ hào shén xiān [piɪʔ] [iɪʔ] chū kēi yún hàn biān

皇家贵主好神仙，平先 别业初开云汉边。平先

— — | | | — — | | — — — | —

shān [tʂʻəʔ] jǐn rú míng fòng lǐng chí chéng [pəʔ] ràng yìn lóng chuān

山出尽如鸣凤岭，池成不让饮龙川。平先

— | | — — | | — — | | | — —

zhuāng lóu cuì huǎng jiāo chūn zhù wǔ [koʔ] jīn pū jià [ʐəʔ] xuán

妆楼翠幌教春住，舞阁金铺借日悬。平先

— — | | — — | | | — — | | —

jìng zòng shèng yú lái cǐ dì chēng shāng xiàn shòu [yɪʔ] jūn tiān

敬从乘舆来此地，称觞献寿乐钧天。平先

| | | — — | | — — | | | — —

普通话

期 qī **别** bié **业** yè **开** kāi **出** chū **尽** jìn **凤** fèng **不** bú **教** jiào **阁** gé **借** jiè **日** rì **从** cóng **来** lái **乐** yuè

注释

侍宴 指陪皇帝参加宴会。**贵主** 公主。**别业** 本宅外另建的园林游息处所。也称别墅、别馆。**初开** 刚刚建造好。开，建造。**云汉** 天河。**鸣凤岭** 即岐山。在今陕西。**饮龙川** 不详。有人说是沂水，有人说是渭水。**妆楼** 梳妆楼。**翠幌** 翠色的帷幔、窗帘。**教** 使，令。**舞阁** 歌舞楼。**金铺** 大门上

兽面形铜制环钮，用以衔环。**借日悬** 把太阳借来悬在门上。此指金铺所衔的大铜环。**从** 跟从随行。此义的“从”，平去二读。在这首诗里，须念去声。**乘舆** 皇帝坐的车。**称觞** 举杯。**献寿** 祝贺长寿。**乐** 演奏。**钧天** 即钧天广乐，神话中天上的音乐。

语译

皇家公主爱好神仙，把别墅造在天河旁边，现在刚刚竣工。堆出的山，全跟鸣凤岭似的；凿成的池，不输给饮龙川。梳妆楼里挂着翠幌，把春给留住了；歌舞楼大门上的金铺，把太阳借来衔着，悬在了那里。小臣我恭敬地跟随皇上来到这里，在钧天广乐演奏起来的时候，我也举杯祝贺公主健康长寿！

提示

诗题原为《侍宴安乐公主新宅应制》。安乐公主新宅建成，宴请其父李显（唐中宗），沈佺期陪皇帝赴宴，宴罢，皇帝命他写首诗，他就写了这一首。

首联说安乐公主的别墅造好了。

颔联和颈联分别描写别墅的假山、池塘和妆楼、舞阁。

尾联点题，点明自己是侍宴来的。

从这首诗的描写，可以看出公主别墅的气派。对这样的穷奢极侈，作者只作歌颂赞美，不作一字半语的讽谏。作者的人品，亦可知矣！

宋 sòng · 欧 ōu 阳 yáng 修 xiū

[təʔ] dīng yuán zhēn

答丁元珍

chūn fōng yí [pəʔ] dào tiān niá　èr [yɪʔ] shān chéng wèi jiàn huā

春风疑不到天涯，平麻 二月山城未见花。平麻

— — — | | — — | | — — | | —

cán [ɕiɪʔ] [iaʔ] zhī yóu yǒu [tɕyɪʔ]　dòng léi jīng sǔn [ioʔ] chōu yá

残雪压枝犹有橘，冻雷惊笋欲抽芽。平麻

— | | — — | | | — — | | — —

yà wén guī yàn shēng xiāng sì　bìng [zəʔ] xīn nián gǎn [uəʔ] huá

夜闻归雁生乡思，病入新年感物华。平麻

| — — | — — | | | — — | | —

céng shì [loʔ] yáng huā xià [k'əʔ]　yǎ fāng suī wǎn [pəʔ] xū jiā

曾是洛阳花下客，野芳虽晚不须嗟。平麻

— | | — — | | | — — | | — —

普通话

答 dá **风** fēng **不** bú **涯** yá **月** yuè **雪** xuě **压** yā **橘** jú **欲** yù **夜** yè **思** sī **入** rù **物** wù **是** shì **洛** luò **下** xià **客** kè **野** yě **不** bù **嗟** jiē

注释

天涯、山城 都指作者贬地峡州夷陵（今属湖北）。涯，诗韵佳麻支三读。**冻雷** 早春犹寒，因称早春之雷为冻雷。**欲** 将要。**抽芽** 指笋尖钻出泥土。**乡思** 犹“乡心”，思乡之情。思，名词，念去声。**物华** 自然景物。**“曾是”句** 洛阳盛产牡丹。作者贬前任西京（洛阳）留守推官，所以这样说。**野芳**

夷陵为山野之地，故称其花为“野芳”。

语译

真怀疑春风是吹不到这儿来的，时已二月，山城夷陵还没见到一朵花呢！残雪压枝，还有没摘的橘子；冻雷响起，惊醒竹笋，将要钻出泥土。夜里听到北归大雁的叫声，思乡之情油然而生；拖着病体进入新的一年，不由感慨自然景物的变化。我曾是洛阳花下之客，也算是见过花了的，这里山野之花虽然开得晚些，也不用叹息。

提示

景祐三年（1036）五月，欧阳修被贬为夷陵县令。次年，任峡州军事判官的丁宝臣（字元珍）作《花时久雨》诗相赠，欧阳修就作此诗相答。

首联说夷陵二月未见花开，因疑春风吹不到这里。下句是因，上句是由这因作出的判断。

颔联描写残雪、冻雷的景象。

颈联抒发思乡之情和时光变迁之感。

尾联说笑话，说自己也曾是赏过洛阳名花牡丹之人，大可不必为夷陵这山野之花迟开而嗟叹。诗题一作《戏答元珍》，尾联的说笑就是“戏”。

首句“春风疑不到天涯”是由唐人“春风不度玉门关”化出的。“春风”双关，既指春天的风，也指皇恩。欧阳修被贬到“天涯”夷陵，心里颇有皇恩不到的怨，只是在诗里说得十分含蓄委婉。

宋·邵雍 sòng shào yōng

插花吟

[tʂʻaʔ] huā yín

tóu shàng huā zhī zhào jiǔ zhī, jiǔ zhī zhōng yǒu hǎo huā zhī

头上花枝照酒卮，平支 酒卮中有好花枝。平支

shēn jīng liǎng shì tèi píng [zəʔ], yǎn jiàn sì cháo quán shèng shí

身经两世太平日，眼见四朝全盛时。平支

huàng fòu jīn xiá cū kāng jiàn, nuó kān shí [tɕiɪʔ] zhèng fāng fēi

况复筋骸粗康健，那堪时节正芳菲。平微

jiǔ hán huā yǐng hóng guāng liù, zhēng rěn huā qián [pəʔ] zuì guī

酒涵花影红光溜，争忍花前不醉归？平微

普通话

插 chā **太** tài **日** rì **况** kuàng **复** fù **骸** hái **那** nǎ **节** jié **溜** liū **不** bú

注释

插花 古代男人也梳发髻，鬓边也插花。**吟** 乐府诗里的一种体裁。**卮** 古代盛酒的器皿。**照** 映照。**两世** 六十年。三十年为一世。**四朝** 指北宋真宗、仁宗、英宗、神宗四代。**况复** 何况又。**筋骸** 指身体。**粗** 大体上。**那堪** 兼之，加上（《诗词曲语辞汇释》）。**时节** 季节。**芳菲** 花草芳香。**涵** 浸。**溜** 滑动。**争忍** 即“怎忍”。

语译

插在我头上的好花枝映照在酒卮里，酒卮里就也有了好花枝。此身已经经历两世，过了六十年的太平日子；亲眼见到四朝全盛的时代。何况又身体还大略康健，加上现在正是花草芳香的季节，酒卮里浸着花影，红光溜转，赏心悦目，我怎忍在花前不喝醉了就归去呢？

提示

邵雍写这首诗时，年已六十。他经历真、仁、英三代，现在已是神宗朝，全都国泰民安，心里高兴，就写了这首醉歌。

这首诗，表面看，好像是七律，其实不是七律。

七律是一韵到底的（首句允许借用旁韵）。这首诗前三个韵脚押支韵，后两个韵脚押微韵，是支微通押。两个以上的韵通押，古体诗（包含乐府诗）可以，律诗不可以。

这首诗第五句“况复筋骸粗康健”，是“仄仄平平平平仄”。这种句式，也是七律里没有的。

诗题是“插花吟”，它已经标明是乐府古体诗而不是律体。

宋 sòng · 晏 yàn 殊 shú

yù yì
寓意

yóu [piɪʔ] xiāng chā [pəʔ] zèi féng　[ɕiaʔ] yún wú [tɕiɪʔ] rèn xī dōng
油壁香车不再逢，平冬 峡云无迹任西东。平东
— | — — | | —　| — — | | — —

lí huā yuàn [loʔ] yóng yóng [yɪʔ]　liǔ xù chí táng dàn dàn fōng
梨花院落溶溶月，柳絮池塘淡淡风。平东
— — | | — — |　| | — — | | —

jǐ [zəʔ] [tɕiɪʔ] liáo shāng jiǔ hǒu　[iɪʔ] fān xiāo [soʔ] jìn yān zhōng
几日寂寥伤酒后，一番萧索禁烟中。平东
| | | — — | |　| — — | | — —

yú shū [ioʔ] jì hó yóu [təʔ]　shuǐ yuǎn shān cháng chù chù tóng
鱼书欲寄何由达？水远山长处处同。平东
— — | | — — |　| | — — | | —

普通话

殊 shū **壁** bì **车** chē **不** bú **再** zài **逢** féng **峡** xiá **迹** jì **落** luò **溶** róng **月** yuè **风** fēng **日** rì **寂** jì **后** hòu **一** yì **索** suǒ **欲** yù **何** hé **达** dá

注释

寓意 寄托或隐含某种意思。以“寓意”为题，等于没有诗题。这首诗一本正作“无题”。**油壁香车** 妇女所乘之车，因车壁以油涂饰而名。《玉台新咏》载《钱塘苏小歌》：“妾乘油壁车，郎骑青骢马。”**峡云** 巫山的云。宋玉《高唐赋》写巫山神女告别楚王时曾说她“旦为朝云，暮为行雨”。巫峡是因巫山而得名的，故巫山的云可以叫作峡云。**院落** 庭院。**溶溶月** 即月溶溶，月色溶溶。溶溶，本形容水的盛多，这里形容月光如水，处处

都是。**淡淡风** 即风淡淡。淡淡，恬静的样子，这里形容微风徐徐地吹。一说“淡淡”即“澹澹”，水波微动的样子，这里形容风之微动。**伤酒** 即“中（zhòng）酒”，吃醉酒。**萧索** 冷落。**禁烟** 指寒食节。古代于寒食节禁火，吃冷食，故又称“禁烟”，烟就是火。**鱼书** 书信。古乐府《饮（yìn）马长城窟行》：“呼儿烹鲤鱼，中有尺素书。”**何由达** 何以送达。表示“无从送达”。

语译

她如巫山之云，来去无踪，任意西东，因此她的油壁香车也就不可能再被我遇到了。然而在我的心里，依然珍藏着一段美丽的记忆：那是一个月色溶溶、清风淡淡的夜里，我们在梨花院落中、柳絮池塘边，彼此倾吐爱恋之情。谁知分手便是永诀，我从此便常常喝酒。但即便喝醉了酒，也仍然感到寂寞。眼下是寒食节，一派冷落景象，尤其使人惆怅。想写封书信寄去吧，又如何能送到她手里？不管用什么法子，结果都是一样的“水远山长”，被永远地隔开了！

提示

宋代是词的繁盛期，爱情主题多用词去表现。这一首七律写爱情，在宋诗中是不多见的。

首联感叹自己已不能跟所爱之人再相逢了。“油壁香车”与“峡云”，暗示对方的身份。

颔联回忆当年相爱的情景。字面上只描写相爱之夜的景物，而相爱的情景则让读者自己去想象。

颈联抒写现在的惆怅心情。对颔联来说是作对比，对首联来说是相承。

尾联感叹“水远山长”，寄书难达。与首联“不再逢”遥相呼应。

这首诗的主旨是伤离怀远。

这首七律，首句借用旁韵。

宋·赵鼎 sòng zhǎo dǐng

寒食书事
hán [ʂəʔ] shū shì

[tɕiɪʔ] [tɕiɪʔ] chá mén cūn [loʔ] lǐ，yě jiāo [tʂʻaʔ] liǔ jǐ nián huá。

寂寂柴门村落里，也教插柳纪年华。平麻

| | — — — | |　| — | | | — —

jìn yān [pəʔ] dào [yɪʔ] rén [kuəʔ]，shǎng zhǒng [iɪʔ] xí páng lǎo jiā。

禁烟不到粤人国，上冢亦携庞老家。平麻

| — | | | — |　| | | — — | —

hàn qǐn táng líng wú [məʔ] fàn，shān qī yě jìng yǒu lí huā。

汉寝唐陵无麦饭，山溪野径有梨花。平麻

| | — — — | |　— — | | | — —

[iɪʔ] zūn jìng jià qīng téi wò，[moʔ] guǎn chéng tóu zòu mù jiā。

一樽竟藉青苔卧，莫管城头奏暮笳。平麻

| — | | — — |　| | — — | | —

普通话

赵 zhào **食** shí **寂** jì **柴** chái **落** luò **也** yě **教** jiào **插** chā **纪** jì **不** bú **粤** yuè **国** guó **上** shàng **亦** yì **携** xié **麦** mài **溪** xī **野** yě **一** yì **藉** jiè **苔** tái **莫** mò

注释

寒食 见七绝卷韩翃《寒食》注。**书事** 谓记述眼前之事。与“即事”义近。**柴门** 用木柴做的门。**村落** 村庄。**教** 能够。**纪年华** 谓给时光流转做标记。年华，时光。**禁烟** 禁火。要用平声，故以“烟”代“火”。**粤人国** 粤，亦作越，古族名。秦汉前分布于长江中下游以南的部落众多，故又称百越或百粤。国，指地方。**上冢** 上坟，指扫墓。**携庞老家** 谓汉末庞德公携全家上坟祭扫。据说有次司马徽去看望庞德公，正碰上他带全家扫墓回来。庞老，指庞德公。**寝**、**陵** 都指帝王陵墓。**麦饭** 麦屑饭。指祭品。**樽** 古代一种盛酒器。**竟** 尽。**藉** 坐卧其上。**笳** 古代北方民族的管乐器，似笛。诗里为了押韵，用“暮笳”替代“暮鼓”。

语译

寂静的村庄里，农家柴门上也能像中原人家一样插根柳枝来给流转的时光做个标记。虽然粤人居住的地方没有寒食节禁火的习俗，但他们也像古时庞德公那样携家小去上坟祭扫。今天，想必中原汉唐皇陵前连一碗麦饭也无人上祭了；但这里，山溪野径上却有梨花供我欣赏。我喝完了一樽酒，就在青苔上躺下，即使城头响起了暮鼓，我也不去管它。

提示

赵鼎曾两度拜相，因反对和议，终为秦桧所排挤，一贬再贬，谪居潮州（今属广东省）五年，再移吉阳军（治所在今海南），三年后不食而死。

这首七律，就是他谪居潮州或海南时所作的。

首联记谪居地的农村寒食节门上也插柳枝；颔联记此处寒食节不禁火，但也上坟。颈联描写山野梨花之美（拿中原皇陵的冷寂作对比）。尾联说他酒喝得很高兴，不想回城里去了。

作者虽谪居岭南，然犹不忘收复中原，此情于“汉寝唐陵无麦饭”句中明显可见。

宋 sòng
·
黄 huáng
庭 tíng
坚 jiān

qīng míng
清明

jiā [tɕiɪʔ] qīng míng táo lǐ xiào　yǎ tián huāng zhǒng [tʂəʔ] shēng chóu
佳节清明桃李笑，野田荒冢只生愁。平尤
— | — — — | |　| — — | | — —

léi jīng tiān dì lóng shá [tʂəʔ]　yǔ [tsoʔ] jiāo yuán cǎo [moʔ] róu
雷惊天地龙蛇蛰，雨足郊原草木柔。平尤
— — — | — — |　| | — — | | —

rén [tɕʻiɪʔ] jì yú jiāo [tɕʻiɪʔ] fǒu　shì gān fén sǐ [pəʔ] gōng hóu
人乞祭馀骄妾妇，士甘焚死不公侯。平尤
— | | — — | |　| — — | | — —

xián yú qiān zǎi zhī shuí shì　mǎn yǎn péng hāo gòng [iɪʔ] qiū
贤愚千载知谁是，满眼蓬蒿共一丘。平尤
— — — | — — |　| | — — | | —

普通话

节 jié **野** yě **只** zhǐ **蛇** shé **蛰** zhé **足** zú **木** mù **乞** qǐ **妾** qiè **妇** fù **士** shì **不** bù **载** zǎi **是** shì **蓬** péng **一** yì

注释

笑 形容花朵开放。**龙蛇** 泛指冬眠的动物。**蛰** 本指冬眠，这里指起蛰（从冬眠中醒过来）。**郊原** 郊野。**柔** 柔嫩。**“人乞”句**《孟子》载：有一齐人，常到坟间乞讨剩余的祭品，回家向妻妾炫耀，说是富贵人家宴请他。**“士甘”句** 传说春秋时期，晋文公回国，赏赐流亡时的从属，介之推没有得到提名，就和母亲隐居在绵山。文公为逼他出来，放火烧山，他坚持不出，被烧死。有人认为寒食节禁火，就是因为介之推是这一天被烧死的。**贤愚** 这里指好与坏。**共** 都是。**丘** 坟墓。

语译

清明佳节，桃李花开，令人喜悦；然而野田荒冢，只让人心生悲愁。春雷惊动天地，龙蛇起蛰了；春雨充足，郊野草木柔嫩了。

在这清明前后的日子里，曾有人乞求祭后之物，回家还向妻妾炫耀；也曾有士人甘愿被烧死，也不做公侯。

千年之后的人，还能知道谁是贤人谁是愚人吗？满眼都是蓬蒿，都是一样的坟墓！

提示

黄庭坚两度受贬，第二次贬到宜州（治所在今广西），寄居在城头一座戍楼的破屋子里，十个月后就死了。

这首诗，是诗人在宜州过清明节时写的。

首联一句写桃李，一句写荒冢，一笑一愁，互相映衬。

颔联承“佳节清明”，描写春雷惊蛰、春雨润物。

颈联承“野田荒冢”，借典故讽刺政治小丑，歌颂不改操守的师友。当时，“新党”蔡京、赵挺之等人掌权，政治小丑陈举等人为了向他们献媚，诬陷苏轼、秦观、黄庭坚等正派人士。但也有不改操守的，如陈师道，他虽与赵挺之是联襟（两个人娶同一家的姐妹），却憎恶其为人。有次要参加郊祀，寒甚，衣单薄，赵挺之借与一裘，不受，遂以寒疾死。

尾联担心后人会不分贤愚，把自己跟小人一样看待。

这首七律，首联双起，颔联与颈联分承，尾联“合”，没有“转”。

清明

qīng míng

宋 sòng · 高 gāo 翥 zhù

nán [pəʔ] shān tóu duō mù tián　qīng míng jì sǎo [koʔ] fēn rán

南北山头多墓田，平先 清明祭扫各纷然。平先

— | — — — | —　— — | | | — —

zhǐ huī fēi [tsoʔ] [pəʔ] hú [tiɪʔ]　lèi [ɕyɪʔ] rǎn chéng hóng dǔ juān

纸灰飞作白蝴蝶，泪血染成红杜鹃。平先

| — — | | — |　| | | — — | —

[zəʔ] [loʔ] hú lí mián zhǒng shàng　yà guī ér nǚ xiào dēng qián

日落狐狸眠冢上，夜归儿女笑灯前。平先

| | — — — | |　| — — | | — —

rén shēng yǒu jiǔ xū dāng zuì　[iɪʔ] [tiɪʔ] hó céng dào jiǔ quán

人生有酒须当醉，一滴何曾到九泉？平先

— — | | — — |　| | — — | | —

普通话

北 běi **各** gè **作** zuò **白** bái **蝶** dié **血** xuè **杜** dù **日** rì **落** luò **夜** yè **一** yì **滴** dī **何** hé

注释

墓田 坟地。**纷然** 犹“纷纷”，忙乱的样子。**纸灰** 纸钱灰。**泪血** 谓人痛苦，泪流到最后没有了，流出血来了。**杜鹃** 指杜鹃花。**须当** 应当。**何曾** 哪里。**九泉** 即“黄泉”，古人认为是人死后的归处。

语译

南山头北山头，坟地都很多；清明节祭扫，各家都忙忙乱乱的。纸灰飞扬，好像是白蝴蝶；眼泪流尽，继之以血，血把杜鹃花染红了。可是，日落后，狐狸还是睡在坟上；夜里归来，儿女们依旧在灯前嬉笑。人活着时，有酒就应该喝它个醉；将来去了九泉，哪里还有一滴酒送得来呢？

提示

首联说清明时节人们纷纷上坟祭扫，颔联写祭扫情景，颈联写祭扫过后。尾联发感慨，说人一旦去了九泉，什么都没了，不如趁活着时有酒就喝它个醉。

诗跟人一样，都有品格。诗的品格，有高有卑。一样写清明，黄庭坚的那一首，诗格高；高翥的这一首，诗格卑。

郊行即事

jiāo xíng [tɕiɪʔ] shì

宋·程颢
sòng chéng hǎo

fāng yuán [loʔ] yǎ zì xíng shí chūn [zəʔ] yáo shān [piɪʔ] sì wéi
芳原绿野恣行时，平支 春入遥山碧四围。平微
— — | | | — — — | — — | | —

xìng [tʂoʔ] luàn hóng chuān liǔ xiàng kùn lín liú shuǐ zuǒ téi jī
兴逐乱红穿柳巷，困临流水坐苔矶。平微
| | | — — | | | — — | | — —

[moʔ] cí zhǎn jiǔ [ʂəʔ] fēn quàn [tʂəʔ] kǒng fōng huā [iɪʔ] piàn fēi
莫辞盏酒十分劝，只恐风花一片飞。平微
| — | | | — | | | — — | | —

huàng shì qīng míng hǎo tiān qì [pəʔ] fāng yóu yǎn mù wáng guī
况是清明好天气，不妨游衍莫忘归。平微
| | — — | — | | — — | | — —

普通话

颢 hào **即** jí **绿** lǜ **野** yě **入** rù **碧** bì **逐** zhú **坐** zuò **苔** tái **莫** mò **十** shí **只** zhǐ **风** fēng **一** yí **况** kuàng **是** shì **不** bù **妨** fáng **忘** wàng

注释

即事 见七绝卷叶采《暮春即事》注。**恣** 任意。**时** 季节。**遥山** 远山。**乱红** 形容花多。**柳巷** 言两行柳树，垂条形成街巷。**苔矶** 长苔藓的石矶。突出在水边的石头叫“矶”。**十分** 形容程度达到极点。**况是** 正是（《诗词曲语辞汇释》）。**清明** 清新明朗。**游衍** 游玩。**莫** 即“暮”字。**忘** 诗韵平去二读，这里要念平声。

语译

正是芳原绿野任人游赏的季节；春色也已进入远山，四周一片青碧。我去郊野走走，高兴时就追着繁花，穿过柳条巷子；疲倦时就坐在临着流水的苔矶上歇歇。村人斟满一盏酒，十分诚恳地劝我饮下，我可不能推辞；而且，我也只怕风中的花会一片一片都飞尽呢。今天正是清新明朗的好天气，不妨玩耍到傍晚忘记回去。

提示

这首写春游。

首联点时，说明是春游的好季节。

颔联正面写游。

颈联写在乡下饮酒。

尾联说天好，不妨晚归，回应首联。

偶句押微韵，首句借押支韵。

第七句“况是清明好天气”，仄仄平平仄平仄，是“仄仄平平平仄仄”的拗救式。

qiū qiān

秋千

宋 sòng · 僧 sēng 惠 huì 洪 hóng

huà jià shuāng cái cuì [loʔ] piān jiā rén chūn xì xiǎo lóu qián

画架双裁翠络偏，平先 佳人春戏小楼前。平先

| | — — | | — — — — | | — —

piāo yáng [ɕyɪʔ] [səʔ] qún tuō dì duǎn sòng [ioʔ] yóng rén shǎng tiān

飘扬血色裙拖地，断送玉容人上天。平先

— — | | — — | | | | — — | —

huā bǎn rùn zhān hóng xǐng yǔ cěi shéng xiá guà [loʔ] yáng yān

花板润沾红杏雨，彩绳斜挂绿杨烟。平先

— | | — — | | | — — | | — —

xià léi xián chù cōng yóng [liɪʔ] yí shǐ chán gōng [tʂəʔ] jiàng xiān

下来闲处从容立，疑是蟾宫谪降仙。平先

| — — | — — | — | — — | | —

普通话

裁 cái **络** luò **血** xuè **色** sè **断** duàn **玉** yù **容** róng **上** shàng **杏** xìng **彩** cǎi **斜** xié **绿** lǜ **来** lái **从** cóng **容** róng **立** lì **是** shì **谪** zhé

注释

秋千 见七绝卷苏轼《春宵》注。**画架** 有花纹的秋千架。**双裁翠络** 指秋千的两根青绿色的绳子。**偏** 倾斜。**血色裙** 红裙。**断送** 打发，推送。**玉容人** 美女，容貌如玉的人。**花板** 雕花的踏脚板。**红杏雨** 如雨一样落下来的红杏花瓣。**绿杨烟** 像青烟一样的杨柳枝。**从容** 安逸舒缓，不慌不忙。

蟾宫 月宫。古代神话说月中有蟾蜍，因称月宫为蟾宫。**谪降仙** 贬谪下凡来的仙子。

语译

美丽的秋千架上斜挂着两根青绿绳子，正是春天，佳人在小楼前荡秋千玩儿。飘扬的血色罗裙一拖着了地，就有人推送这位容貌如玉的小姐再次飞上天。花板湿润润的，沾着些像雨一样落下来的红杏花瓣；两根彩绳上，斜挂着像一缕缕青烟似的绿杨枝。她下来在幽静之处从容地立着，教人疑心她是月宫被贬谪下凡的仙子！

提示

这首诗写春天荡秋千游戏。

荡秋千是我国传统游戏。架上悬挂两绳，下系横板，玩者在板上或立或坐，两手握绳，身体前后摆动。唐宫中每年寒食节，宫嫔们竞荡秋千以为乐，唐玄宗呼为“半仙戏”。

首联说有位佳人春天里在小楼前荡秋千。

颔联描写她荡秋千，一会儿裙拖地，一会儿人上天。

颈联描写环境之美。

尾联描写戏后闲立。

刻划细腻，描写生动，只是没有什么含在里面的意思。

唐 táng
·
杜 dǔ
甫 fǔ

[tɕʻioʔ] jiāng qí [iɪʔ]

曲江（其一）

[iɪʔ] piàn huā fēi jiǎn [tɕʻioʔ] chūn fōng piāo wàn diǎn zhèng chóu rén

一片花飞减却春，平真 风飘万点正愁人。平真

| | — — | | — — — | | | — —

qiǎ kān [ioʔ] jǐn huā jīng yǎn [moʔ] yàn shāng duō jiǔ [zəʔ] chún

且看欲尽花经眼，莫厌伤多酒入唇。平真

| — | | — — | | | — — | | —

jiāng shàng xiǎo táng cháo fèi cuì yuàn biān gāo zhǒng wò qí lín

江上小堂巢翡翠，苑边高冢卧麒麟。平真

— | | — — | | | — — | | — —

xì tuī [uəʔ] lǐ xū xíng [loʔ] hó yòng fóu míng bàn cǐ shēn

细推物理须行乐，何用浮名绊此身？平真

| — | | — — | — | — — | | —

普通话

杜 dù **曲** qū **一** yī **一** yí **却** què **风** fēng **且** qiě **看** kàn **欲** yù **尽** jìn **莫** mò **入** rù **翡** fěi **物** wù **乐** lè **何** hé **浮** fú

注释

曲江 又名曲江池。故址在今西安市东南。是唐代著名游览胜地。**减却** 犹言“减掉”。**正** 真正。**且** 姑且。**看** 目视义，诗韵平去二读。这里要念平声。**欲尽花** 将尽之花。**经眼** 过眼。此言“眼前”。**伤多酒** 已经伤人很多的酒。酒多伤人。**翡翠** 一种小鸟，又叫翠雀。**苑** 曲江池有芙蓉苑。

麒麟 指墓前的石雕麒麟。**物理** 事物的常理。**行乐** 消遣娱乐。**用** 为了。**浮名** 虚名。**绊** 束缚。

语译

一片花瓣飞落就已经减去春色了，现在风飘万点花瓣，真正愁杀人！姑且看看眼前就要谢尽的花吧；不要嫌弃已经伤人太多的酒，再喝进嘴里些去吧。江边的小堂没人住了，翡翠鸟在那做了窝；芙蓉苑边的高坟前，麒麟石像倒卧在地上。细细推究事物的常理，就应该消遣娱乐，何苦为了左拾遗这么个虚名，就把自己给束缚住了呢！

提示

唐肃宗乾元元年（758）暮春，杜甫任左拾遗。左拾遗是谏官，但因触怒肃宗，意见多不被采纳。杜甫到曲江池看花饮酒，感慨万千，写了联章体《曲江》二首，这是第一首。

首联说时逢暮春，落花纷纷，令人愁杀。

颔联说姑且看看“欲尽花”，喝喝“伤多酒”。

颈联写景。小鸟巢堂，石兽倒卧，一派凄凉。

尾联宕开去，说这左拾遗的虚名不要也罢。

老杜只心里这么想，并没有向朝廷送上辞呈。但没过两个月，朝廷却把他贬为华州司功参军了。

“欲尽花”对“伤多酒”，新鲜而且工稳。

唐 táng · 杜 dǔ 甫 fǔ

曲江（其二）

[tɕʻioʔ] jiāng qí èr

cháo huí [zəʔ] [zəʔ] diǎn chūn yī měi [zəʔ] jiāng tóu jǐn zuì guī

朝回日日典春衣，平微 每日江头尽醉归。平微

— — | | | — — | | — — | | —

jiǔ zhà xún cháng xíng chù yǒu rén shēng [tɕʻiɪʔ] [ʂəʔ] gǔ lái xī

酒债寻常行处有，人生七十古来稀。平微

| | — — — | | — — | | | — —

chuān huā [tɕiɪʔ] [tiɪʔ] shēn shēn xiàn diǎn shuǐ qīng tíng kuǎn kuǎn fēi

穿花蛱蝶深深见，点水蜻蜓款款飞。平微

— — | | — — | | | — — | | —

chuán yǔ fēng guāng gòng liú zhuǎn zàn shí xiāng shǎng [moʔ] xiāng wéi

传语风光共流转，暂时相赏莫相违。平微

— | — — | — | | — — | | — —

普通话

杜 dù **曲** qū **日** rì **尽** jìn **债** zhài **七** qī **十** shí **来** lái **蛱** jiá **蝶** dié **风** fēng **莫** mò

注释

典 抵押。因要钱用，把东西暂时抵押给典当，等有钱时赎回。**尽醉** 大醉。醉的程度达到极限。**寻常** 普通，平常。但“寻常”又有长度义（八尺为一寻，二寻为一常），故可与数字“七十”对仗。**行处** 处处，到处。**蛱蝶** 蝴蝶。**深深** 指花丛幽深。**见** 显露，出现。**点** 一触即离。**款款**

形容缓慢。**传语** 传话，转告。**风光** 指明媚春光。**流转** “运行变化”的意思。**相赏** 为我所赏。**相违** 违背我愿。

语译

冬衣早已典尽，朝散回家，只能天天去典春衣了。典了春衣，就每天到曲江池边喝个大醉才归。现在连春衣也都典尽了。赊欠酒债，对我来说已是平平常常的事了，到一处就欠一处。为什么不喝酒呀？须知“人生七十古来稀”，我还能活多久呢！穿花而过的蝴蝶，时时出现在花丛深深处；点水而飞的蜻蜓，款款地飞。蜻蜓蝴蝶，请转告明媚春光，让她和你们一起运行，都不要变化得太快。即使只是暂时供我欣赏，也是好的。可千万不要违背我的心愿呀！

提示

这是联章体《曲江》诗的第二首，紧承上一首“何用浮名绊此身”写下去。

首联说冬衣典尽典春衣，只为“每日江头尽醉归”。

颔联说春衣也典尽了，但“人生七十古来稀”，我又活不了多久，干吗不喝酒？不管欠了多少酒债，还是喝吧。这是老杜的愤激之言，不要视为赖皮话。

颈联转写蛱蝶穿花、蜻蜓点水的暮春之景。

尾联“传语风光”，表达殷殷留春之情。

首句说“典春衣”，可见冬衣早就典尽。第二句说欠酒债，可见春衣亦已典尽。这种写法，叫作“透过一层”。

“穿花”“点水”一联，天然工妙，极为人称赏。

唐 táng
·
崔 cuī
颢 hǎo

huáng [xoʔ] lóu
黄鹤楼

[ɕiɪʔ] rén yǐ chéng huáng [xoʔ] qù　cǐ dì kōng yú huáng [xoʔ] lóu
昔人已乘黄鹤去，此地空馀黄鹤楼。平尤
| — | — — | |　| | — — — | —

huáng [xoʔ] [iɪʔ] qù [pəʔ] fòu fǎn　[pəʔ] yún qiān zěi kōng yóu yóu
黄鹤一去不复返，白云千载空悠悠。平尤
— | | | | | |　| — — | — — —

qíng chuān [liɪʔ] [liɪʔ] hàn yáng shù　fāng cǎo qī qī yīng wǔ zhōu
晴川历历汉阳树，芳草萋萋鹦鹉洲。平尤
— — | | | — |　— | — — — | —

[ʐəʔ] mù xiāng guān hó chù shǐ　yān bō jiāng shàng shǐ rén chóu
日暮乡关何处是？烟波江上使人愁。平尤
| | — — — | |　— — — | | — —

普通话

颢 hào **鹤** hè **昔** xī **一** yí **不** bù **复** fù **白** bái **载** zǎi **悠** yōu **历** lì **日** rì **何** hé **是** shì

注释

黄鹤楼 故址在今湖北武汉蛇山上。相传有仙人乘黄鹤过此，遂名楼为黄鹤楼。**不复** 不再。**空** 徒然，白白地。**悠悠** 周转流行貌（转来转去的样子）。**历历** 清晰可数。**汉阳** 在汉水北岸。**鹦鹉洲** 在今湖北武汉西南长江中。**乡关** 家乡，故乡。**烟波** 雾霭苍茫的水面。

语译

从前的人已乘黄鹤离去，这里空剩下一座黄鹤楼。黄鹤一去不再回来了，白云千年来空自悠悠。登上楼头眺望，但见阳光照着江面，北岸汉阳的树木历历可数；也望得见鹦鹉洲上萋萋茂盛的芳草。日暮时分，江上雾霭沉沉，我的家乡在哪里呢？望不见家乡，多么让人忧愁！

提示

这首诗先就黄鹤楼的传说抒发感慨，再进而描写登楼所见的景色，末由春草萋萋之景兴（xìng）思念家乡之情。

前四句古体，说昔人已乘黄鹤而去，此地就只剩下以黄鹤命名的一座楼，天上的白云空自转来转去，也等不到黄鹤回来了。四句话一口气说出来，不太讲究平仄，更不讲究对仗。

后四句改为律体。一联写景，一联抒情。

为什么这首诗亦古亦律？有两种意见，一种认为当时律诗尚未最后定型；一种认为已经定型，但崔颢既有了四句奇句，也就不顾律诗的规矩了。

旅怀

唐·崔涂

水流花谢两无情，送尽东风过楚城。
蝴蝶梦中家万里，杜鹃枝上月三更。
故园书动经年绝，华发春催两鬓生。
自是不归归便得，五湖烟景有谁争？

普通话

怀 huái **谢** xiè **尽** jìn **风** fēng **蝶** dié **梦** mèng **杜** dù **月** yuè **动** dòng **绝** jué **发** fà **是** shì **不** bù **得** dé

注释

旅怀 旅途中或客居他乡的情怀。**两** 指水与花。**东风** 指春光。**楚城** 泛指楚地城邑。**蝴蝶梦** 即指梦。用《庄子》庄周梦蝶的典故。**杜鹃** 指杜鹃鸟。啼声似“不如归去”。**故园** 家乡。**动** 动辄，动不动就。**经年** 泛指时间长。**华发** 花白头发。**自是** 本是。**归便得** 真想回去就能做到。**五湖** 指太湖。一说，指太湖与附近四湖。

语译

春水会流走，春花会凋谢，两者都是无情之物；我就在经过楚地的旅途中，把春光送走，送得一点都不留。在“蝴蝶梦”里，回到了家乡，三更醒来，见月照花枝，听杜鹃啼叫，家又隔在万里之外了。家乡的信，动辄要经年累月地断绝；春天来到，只催我两鬓生出白发。本来就是我自己不想回去，真想回去就一定能做到，家乡五湖的美好风光，有谁能和我争夺呢？

提示

这首是旅愁诗，诗题一作《春夕旅怀》，抒写暮春时节作客异地的思乡情怀。

首联说春已尽。

颔联写做了个回乡梦，梦醒过来更感凄凉。

颈联感慨社会动乱，家书常断，而自己已满头华发了。

尾联自嘲，说只是自己不想回乡，真想回乡，那是一定能够回去的。

崔涂是晚唐江南人，家在太湖一带。他为什么会在楚地流浪，我们不得而知。他不能想回家就回家，也一定有他的苦衷吧？

唐·韦应物

táng · wéi yìng [uəʔ]

答李儋

[təʔ] lǐ dān

qù nián huā lǐ féng jūn [piɪʔ]，jīn [zəʔ] huā kēi yòu [iɪʔ] nián

去年花里逢君别，今日花开又一年。平先

| — — | — — |，— | — — | | —

shì shì máng máng nán zì liào，chūn chóu ǎn ǎn [toʔ] chéng mián

世事茫茫难自料，春愁黯黯独成眠？平先

| | — — — | |，— — | | | — —

shēn duō [tɕiɪʔ] bìng sī tián lǐ，[iɪʔ] yǒu liú wáng guì fòng qián

身多疾病思田里，邑有流亡愧俸钱。平先

— — | | — — |，| | — — | | —

wén dǎo [ioʔ] léi xiāng wèn xìn，xī lóu wàng [yɪʔ] jǐ huí yuán

闻道欲来相问讯，西楼望月几回圆。平先

— | | — — | |，— — | | | — —

普通话

物 wù **答** dá **逢** féng **别** bié **日** rì **开** kāi **一** yì **黯** àn **独** dú **疾** jí **邑** yì **愧** kuì **俸** fèng **道** dào **欲** yù **来** lái **讯** xùn **月** yuè

注释

李儋 字元锡，时任殿中侍御史，是作者的好友。**逢君别** 大约建中四年（783）暮春二人刚在长安相逢，随即韦应物赴滁州，即相分别。**今日** 指兴元元年（784）春天。韦应物是上年秋天到任的。**黯黯** 形容愁多。**独** 岂。**成眠** 睡着。**田里** 田园乡里。“里”是名词，不是方位词，不是

“裡”或“裏”的简体字。**邑** 指滁州。**流亡** 外出逃荒。**俸** 官俸。朝廷发给官员的薪水。**“闻道”句** 李儋在与韦应物分别后，曾托人问候韦应物，并告知将去滁州探望。问讯，看望。

语译

去年花开时节与您相逢又相别，今天花又开，是一年过去了。世事茫茫，难以自料；春愁黯黯，岂能成眠？虽然身多疾病，常思回归田园；可州里有外出逃荒之民，又让我惭愧，身受朝廷俸禄，又怎能只顾自己呢？听说您要来看我，我是天天盼望，西楼望月，月亮都圆过几回了。

提示

这首是答赠诗。诗题一作《寄李儋元锡》。

一般答赠诗，只叙情谊，但这首有很重的感时伤事的成分，而且还坦露了一位正直清廉的官吏的苦闷和矛盾，很能引起共鸣。

建中四年（783）秋，韦应物到滁州任刺史，是年冬，朱泚（cǐ）叛乱，称帝号秦，唐德宗仓皇出逃，直到第二年农历五月才收复长安。韦写此诗时，叛乱尚未平息。

首联叙相别已有一年，表达思念之情。

颔联承上“花开又一年”感时伤事。

颈联坦露内心的苦闷和思想的矛盾，脉承上联“世事茫茫”。

尾联回应首联，盼友人早来，点醒题中“答”字。

颈联向来为人称赏。范仲淹叹为“仁人之言”，朱熹也说“贤矣”。

唐 táng · 杜 dǔ 甫 fǔ

江村 jiāng cūn

qīng jiāng [iɪʔ] [tɕʻioʔ] bǎo jiāng liú　cháng xià jiāng cūn shì shì yōu
清江一曲抱江流，平尢 长夏江村事事幽。平尢
— — | | | — —　— | — — | | —

zì qù zì lái liáng shàng yàn　xiāng qīn xiāng jìn shuǐ zhōng ōu
自去自来梁上燕，相亲相近水中鸥。平尢
| | | — — | |　— — — | | — —

lǎo qī huà zhǐ wéi qí [tɕioʔ]　zhì zǐ qiāo zhēn [tsoʔ] diào gōu
老妻画纸为棋局，稚子敲针作钓钩。平尢
| — | | — — |　| | — — | | —

duō bìng sǔ xū wéi [ioʔ] [uəʔ]　wéi qū cǐ wèi gèng hó qiú
多病所须惟药物，微躯此外更何求？平尢
— | | — — | |　— — | | | — —

普通话

杜 dù **一** yì **曲** qū **抱** bào **来** lái **局** jú **作** zuò **所** suǒ **药** yào **物** wù **微** wēi **外** wài **何** hé

注释

清江一曲 即“一曲清江”。江指浣花溪。**长夏** 夏天昼长，故称长夏。**幽** 闲适。**棋局** 棋盘。**稚子** 幼子。泛指小儿子。**“多病”句** 一作“但有故人供禄米”。但，只要。故人，老朋友，指当时在成都做官的严武。严武分赠禄米，接济杜甫。**所须** 即“所需”。**微躯** 微贱之身。自谦词。

语译

一条曲曲折折的清江绕村流过。江上村里，夏日昼长，事事显得闲适。村里房梁上是自去自来的燕子，江上水中是相亲相近的鸥鸟。老妻在纸上画出棋盘，幼儿敲打细针做成钓钩。多病所需只是药物，此外我再有什么要求呢？

提示

这是散愁遣闷之作。

写这首诗的时候，故人严武还在分赠禄米接济他，所以虽然心中愁闷（可以从“微躯此外更何求”句看出来），但生活也还过得下去。

首联点题。两句都有“江”字，但安排巧妙，不觉重复。“事事幽”三字为以下两联之纲。

颔联以对仗写夏景，出句是“村”景，对句是“江”景。以燕、鸥的活动表现“事事幽”。

颈联以对仗写人事。棋局脉承“长夏”，钓钩脉承“清江”。以老妻、稚子的行为表现“事事幽”。

尾联以自我宽慰作结，遣愁而未能真正销愁。

这首诗艺术上的一个特点就是“诗律细”，处处照应，处处意脉贯通。

另一个特点是故意用字重复，显得轻快俊逸。

“自去”与“自来”自对，“相亲”与“相近”自对，一句之中自成对偶，这叫“当（dāng）句对”。

宋 sòng · 张 zhāng 耒 lěi

xià [zəʔ]

夏日

cháng xià jiāng cūn fēng [zəʔ] qīng　yán yá yàn [tɕ'ioʔ] yǐ shēng chéng

长夏江村风日清，平庚 檐牙燕雀已生成。平庚

— | — — — | —　— — | | | — —

[tiɪʔ] yī shà fěn huā zhī wǔ　zhū wǎng tiān sī [oʔ] [tɕyɪʔ] qíng

蝶衣晒粉花枝舞，蛛网添丝屋角晴。平庚

| — | | — — |　— | — — | | —

[loʔ] [loʔ] shū lián yāo [yɪʔ] yǐng　cáo cáo xū zhěn [nəʔ] qī shēng

落落疏帘邀月影，嘈嘈虚枕纳溪声。平庚

| | — — — | |　— — — | | — —

jiǔ bān liǎng bìn rú shuāng [ɕiɪʔ]　[tsəʔ] [ioʔ] qiáo yú guò cǐ shēng

久斑两鬓如霜雪，直欲樵渔过此生。平庚

| — | | — — |　| | — — | | —

普通话

日 rì **风** fēng **雀** què **蝶** dié **晒** shài **屋** wū **角** jiǎo **落** luò **月** yuè **纳** nà **溪** xī **雪** xuě **直** zhí **欲** yù

注释

风日清 谓景色秀美。风日，指景色。**檐牙** 屋檐边缘。因像牙齿，故称“檐牙”。**生成** 长大。**蝶衣** 蝴蝶翅膀。**落落** 稀疏的样子。**疏帘** 稀疏的帘子。**月影** 月光。**嘈嘈** 水流声。**虚枕** 空心枕。**斑** 白。**直欲** 真想。**樵渔** 砍柴捕鱼，这里有归隐之意。

语译

檐牙上的燕雀都已长大，但江村长夏景色依旧秀美。白天，蝴蝶展翅晒粉，在花枝间飞舞；因为天晴，屋角蛛网又添了许多新丝。夜里，落落疏帘邀来月光；虚枕收纳嘈嘈的溪声。两鬓久已像霜雪一样白了，我真想在江村砍柴打鱼度过此生。

提示

这是作者罢官，闲居乡里时写的。

首联总起，说江村虽到夏日而依旧“风日清”。

颔联描写白天景色之“清”。

颈联描写夜里景色之“清”。

尾联抒怀，说江村比官场比城里都好，真想在乡下过此一生。说“直欲”，其实仍然心有所不甘。他不是陶渊明。陶渊明能有几个呢？

有人称赞这首诗意境达到蕴藉闲远了。蕴藉，含蓄不露的意思；闲远，意趣高远。

唐 táng
·
王 wáng
维 wéi

wǎngchuān [tɕiɪʔ] yǔ

辋川积雨

[tɕiɪʔ] yǔ kōng lín yān huǒ chí　zhēng lí chuī shǔ xiǎng dōng zī

积雨空林烟火迟，平支 蒸藜炊黍饷东菑。平支

| | — — — | — 　— — — | | — —

[moʔ] [moʔ] shuǐ tián fēi [pəʔ] lù　yīn yīn xià [moʔ] zhuàn huáng lí

漠漠水田飞白鹭，阴阴夏木啭黄鹂。平支

| | | — — | | 　— — | | | — —

shān zhōng [ɕiɪʔ] jìng guān zhāo jǐn　sōng xià qīng zhā [tʂəʔ] lù kuí

山中习静观朝槿，松下清斋折露葵。平支

— — | | — — | 　— | — — | | —

yě lǎo yǔ rén zhēng [ɕiɪʔ] bà　hǎi ōu hó shì gèng xiāng yí

野老与人争席罢，海鸥何事更相疑？平支

| | | — — | | 　| — — | | — —

普通话

积 jī **漠** mò **白** bái **木** mù **习** xí **静** jìng **下** xià **斋** zhāi **折** zhé **野** yě **席** xí **海** hǎi **何** hé

注释

辋川 在今陕西蓝田南，是王维隐居之地。**积雨** 接连多天下雨。**空林** 指清静的丛林上空。空，清静。**烟火迟** 谓炊烟缓缓升起。迟，缓缓。**藜** 草本植物，嫩叶和新苗可食用。茎老了可做拐杖，称为“藜杖”。**黍** 即黍子。去壳后籽实淡黄者，北方叫黄米，煮熟后有黏性。**饷** 把饭食送到田

头。**菑** 初耕的田地。这里泛指田地。**漠漠** 密布的样子。谓水田一块连着一块。**阴阴** 阴暗。树阴浓密，所以显得阴暗。**习静** 即习定。排除杂念，静养修心。**朝槿** 即木槿。夏秋之际开花，朝开暮落，被古人看作人生短暂的象征。**清斋** 素食。**露葵** 即冬葵。它是古人常吃的蔬菜。**野老** 田野老人。诗人自称。**争席** 争座位，表示得道，与人们已无隔阂。《庄子》说：杨朱去跟老子学道，路上旅店主人迎接他，客人给他让座位；学成回来，旅店里的客人们不再给他让座，而是跟他“争席”了。**海鸥** 《列子》说：海边有个人与鸥鸟相亲近，有一天，其父要他把海鸥捉来，他再到海边时，海鸥便飞远了。**何事** 为什么。**更** 还。

语译

接连下雨，炊烟缓缓升起在清静的林子上空，农妇们蒸藜煮黍，把饭菜送到东边田头。漠漠的水田里，白鹭飞起；阴阴的夏树上，黄莺鸣叫。我在山中眼睛看着木槿花习定；采摘冬葵，在松下吃着素食。我已经是田野老人了，刚刚还跟人家争过座位呢，海鸥怎么还会再猜疑我呢？

提示

这首是田园诗。

首联写夏天多雨时候的田家生活。

颔联写自然景色。水田是漠漠的，夏树是阴阴的。水田上飞的是白鹭，夏树上啭的是黄鹂。有声有色。

颈联写诗人自个儿的生活。在山中，在松下，又是习静，又是吃斋。

尾联写得意心情，说自己已经修成野老了，与海鸥也成了朋友。

颔联出句与首联对句失黏。初盛唐，失黏是常见的。

宋 sòng · 陆 [loʔ] 游 yóu

dōng hú xīn [tʂoʔ]
东湖新竹

[tʂʻɑʔ] [tɕiɪʔ] biān lí jǐn hù chí，yǎng chéng hán [piɪʔ] yìng lián yī。
插棘编篱谨护持，养成寒碧映涟漪。平支
| | — — | | — | — — | | — —

qīng fōng [lioʔ] dì qiū xiān dào，[tʂʻəʔ] [zʐəʔ] xíng tiān wǔ [pəʔ] zhī。
清风掠地秋先到，赤日行天午不知。平支
— — | | — — | | | — — | | —

jiǎ [tʻoʔ] shí wén shēng [soʔ] [soʔ]，fàng shāo chū jiàn yǐng lí lí。
解箨时闻声簌簌，放梢初见影离离。平支
| | — — — | | | — — | | — —

guī xián wǒ [ioʔ] pín lái cǐ，zhěn diàn réng jiāo dào chù suí。
归闲我欲频来此，枕簟仍教到处随。平支
— — | | — — | | | — — | | —

普通话

陆 lù **竹** zhú **插** chā **棘** jí **碧** bì **风** fēng **掠** lüè **赤** chì **日** rì **不** bù **解** jiě **箨** tuò **簌** sù **欲** yù **来** lái **教** jiào

注释

东湖 在今浙江绍兴。**谨** 小心谨慎。**护持** 保护。**寒碧** 指翠竹。竹子青翠如碧玉，又有凉意，故喻为寒碧。**涟漪** 细小的波纹。这里借指东湖。**掠地** 轻轻拂过地上。**行天** 经行天空。**解箨** 竹笋脱壳。**放梢** 竹梢伸展。**离离** 历历分明。**归闲** 回乡闲居。**频** 经常。**枕簟** 枕头和竹席。**仍教** 还让。

语译

插荆棘，编篱笆，小心地保护，让它们长成翠竹映照东湖。将来成了竹林，只要清风一拂过地，就似乎秋天已先来到了；赤日经行天空，到了中午，这里也感觉不到炎热。竹笋脱壳，常常听到簌簌的声音；竹梢伸展，始见历历分明的竹影。等到以后回乡闲居之日，我要常常来这里，还和过去一样，让童儿抱着枕头、竹席到处跟着我。

提示

这首诗写东湖边上的新竹园。

首联点题。用“涟漪”点“东湖”，用“寒碧”点“新竹”。

颔联想象将来竹林长成之后夏天的情景。

颈联回过笔来写现在新竹解箨、放梢的情景。

尾联承颔联，说将来要频频来此。

竹子有节，做人要有气节。古人把两个“节”看成一样的，所以咏竹其实就是赞美气节。

唐 táng
·
窦 dòu
叔 [ʂoʔ]
向 xiàng

表兄话旧
biǎo xīng huà jiù

yà [xəʔ] huā kēi xiāng mǎn tíng　yà shēn wéi yǔ zuì chū xīng
夜合花开香满庭，平青 夜深微雨醉初醒。平青
| | — — — | —　| — — | | — —

yuǎn shū zhēn zhòng hó céng [təʔ]　jiù shì qī liáng [pəʔ] kǒ tīng
远书珍重何曾达？旧事凄凉不可听。平青
| — — | — — |　| | — — | | —

qù [zəʔ] ér tóng jiā zhǎng dà　[ɕiɪʔ] nián qīn yǒu bàn diāo líng
去日儿童皆长大，昔年亲友半凋零。平青
| | — — — | |　| — — | | — —

míng zhāo yòu shǐ gū zhōu [piɪʔ]　chóu jiàn hó qiáo jiǔ màn qīng
明朝又是孤舟别，愁见河桥酒幔青。平青
— — | | — — |　— | — — | | —

普通话

叔 shū **兄** xiōng **夜** yè **合** hé **开** kāi **微** wēi **醒** xǐng **何** hé **达** dá **不** bù **可** kě **日** rì **皆** jiē **昔** xī **是** shì **别** bié **河** hé

注释

表 父亲的姊妹所生的子女，母亲的兄弟姊妹所生的子女，都称表亲。**话旧** 谈论旧事。**夜合花** 即夜合辛夷花，晓开夜合。一说是合欢。**醒** 平上去三读。**远书珍重** 寄往远方、告嘱亲友珍重的书信。**何曾** 怎么能。**不可** 不堪，不能。**去日** 指诗人从前离开的时候。**凋零** 借指去世。**酒幔青**

指青色帐幔。古时常在郊野张设帐幔，宴饮饯别。

语译

夜深时酒醉初醒，听到落小雨了，还闻到花香。是夜合花开放，整个庭院都香了。你寄给那时身处远方的我嘱告珍重的书信，怎么能够到我手里呢？唉，旧事凄凉不堪听闻，还是不说了吧。我离开时，他们还是儿童，现在都已长大成人；可惜从前的亲友，一半儿已经去世了。明天早上我又要坐孤舟离开了，正忧愁又要看见河边桥头为我饯行搭起的青色帐篷！

提示

此诗原题是《夏夜宿表兄话旧》，表明是夜里住宿在表兄家的。

首联写夜深酒醉初醒，闻庭院花香，听微雨飘洒。

颔联、颈联则写“话旧”内容。

尾联感慨明朝又要分手。

这首留别诗，不从重逢写起，却从夜深酒醒起笔，省去了许多不用说的话。

中间两联，说的都是从前中年以上的人，人人意中所有的事，真真切切，特别感人。

宋 sòng
·
程 chéng
颢 hǎo

ǒu chéng
偶成

xián lái wú shì [pəʔ] cōng yóng shuì jiào dōng chuāng [zəʔ] yǐ hóng
闲来无事不从容，平冬 睡觉东窗日已红。平东
— — — | | — — | | — — | | —

wàn [uəʔ] jǐng guān jiē zì [təʔ] sì shí jiā xìng yǔ rén tóng
万物静观皆自得，四时佳兴与人同。平东
| | | — — | | | — — | | — —

dǎo tōng tiān dì yǒu xíng wèi sì [zəʔ] fōng yún biàn tèi zhōng
道通天地有形外，思入风云变态中。平东
| — — | | — | | | — — | | —

fòu guì [pəʔ] yín pín jiàn [loʔ] nán ér dào cǐ shǐ háo yóng
富贵不淫贫贱乐，男儿到此是豪雄。平东
| | | — — | | — — | | | — —

普通话

颢 hào **来** lái **不** bù **从** cóng **容** róng **觉** jué **日** rì **物** wù **静** jìng **皆** jiē **得** dé **道** dào **外** wài **思** sī **入** rù **风** fēng **态** tài **富** fù **乐** lè **是** shì **雄** xióng

注释

偶成 见七绝卷程颢《春日偶成》注。**闲来** 得着空闲的时候。来，等于说“……时”（《诗词曲语辞例释》）。**从容** 安逸舒缓，不慌不忙。**睡觉** 睡醒。**自得** 自己有所得。**四时佳兴** 春夏秋冬四季的景物引发的观赏兴

趣。**道** 即“理”。作者认为理既能生万物，又能统辖万物，无所不在。**有形外** 无形，指精神。**思** 思维，思想。名词，念去声。**变态** 变化的形态。**富贵不淫** 谓富贵不能使心昏乱。即身处富贵，而心仍能不昏乱。语出《孟子》。**贫贱乐** 谓身处贫贱而不改其乐。孔子曾以此称赞颜回。

语译

得空的时候，做什么事都可以从容不迫，常常一觉醒来，东窗已经太阳放红光了。我独能静观万物，自己往往有所收获；观赏四季景物的佳兴，我却也跟别人一样有。道是贯通有形的天地和无形的精神的，思想是可以深入风云的各种变化形态之中的。身处富贵而心不昏乱，身处贫贱而不改其乐，男儿做人到了这个境界，方才算得上是个英雄，而英雄就是得了“道”的人呀！

提示

这首是宣扬理学观念的诗。

理学，也称“道学”。理学家认定“理”是先天地而存在的，主张“即物而穷理”（就眼前的事物探求出道理）。他们说“天下万物皆可以理照”（以理照，用理去察知。照，察知也），“万物皆备于我”，“天理二字却是自家体贴出来”。

首联写自己闲来从容。

颔联出句说他独能即物穷理。对句说他在四时游赏方面也与别人有一样的爱好。

颈联出句说要知道“道”是贯通一切有形无形的事物的。对句说人的思想可以深入一切变化之中，也就是说“天下万物皆可以理照”。

尾联说真英雄应该“富贵不淫”，“贫贱不改其乐”，而只有得了“道”的人才能这样。

宋 sòng · 程 chéng 颢 hǎo

yóu [yɪʔ] bēi

游月陂

[yɪʔ] bēi dī shàng sì pái huí　[pəʔ] yǒu zhōng tiān [pəʔ] [tʂ'əʔ] tái
月陂堤上四徘徊，平仄 北有中天百尺台。平仄
| — — | | — —　| | — — | | —

wàn [uəʔ] yǐ suí qiū qì gěi　[iɪʔ] zūn liáo wèi wǎn liáng kēi
万物已随秋气改，一樽聊为晚凉开。平仄
| | | — — | |　| — — | | — —

shuǐ xīn yún yǐng xián xiāng zhào　lín xiǎ quán shēng jǐng zì léi
水心云影闲相照，林下泉声静自来。平仄
| — — | — — |　— | — — | | —

shì shì wú duān hó [tsoʔ] jì　dàn fóng jiā [tɕiɪʔ] [ioʔ] chóng péi
世事无端何足计？但逢佳节约重陪。平仄
| | — — — | |　| — — | | — —

普通话

颢 hào **月** yuè **徘** pái **徊** huái **北** běi **百** bǎi **尺** chǐ **台** tái **物** wù **改** gǎi **一** yì **开** kāi **下** xià **静** jìng **来** lái **何** hé **足** zú **逢** féng **节** jié **约** yuē

注释

月陂 唐时洛阳的一个人工水泊，因呈半月形，故名月陂。**中天** 天中央。**一樽开** 犹言喝一杯。**水心** 水中央。**无端** 无起点无尽头。这里可作“无尽”讲。**足** 值得。**计** 计较，计算。**重陪** 再相陪伴。

语译

站在月陂堤上徘徊四顾，见北面有耸入天空中的百尺台。万物都已随着秋气的来到改变了面貌，我们就姑且为了傍晚的凉意喝它一杯。看，云影悠闲地映在水中央；听，因为清静，泉声从林下传来耳畔。世事无穷无尽，哪值得多计较呢？以后只要遇上美好的节日，我们就邀约了再互相陪伴来此游赏吧！

提示

这首诗写游赏秋景。

首联即点题，交待游何地，见何物。

颔联叙事，叙晚凉时饮酒之事。

颈联写景，出句写陂心云影，对句写林下泉声。

尾联发感慨，并说以后还要再来玩。

没有说深奥的道理，这首诗很好懂。读不好懂的诗，心里难受；读好懂的诗，心里舒畅。

唐 táng
·
杜 dǔ
甫 fǔ

qiū xìng qí [iɪʔ]
秋兴（其一）

[ioʔ] lù diāo shāng fōng shù lín wú shān wú [ɕiɑʔ] qì xiāo sēn
玉露凋伤枫树林，平侵 巫山巫峡气萧森。平侵
| | — — | | — — — — | | — —

jiāng jiān bō làng jiān tiān yǒng sèi shàng fōng yún [tɕiɪʔ] dì yīn
江间波浪兼天涌，塞上风云接地阴。平侵
— — — | — — | | | — — | | —

cóng [tɕioʔ] liǎng kēi tā [zəʔ] lèi gū zhōu [iɪʔ] xì gù yuán xīn
丛菊两开他日泪，孤舟一系故园心。平侵
— | | — — | | — — | | | — —

hán yī chù chù cuī dāo [tʂʻəʔ] [pəʔ] dì chéng gāo [tɕiɪʔ] mù zhēn
寒衣处处催刀尺，白帝城高急暮砧。平侵
— — | | — — | | | — — | | —

普通话

杜 dù **一** yī **玉** yù **枫** fēng **巫** wū **峡** xiá **塞** sài **风** fēng **接** jiē **菊** jú **开** kāi **日** rì **一** yí **尺** chǐ **白** bái **急** jí

注释

秋兴 因秋日而感怀。晋潘岳有《秋兴赋》。**玉露** 露水的美称，意为晶莹如玉的露水。**凋伤** 凋零，凋残。使衰败。**巫山** 在重庆、湖北两省市边境。**巫峡** 长江流经巫山的一段，因名巫峡。诗人时在白帝城，白帝城在瞿塘峡口，所以巫山、巫峡是泛指三峡及两岸的高山，并非确指。**萧森**

阴晦的样子。**兼天、接地** 与天相连，与地相接。**塞上** 指三峡两岸的山。**“丛菊”句** 王力《汉语诗律学》释为“丛菊两开，他日之泪未干”。两开：夔州与故园两地开花。一说指两次看到菊开。诗人永泰元年（765）五月离成都，次年秋天居留夔州，这两年中见菊开两次。他日泪：往日的眼泪。**“孤舟”句** 王力释为“孤舟一系，故园之心弥切”。一系：指这一次系舟夔州。一说“一系”是长系、久系。故园：据杜甫《闻官军收河南河北》自注“余田园在东京”，则故园当指东京洛阳。故园心：对故园的思念之情。**白帝城** 在今重庆市奉节东白帝山上。**暮砧** 黄昏时的捣衣声。

语译

晶莹如玉的露水使枫树林凋零，巫山巫峡气色阴沉。江里的波浪，高与天齐，仿佛连天一起翻涌；山上的风云，下及于地，似乎跟地底的阴气相连。一丛丛的菊花，在这夔州，在家乡洛阳，两地同开，而我往日的泪水至今未干；我的孤舟在这秋天里一系夔州啊，令我思念故园之情愈加急切。我正在高高的白帝城里思念故园，忽然从四面八方传来急促的黄昏时的捣衣声。唉，现在动乱未息，这秋气秋色仍是处处在催促女人们拿起刀尺给征人制作寒衣啊！

提示

《秋兴》八首是老杜在大历元年（766）漂泊到夔州（州治在今重庆）时所写的组诗。当时安史之乱虽已结束，但吐番、回纥乘虚以入，藩镇又拥兵割据，故依旧战乱不息。杜甫自严武死后即沿江东下，现在孤舟一系夔州，见秋气萧森，不由引发身世之感、故园之思以及对国家命运的关怀之情。我们选取的是第一首，组诗的序曲。

首联点时点地。颔联写景。“江间”句承“巫峡”字面来，“塞上”句承“巫山”字面来。颈联抒怀。由眼前的秋菊想及故园的秋菊，由目前的漂泊想及十年来的飘泊。尾联由暮砧入耳感慨战乱未息。

唐 táng · 杜 dǔ 甫 fǔ

qiū xìng (qí sān)

秋兴（其三）

qiān jiā shān [koʔ] jǐng zhāo huī [zəʔ] [zəʔ] jiāng lóu zuǒ cuì wéi

千家山郭静朝晖，平微 日日江楼坐翠微。平微

— — — | | — — | | — — | | —

xìn [soʔ] yú rén huán fàn fàn qīng qiū yàn zǐ gù fēi fēi

信宿渔人还泛泛，清秋燕子故飞飞。平微

| | — — — | | — — | | | — —

kuāng héng kàng shù gōng míng [poʔ] liú xiàng chuán jīng xīn shì wéi

匡衡抗疏功名薄，刘向传经心事违。平微

— — | | — — | — | — — — | —

tóng [ɕyɪʔ] shào nián duō [pəʔ] jiàn wǔ líng qiú mǎ zì qīng féi

同学少年多不贱，五陵裘马自轻肥。平微

— | | — — | | | — — | | — —

普通话

杜 dù **郭** guō **静** jìng **日** rì **坐** zuò **微** wēi **宿** sù **还** hái **疏** shū **薄** bó **学** xué **不** bú

注释

山郭 傍山的城郭。城郭，城市也。**朝晖** 晨曦，早上的阳光。**翠微** 青

翠的山气。**信宿** 两夜。**泛泛** 描写渔舟漂浮。**清秋** 深秋。**故** 仍，还（《诗词曲语辞汇释》）。**飞飞** 描写燕子飞。**匡衡** 西汉经学家，时引经义议论政治得失。元帝时做到丞相。**抗疏** 上书直言。疏，奏章。**功名** 功绩和名声。**薄** 轻微，小。**刘向** 西汉经学家，曾校阅经传诸子等书。**心事** 心中期望的事情。**同学少年** 少年时的同学。**五陵** 汉代五个皇帝的陵园。这一带是汉朝贵族富家的聚居地。**裘马轻肥** 穿轻裘乘肥马。**自** 已经（《诗词曲语辞例释》）。

语译

傍山城市的千万家人家都静静地沐浴在早上的阳光里。我天天坐在被青翠的山气包围着的江边小楼上。我看见江里的渔人已经连着打了两天两夜的鱼了，却还让渔舟泛泛地漂着，没有回家去的意思；江边的燕子，已到深秋了，该飞回南方去了，却依然在我面前飞来飞去。我曾经是朝廷谏官，本想同匡衡一样上书直言，可是大概因为功绩和名声太轻微了吧，皇上压根儿就不当一回事。我曾经想同刘向一样传授经书，可是最终这个愿望也落空了。从前少年时期的同学，现在大多不再贫贱，他们已经像五陵富贵人家一样穿轻裘乘肥马了。

提示

这首诗写晨曦中独坐奉节城江楼的所见所感。

首联即说晨曦中独坐江楼。

颔联写所见景物。渔舟泛泛，犹如自己老来漂泊；燕子飞飞，似在嘲笑诗人回不了故乡。

颈联感叹自己一生事与愿违，抗疏、传经都不能做到。

尾联对轻裘肥马的昔日同学投以轻蔑的一瞥。

唐 táng · 杜 dǔ 甫 fǔ

qiū xìng qí wǔ

秋兴（其五）

pióng léi gōng [tɕʻyɪʔ] duì nán shān chéng lù jīn jīng xiāo hàn jiān

蓬莱宫阙对南山，平删 承露金茎霄汉间。平删

— — — | | — — — | — — — | —

xī wàng yáo chí jiàng wáng mǒu dōng léi zǐ qì mǎn hán guān

西望瑶池降王母，东来紫气满函关。平删

— | — — | — | — — | | | — —

yún yí zhǐ wěi kēi gōng shàn [zəʔ] rǎo lóng lín [ʂəʔ] shèng yán

云移雉尾开宫扇，日绕龙鳞识圣颜。平删

— — | | — — | | | — — | | —

[iɪʔ] wò cāng jiāng jīng suì wǎn jǐ huí qīng suǒ diǎn cháo bān

一卧沧江惊岁晚，几回青琐点朝班。平删

| | — — — | | | — — | | — —

普通话

杜 dù **蓬** péng **莱** lái **阙** què **母** mǔ **来** lái **雉** zhì **开** kāi **日** rì **绕** rào **识** shí **一** yí

注释

蓬莱 即蓬莱宫。原名大明宫。**宫阙** 宫门前的双阙，代称宫门。**南山** 终南山。**承露金茎** 擎承露盘的铜柱。承露盘上接的露水，给皇帝饮用，据说喝了可以长生不死。**霄汉** 天空极高处。霄，云；汉，天河。**瑶池** 传说女神西王母所住的地方。**降王母** 谓西王母从瑶池楼阁上走下来。**紫气** 据

说老子骑青牛过函谷关时，守关的人望见有紫气从东而来。**雉尾** 雉尾扇，即宫扇，仪仗之一。是用野鸡的尾羽做成的，以障风尘。**龙鳞** 喻指皇帝。**圣颜** 皇帝的容貌。一 一旦，一经。这里是“自从”的意思。**沧江** 泛称江水。江水呈青苍色，故称。沧，同“苍”，青色。**青琐** 宫门上镂刻的青色图纹。借指宫门。**点** 点名，按册呼名。**朝班** 朝官排列的次序。

语译

蓬莱宫殿的大门正对着南面的终南山，擎托承露盘的铜柱耸立在霄汉之间。向西可以看见王母正从瑶池楼阁上走下来，向东可以看见紫气涌满函谷关。雉尾宫扇打开时，像云彩移动；日光绕着皇帝转动，臣子们可以看到皇上的容颜。唉，我自从卧病西蜀的江边，光阴易逝，忽然已经岁晚秋深了，令人惊叹。现在只有在梦里还几次回去，还在宫门那里跟其他上朝的官员一起听点名哩！

提示

这一首写对从前参加早朝的回忆。

首联和颔联描写长安宫殿的巍峨壮丽，颈联描写早朝场面的肃穆庄严。尾联感慨病卧蜀江，秋深岁晚，不能再排在朝班里听点名了。

这一首除首联不对仗外，其馀三联全都对仗。

尾联“几”对“一”是数字对，“青”对“沧”（即“苍”）是颜色对。

颔联出句“西望瑶池降王母”，仄仄平平仄平仄，是“仄仄平平平仄仄”的变格，第六字平拗，第五字仄救。

唐 táng · 杜 dǔ 甫 fǔ

秋兴（其七）

qiū xìng qí [tɕʻiɪʔ]

kūn míng chí shuǐ hàn shí gōng wǔ dì jīng qí zěi yǎn zhōng
昆明池水汉时功，平东 武帝旌旗在眼中。平东
— — — | | — — | | — — | | —

[tʂəʔ] nǚ jī sī xū yà [yɪʔ] [ʂəʔ] qíng lín [tɕiaʔ] dǒng qiū fōng
织女机丝虚夜月，石鲸鳞甲动秋风。平东
| | — — — | | | — — | | — —

bō piāo gū mǐ chén yún [xəʔ] lù lěng lián fáng zhuì fěn hóng
波漂菰米沉云黑，露冷莲房坠粉红。平东
— — — | — — | | | — — | | —

guān sèi [tɕiɪʔ] tiān wéi niǎo dǎo jiāng hú mǎn dì [iɪʔ] yú ōng
关塞极天惟鸟道，江湖满地一渔翁。平东
— | | — — | | — — | | | — —

普通话

杜 dù **七** qī **在** zài **织** zhī **夜** yè **月** yuè **石** shí **鲸** jīng **甲** jiǎ **动** dòng **风** fēng **黑** hēi **塞** sài **极** jí **道** dào **一** yì **翁** wēng

注释

昆明池 汉武帝时所凿，用以训练水师。遗址在今西安市郊。**功** 功劳。**织女** 昆明池两侧有牛郎、织女石像。**虚** 徒然。**石鲸** 昆明池中有石刻鲸鱼，长三丈。**菰米** 菰是一种浅水生草本植物，其实如米，称“菰米”，也称“雕胡米”。菰米是六谷之一，可作饭，称“雕胡饭”。**沉云黑** 像黑云沉落到

江面上，形容水里漂浮的菰米多。菰米外壳色深，故说“沉云黑”。**关塞** 边关。这里指夔州。**极** 至，到。**鸟道** 谓险极的山路，仅通飞鸟。

语译

皇都郊外的昆明池，还是汉朝时开凿的，当年汉武帝训练水师，旌旗招展的景象，恍惚还在眼前呈现。池侧有织女，在她的织布机上可见缕缕的丝线，但这些丝线徒然为夜月所照，不可能织出一匹锦来。这为什么呢？因为织女和机丝都是石头雕刻出来的呀！池中还有石刻的鲸鱼。虽然也是石刻的，但我似乎看见它的鳞片正在被秋风掀动呢。昆明池也好，长安附近别的湖泊也好，近岸处都种满了菰。菰结出菰米，多得漂浮在水面上，像天上的云层落了下来。还有荷花！荷花的粉红花瓣坠落，结出莲房，那正是秋天露冷的时候。

唉，自从来到西蜀，再要回中原去可就难了。边关高得碰到天，只有鸟儿可以飞过的路，我又怎么能回去呢？茫茫大地上到处是江湖，我就好像一个坐了小船漂东泊西的渔翁！

提示

这首诗写从前在长安时常常游玩的昆明池。

首联说昆明池是汉朝开凿的，是汉武帝用来训练水军的。

颔联描写池边的织女石像和池中的鲸鱼石像。

颈联夸张描写菰米和莲房之多，展示唐朝当年物产的富饶。

尾联从回忆收回到眼前，感慨自己流落江湖，不能再回长安去了。

此诗亦三联对仗。

宋 sòng · 戴 dèi 复 [foʔ] 古 gǔ

[yɪʔ] yà zhōu zhōng
月夜舟中

mǎn chuán míng [yɪʔ] jìn xū kōng, [loʔ] shuǐ wú hén yà qì chóng
满船明月浸虚空，平东 绿水无痕夜气冲。平东
| — — | | — — | | — — | | —

shī sì fóu chén qiáng yǐng lǐ, mòng hún yáo yì lǔ shēng zhōng
诗思浮沉樯影里，梦魂摇曳橹声中。平东
— | — — — | | | — — | | — —

xīng chén lěng [loʔ] [piɪʔ] tán shuǐ, hóng yàn bēi míng hóng liǎo fōng
星辰冷落碧潭水，鸿雁悲鸣红蓼风。平东
— — | | | — | — | — — — | —

shù diǎn yú dēng yī gǔ àn, duǎn qiáo chuí lù [tiɪʔ] wú tóng
数点渔灯依古岸，断桥垂露滴梧桐。平东
| | — — — | | | — — | | — —

普通话

戴 dài **复** fù **月** yuè **夜** yè **绿** lǜ **冲** chōng **思** sī **浮** fú **梦** mèng **落** luò **碧** bì **风** fēng **断** duàn **滴** dī

注释

虚空 天空。**无痕** 没有皱痕，指无波纹。**夜气** 夜间的清凉空气。**冲** 摇动。这里指弥漫。**诗思** 作诗的情思。**樯** 桅杆，船上挂帆的杆子。**梦魂** 古人认为人有灵魂，在睡梦中可以离开肉体，故称“梦魂”。**摇曳** 飘荡。**星辰** 星星。**鸿雁** 大雁。**红蓼** 水蓼，开白色或淡红色花，多生在浅水

里。**古岸** 从古代起就有的堤岸。**断桥** 中间断裂不能行走的桥。

语译

满船是明亮的月光，连天空也好像浸在了这月光里；绿水无波，夜气弥漫。诗思浮沉在桅杆影里，梦魂飘荡在橹声之中。冷冷的星星，掉落在青碧的潭上；大雁在那从红蓼花吹过来的风里悲鸣。渔舟傍着古岸停泊，亮着几点灯火；我的船傍着断桥停泊。梧桐树的露珠落在断桥上，又从断桥上滴下来。

提示

这首诗写月夜泊舟的情景。

首联描写月下的船和水，还有夜气。

颔联出句写诗思，对句写乡思。此联极佳。

颈联再写月夜之景。星辰，碧潭水，鸿雁，红蓼风，有色有声。

尾联写渔灯、梧桐和断桥，与“梦魂”句呼应，表达羁旅之苦与思乡之切。

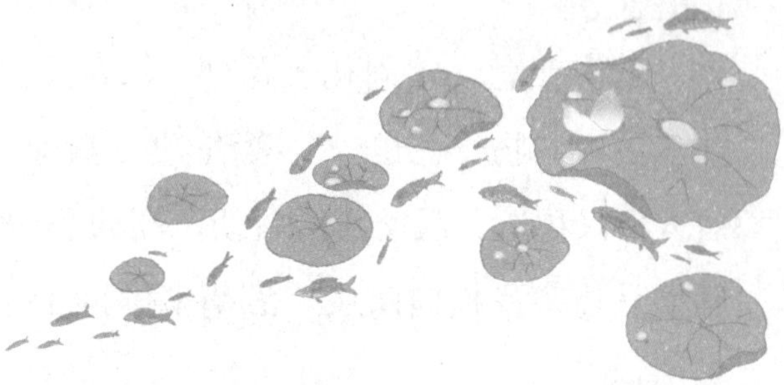

唐 táng · 赵 zhǎo 嘏 jiǎ

长安秋望
chángān qiū wàng

yún [uəʔ] qī qīng [fəʔ] shù liú hàn jiā gōng [tɕʻyɪʔ] dǒng gāo qiū

云物凄清拂曙流，平尤 汉家宫阙动高秋。平尤

cán xīng jǐ diǎn yàn héng sèi cháng [tiɪʔ] [iɪʔ] shēng rén yǐ lóu

残星几点雁横塞，长笛一声人倚楼。平尤

zǐ yàn bàn kēi lí [tɕioʔ] jǐng hóng yī [loʔ] jǐn zhǔ lián chóu

紫艳半开篱菊静，红衣落尽渚莲愁。平尤

lú yú zhèng měi [pəʔ] guī qù kōng dèi nán guān [ɕyɪʔ] chǔ qiú

鲈鱼正美不归去，空戴南冠学楚囚。平尤

普通话

赵 zhào **嘏** gǔ（又 jiǎ） **物** wù **拂** fú **曙** shǔ **阙** què **动** dòng **塞** sài **笛** dí **一** yì **开** kāi **菊** jú **静** jìng **落** luò **尽** jìn **不** bù **戴** dài **学** xué

注释

云物 云色。《周礼·春官·保章氏》："以五云之物，辨吉凶……"郑玄注："物，色也。"**凄清** 凄冷清凉。**拂曙** 即拂晓，天将明时。**汉家** 唐人借汉称唐，汉家实指唐朝。**高秋** 深秋天高气爽，所以称高秋。**雁横塞** 雁群从边塞呈横向南飞。**篱菊** 陶渊明诗："采菊东篱下。"**红衣** 指荷花

的花瓣。**渚莲** 即指荷花。为与上句“篱菊”对仗，所以说成“渚莲”。渚，本义是水中小块陆地，这里代指池塘。**“鲈鱼”句** 西晋张翰在洛阳做官，见秋风起，思念家乡鲈鱼、莼（chún）菜，就辞官回吴下（今苏州一带）了。**南冠、楚囚**《左传》：“晋侯观于军府，见锺仪，问之曰：‘南冠而絷（绑着）者谁也？’有司对曰：‘郑人所献楚囚也。’”南冠，春秋时楚国人戴的一种帽子。后以“南冠”为囚犯的代称。

语译

深秋拂晓，登高览景，但见云色凄冷，云雾流动，觉得脚下长安的宫殿都在摇晃似的。天色渐明，西天尚有残星几点，北边依稀可见一行大雁横着打边塞飞来。这时，忽然听得一声长笛，循声望去，见一人正倚楼吹曲。俯首看，那边篱菊已半开紫艳之花，一派娴雅宁静；这边渚莲已落尽红衣一样的花瓣，孤独寂寞，忧愁凄楚。唉，秋风已起，鲈鱼正美，干吗不像张翰那样回家去呢？要是不回去，那是空学锺仪为囚而仍戴南冠以示不忘故土了。

提示

这首诗写秋日在长安登高览景，触发羁旅之愁、思乡之情。

首联点题中“长安”与“秋”（“汉家宫阙”点“长安”二字，其他点“秋”字），并以“拂曙”交代时间。

中间二联写“望”。颔联上句写仰望所见，北雁南归勾起乡愁无限；下句写因闻笛而循声远望，倚楼人影增添几多惆怅。颈联两句都写俯视所见，篱菊让人想起归田园的陶潜，残荷让人想到年华的易逝、官况的冷落。

尾联抒怀，表示不愿再在长安为官（或寻求做官的机会），还是学学张翰回乡去的好。

唐 táng · 杜 dǔ 甫 fǔ

新秋
xīn qiū

huǒ yún yóu wèi liàn qí fōng qī zhěn chū jīng [iɪʔ] [iɪʔ] fōng
火云犹未敛奇峰，平冬 欹枕初惊一叶风。平东
| — — | | — — — | — — | | —

jǐ chù yuán lín xiāo [səʔ] lǐ shuí jiā zhēn chǔ [tɕiɪʔ] liáo zhōng
几处园林萧瑟里，谁家砧杵寂寥中。平东
| | — — — | | — — — | | — —

chán shēng duǎn [soʔ] bēi cán [yɪʔ] xíng yàn gāo dī zhào mù kōng
蝉声断续悲残月，萤焰高低照暮空。平东
— — | | — — | — | — — | | —

fù jiù jīn mén qí zài xiàn yà shēn sāo shǒu tàn fēi póng
赋就金门期再献，夜深搔首叹飞蓬。平东
| | — — — | | | — — | | — —

普通话

杜 dù **峰** fēng **一** yí **叶** yè **风** fēng **瑟** sè **寂** jì **断** duàn **续** xù **月** yuè **萤** yíng **期** qī **再** zài **夜** yè **蓬** péng

注释

新秋 初秋。一般以立秋为秋季的开始。**火云** 赤云，火烧云。**敛** 遮住。**欹** 斜靠。**一叶风** 秋风。有“一叶落而知天下秋”之语，故称秋风为“一叶风”。**萧瑟** 秋风声。**砧杵** 捣衣石与棒槌。这里指捣衣。古代用麻葛纤维织成衣物，质地粗硬，须捶打使之柔软。**寂寥** 寂静。**萤焰** 萤火

虫发出的光。要用仄声字，所以用“焰”不用“光”。**暮空** 夜空。**赋就** 写好了一篇赋。赋是一种文体，这里作动词用。**金门** 金马门。汉代宫门名。征召来的人，都待诏公车（官署名），其中才能优异的则在金马门待诏（候命）。**期** 希望。**飞蓬** 飘荡无定的蓬草。比喻飘摇无定。

语译

火烧云还没把奇峰全都遮住时，我就上床了。斜靠在枕上，方始为秋风所惊。仔细听，几处园林都发出了萧萧瑟瑟的风声；不知谁家，已经在捣衣了，捣衣声在这寂静的夜晚显得更加清楚。残月下，蝉鸣声断断续续，好像是在悲哀地哭泣；萤火虫时高时低地飞，它的光照亮了夜空。我像汉朝待诏金马门的人一样，也在长安候命。我现在又写好了一篇赋，希望能够再献上去。但是还能吗？我在深夜时分搔首叹息，叹息我现在不如过去，竟成了一棵飘荡无定的蓬草了。

提示

这首诗写初秋的情景。

首联写傍晚上床惊闻秋风。

颔联和颈联就描写初秋夜里的风声、捣衣声、蝉声，也写了萤火虫。

尾联感叹身如飞蓬，飘摇无定。

杜甫参加过进士考试，没被录取。天宝末年，他向唐玄宗献《三大礼赋》，朝廷让他做京兆府兵曹参军。后来发生安史之乱，玄宗入蜀，肃宗立，杜甫做左拾遗，不久被贬为华州司功参军。他弃官客秦州，流落剑南，依严武，于成都浣花溪畔筑草堂安身。

宋 sòng · 李 lǐ 朴 [p'oʔ]

中秋

zhōng qiū

hǎo [p'əʔ] dāng kōng bǎo jìng shēng yún jiān xiān lài [tɕiɪʔ] wú shēng

皓魄当空宝镜升，平蒸 云间仙籁寂无声。平庚

| | — — | | — — — — | | — —

píng fēn qiū [səʔ] [iɪʔ] lún mǎn cháng bàn yún qú qiān lǐ míng

平分秋色一轮满，长伴云衢千里明。平庚

— — — | | — | — | — — — | —

jiǎo tù kōng cóng xián wèi [loʔ] yāo má xiū xiàng yǎn qián shēng

狡兔空从弦外落，妖蟆休向眼前生。平庚

| | — — — | | — — — | | — —

líng chá nǐ [ioʔ] tóng xí shǒu gèng děi yín hó [tʂ'əʔ] dǐ qīng

灵槎拟约同携手，更待银河彻底清？平庚

— — | | — — | | | — — | | —

普通话

朴 pǔ **皓** hào **魄** pò **籁** lài **寂** jì **色** sè **一** yì **伴** bàn **外** wài **落** luò **约** yuē **携** xié **待** dài **河** hé **彻** chè

注释

皓魄 指明月。月亮初出或将没时的微光叫“魄”，引申为“月亮”。皓，明也。**镜** 古人用铜镜，圆形，所以把圆月比作“宝镜”。**仙籁** 指天上的音乐。籁，古代一种管乐器。**平分秋色** 谓天空与地上平分了秋月（中秋月）的光辉。**一轮满** 谓中秋之月，圆如车轮。**云衢** 指天路。衢，四通八达的大路。

“狡兔”二句 谓今夜中秋，月亮通体光亮，没有被跳进月亮里的兔子和蛤蟆遮掉些亮光。月亮半圆叫“弦”，弓弦也叫“弦”，因借弓弦之弦说兔子从“弦外”跳进月里。**灵槎** 槎是竹或木扎成的筏子。据说有人年年八月乘坐筏子去天河看望织女和牛郎。这个槎，就叫“灵槎”或“仙槎”。**更待** 岂待。更，犹岂也（《诗词曲语辞汇释》）。

语译

明月当空，犹如宝镜升上了天。云间的仙人们也要看月亮，把仙乐给停奏了，天上地上全都寂静无声。这一轮满月，慷慨地给天空与地面平分它的秋色；又长伴“云衢”，让它千里通明。狡兔曾从弦外跳落进月亮里，想遮住些光亮，今夜可成空想了。今夜妖蟆你也休想再在我们眼前爬出来遮住些光亮！我打算邀约些好朋友一起携手坐灵槎上天去。朋友们啊，岂能等待银河彻底清了再去呢？今夜就去吧！

提示

作者李朴（这个“朴”，不是“樸”的简化字，它本就写作“朴”），是北宋末年的人，深受程颐赞许。他敢于直言，为蔡京所恶（wù）。这首诗，可能话中有话，“狡兔”与“妖蟆”，必有所指。

首联即写明月当空。

颔联写月色（即月光）。

颈联斥狡兔、妖蟆以写中秋月亮之明，别开生面。

尾联由神话传说（年年八月灵槎来去），向朋友们发出邀约。当然不是真的去天上，只是一种浪漫主义的想法而已。

唐 táng · 杜 dǔ 甫 fǔ

jiǔ [zə̣ʔ] lán tián huì yǐn 九日蓝田会饮

lǎo qù bēi qiū qiǎng zì kuān xìng lái jīn [zəʔ] jǐn jūn huān

老去悲秋强自宽，平寒 兴来今日尽君欢。平寒

| | — — | | — | — — | | — —

xiū jiāng duǎn [fəʔ] huán chuī mào xiào qìng páng rén wèi zhèng guān

羞将短发还吹帽，笑倩旁人为正冠。平寒

— — | | — — | | | — — | | —

lán shuǐ yuǎn cóng qiān jiàn [loʔ] [ioʔ] shān gāo bǐng liǎng fōng hán

蓝水远从千涧落，玉山高并两峰寒。平寒

— | | — — | | | — — | | — —

míng nián cǐ huì zhī shuí jiàn zuì bǎ shú yú zǐ xì kān

明年此会知谁健？醉把茱萸仔细看。平寒

— — | | — — | | | — — | | —

普通话

杜 dù **日** rì **来** lái **尽** jìn **发** fà **还** hái **落** luò **玉** yù **并** bìng **峰** fēng **茱** zhū **看** kàn

注释

九日 古诗文中多用“九日”专称农历九月初九，即重阳节。**蓝田** 今属西安市。**老去** 犹“老来”，老了。**尽君欢** 与君尽欢。**羞将短发** 以将满头短发被人看见为羞。**还** 还是。在诗文里，“还”要念 huán，不念 hái。**吹帽** 《晋书》记载：陶渊明的外公孟嘉做大司马桓温的参军，重阳日跟桓

温等人同游龙山，喝醉了酒，被风吹落帽子还不知道。杜甫用吹帽典故自比孟嘉。**倩** 请，让，叫。**蓝水** 也叫蓝溪，灞水的分支。灞水源出蓝田县东秦岭北麓，西南流纳蓝水，折向西北入渭河。**远从** 谓从远方流来。**玉山** 即蓝田山。以山出美玉，故名玉山。**并** 谓两峰并峙。此字繁体作“並”。**把** 握着。是动词，不是介词。**茱萸** 一种植物，其味香烈。古人于重阳节佩戴茱萸，据说可以袪邪避灾。茱，市朱切。**看** 目视义，平去二读。

语译

我老了，面对秋色会更加悲伤，只能勉强宽慰自己。今天是重阳节，我也来了兴致，就与诸君尽欢吧。我已满头短发，羞给别人看见，谁知风还偏偏吹歪我的帽子，我只好笑着让旁人给我扶正它。千涧跌落汇成的蓝水，从远处滚滚流来；两峰并峙的玉山，高高地耸立在天空里，看去都令人觉得有些寒意。明年今日，知道谁还健在能再在此会饮？我醉眼朦胧，手握着茱萸仔细地看了又看。

提示

这首诗是写重阳节会饮的。诗题一作《九日蓝田崔氏庄》。

首联即点题中“九日”与“会饮”四字。

颔联承“尽君欢”写吃酒（吃得有些醉了，只好叫旁人扶正帽子）。

颈联忽然转笔去写水写山，气象万千，但豪壮中却带些许悲凉。

尾联叹老，回应首联。

这首诗写诗人的满怀忧愁，但“字字亮，笔笔高”，是从旷放慷慨的词语里流露出凄楚悲凉来的。

中间两联对仗工稳。首联也作对仗。

因为这是平收式，首句末字是平声，所以“欢”与“宽”只是词性相对。

宋 sòng · 陆 [loʔ] 游 yóu

秋思 qiū sì

利欲驱人万火牛，江湖浪迹一沙鸥。

日长似岁闲方觉，事大如天醉亦休。

砧杵敲残深巷月，梧桐摇落故园秋。

欲舒老眼无高处，安得元龙百尺楼？

普通话

陆 lù **思** sī **欲** yù **迹** jì **一** yì **日** rì **似** sì **觉** jué **亦** yì **月** yuè **落** luò **欲** yù **得** dé **百** bǎi **尺** chǐ

注释

秋思 秋天里的心情。思是名词，念去声。**利欲** 贪财图利的欲望。**火牛** 古代有用火牛作战的。拴利刃于牛角，灌脂于苇，束苇于牛尾，夜燃苇束，纵牛奔入敌阵。**浪迹** 流浪，行踪无定。**休** 算了，不计较了。**“砧杵”句** 是说捣衣声从晚响到早晨月落。**故园** 旧家园，故乡。**舒眼** 放眼看远。

元龙百尺楼 犹言高楼。汉末陈登，字元龙，是大名士。有天刘备在刘表那里谈论天下人物，座中有个人说他从前到陈登家做客，陈登自上大床睡，让他睡下床，太不懂礼。刘备说：陈登对你还算客气的，你这种只知求田问舍的人，要是到我家里做客，我自己睡百尺楼上，让你睡地下呢！诗里用此典故，但把刘备的百尺楼说成是元龙的。

语译

贪财图利的欲望驱赶人们争抢，犹如尾巴上的火驱赶万千条牛疯狂奔跑。我却是一只浪迹江湖的沙鸥。没事做，闲下来了，方才感觉到每一天的日子都长得跟一年似的；本来像天一样大的事情，喝醉了也就算了。时已秋天，深巷里的女人们夜里捣衣，一直捣到天亮，好像是砧杵把月亮敲落的。我思念我的故乡，故乡的秋风不会把那里的梧桐叶都给摇落光了吧？我想登高望远，可是这里竟然没有一个高的地方。怎么能够耸起一座元龙百尺高楼来让我眺望故乡呢？

提示

这首是思乡诗。

首联将自己与众人作对比。斥人利欲熏心，也感叹自己不为朝廷重用。

颔联紧承“浪迹”二字抒发报国无门的痛苦心情。

颈联描写，一句实写客居深巷的一夜砧声，一句虚写遥远故乡的秋风落叶。

尾联明白吐露乡愁。

前三联皆对仗。

唐·杜甫 táng dǔ fǔ

与朱山人 yǔ zhū shān rén

jǐn lǐ xiān shēng wū [tɕyɪʔ] jīn yuán shōu yù [liɪʔ] wèi quán pín
锦里先生乌角巾，平真 园收芋栗未全贫。平真
| | — — — | — — — | | | — —

guàn kān bīn [k'əʔ] ér tóng xǐ [təʔ] [ʂəʔ] jiā chú niǎo [tɕ'ioʔ] xún
惯看宾客儿童喜，得食阶除鸟雀驯。平真
| — — | — — | | | — — | | —

qiū shuǐ cái shēn sì wǔ [tʂ'əʔ] yǎ háng [tɕ'iaʔ] shǒu liǎng sān rén
秋水才深四五尺，野航恰受两三人。平真
— | — — | | | | — | | | — —

[pəʔ] shā cuì [tʂoʔ] jiāng cūn mù xiāng sòng chá mén [yɪʔ] [səʔ] xīn
白沙翠竹江村暮，相送柴门月色新。平真
| — | | — — | — | — — | | —

普通话

杜 dù **角** jiǎo **栗** lì **看** kàn **客** kè **得** dé **食** shí **阶** jiē **雀** què **驯** xùn **才** cái **尺** chǐ **野** yě **恰** qià **受** shòu **白** bái **竹** zhú **柴** chái **月** yuè **色** sè

注释

与朱山人 “写给朱山人”的意思。山人，住在山里的人，这里指隐士。诗题一作《南邻》。**锦里先生** 即朱山人。锦里，地名，在成都市南锦江边。里，民户居处。注意：这个“里”不是“裏”或“裡”的简体。**乌角巾** 黑头巾，隐士戴的便帽。巾，帽也。**惯看** 即“看惯”。目视义的看，平去二读。**阶**

除 台阶，阶沿。**驯** 顺服。这里是不怕人的意思。**野航** 乡村的船。**恰** 与上句“才”同义，刚好。**受** 容纳，坐得下。**月色新** 谓月亮刚出。月色，月光也。

语译

锦里先生头上戴着乌角巾，可以从园子里收获些芋头、栗子，家境还不算太贫困。他家的小孩子见惯客人，所以我去，并不怕生，都很高兴；鸟雀在台阶上啄食，也都不怕人。

秋水刚好有四五尺深，乡下的船刚好坐得下两三个人。白沙滩，翠竹林，这江边的村子到傍晚时景色也很好。锦里先生在柴门外送我时，月亮也刚好升起来。

提示

这首是赠人诗，写了送给南边邻居锦里先生的。

诗就写在锦里先生家做客的事。

首联写初到锦里先生家，看见锦里先生戴的是乌角巾，家里有些从园里收获来的芋头、栗子。

颔联接写锦里先生家的儿童和啄食的鸟雀。儿童不怕生，可见这位山人与别的隐士不同，是常和人家来往的。鸟雀见人不惊，可见锦里先生是得道的真隐士。

颈联和尾联写回去。颈联交代是坐船回去的（当然来的时候也是坐这只船的）。顺便交代时间和同来的人（“两三人”）。尾联描写别时的景色和主人的相送。

中间两联对仗，首尾两联不对仗。

这首诗不追求“语不惊人死不休”，在老杜的律诗中属于容易读的一类，读起来感觉轻松愉快。

唐 táng
·
赵 zhǎo
嘏 jiǎ

wén [tiɪʔ]
闻笛

shuí jiā chuī [tiɪʔ] huà lóu zhōng duǎn [soʔ] shēng suí duǎn [soʔ] fōng

谁家吹笛画楼中？平东 断续声随断续风。平东

— — — | | — — | | — — | | —

xiǎng [əʔ] xíng yún héng [piɪʔ] [loʔ] qīng hó lěng [yɪʔ] dào lián lóng

响遏行云横碧落，清和冷月到帘栊。平东

| | — — — | | — — | | | — —

xìng léi sān lòng yǒu huán zǐ fù jiù [iɪʔ] piān huá mǎ yóng

兴来三弄有桓子，赋就一篇怀马融。平东

| — — | | — | | | | — — | —

[tɕʻioʔ] bà [pəʔ] zhī rén zěi fǒu yú yīn liáo liàng shàng piāo kōng

曲罢不知人在否，馀音嘹亮尚飘空。平东

| | | — — | | — — — | | — —

普通话

赵 zhào **嘏** gǔ（又 jiǎ） **笛** dí **断** duàn **续** xù **风** fēng **遏** è **碧** bì **落** luò **和** hé **月** yuè **来** lái **弄** nòng **一** yì **怀** huái **融** róng **曲** qū **不** bù **在** zài

注释

谁家 即“谁”。“家”是语尾助词（《诗词曲语辞汇释》）。**画楼** 华丽的楼。**“响遏”句**《列子》说秦青唱歌，声振林木，响遏行云。响，嘹亮的声音。遏，阻止。行云，飘动的云。横，充满。碧落，天空。**清** 清音，清亮之音。**和** 伴随着。**帘栊** 窗口。帘，帘子；栊，窗子。**“兴来”**

句 东晋善于吹笛的桓伊曾为王徽之（王羲之的儿子）吹了三曲。三弄，吹三曲。**马融** 东汉马融曾作《长笛赋》。

语译

谁在画楼中吹笛子？断断续续的笛声随着断断续续的风声传来。响亮之声能阻遏云朵飘动，充满在天空中；清亮之音又伴随着冷月一起来到窗口。东晋有位笛家桓伊，兴来之时，给人吹了三曲；东汉的马融，写成过一篇笛赋，至今令人怀念。一曲吹完了，不知吹笛人还在不在画楼里，嘹亮的馀音却还飘在空中呢！

提示

这首诗写听笛。

首联即点题，说听见画楼里有笛声传出。

颔联描写笛声的响亮和清亮。

颈联说了两个与笛子有关的故事。

尾联描写曲罢馀音。

这首诗只是单纯地描写笛声，并无寓意。

颔联“清和冷月到帘栊”一句颇佳。南唐李煜《捣练子》“无奈夜长人不寐，数声（指捣衣声）和月到帘栊”，就是化用了这一句的。

冬景 dōng jǐng

宋 sòng · 刘 liú 克 [k'əʔ] 庄 zhuāng

qíng chuāng zǎo jiào ài zhāo xī [tʂoʔ] wài qiū shēng jiàn [tsoʔ] wēi
晴窗早觉爱朝曦，平支 竹外秋声渐作威。平微
— — | | | — — | | — — | | —

mìng [poʔ] ān pái xīn nuǎn [koʔ] hū tóng [yɪʔ] [t'iɪʔ] jiù hán yī
命仆安排新暖阁，呼童熨帖旧寒衣。平微
| | — — — | | — — | | | — —

[iɪʔ] fóu nèn [loʔ] jiǔ chū [ʂoʔ] chéng [tɕ'iɪʔ] xiāng huáng xiè zhèng féi
叶浮嫩绿酒初熟，橙切香黄蟹正肥。平微
| — | | | — | — | — — | | —

yóng [tɕioʔ] mǎn yuán jiā kǒ xiàn shǎng xīn cóng cǐ [moʔ] xiāng wéi
蓉菊满园皆可羡，赏心从此莫相违。平微
— | | — — | | | — — | | — —

普通话

克 kè **爱** ài **竹** zhú **外** wài **作** zuò **仆** pú **排** pái **阁** gé **熨** yù **贴** tiē **叶** yè **浮** fú **绿** lǜ **熟** shú **切** qiē **蟹** xiè **蓉** róng **菊** jú **皆** jiē **可** kě **莫** mò

注释

晴窗 晴天时候的窗子。**朝曦** 早晨的阳光。**秋声** 秋天里的风声、叶落声、虫叫声之类。**作威** 发威，显得猛烈。**仆、童** 旧时指被雇到家里做杂事的人，未成年的叫“童”。**暖阁** 为防寒从大屋分隔出的小间。**熨贴** 用熨斗熨平衣物。**叶浮嫩绿** 谓初熟的酒浮起的绿色泡沫如同嫩绿的碎

叶。酒上浮起的绿色泡沫，也叫“绿蚁”。**蓉** 指木芙蓉。**可羡** 可爱。**赏心** 心情舒畅。

语译

因为喜欢早上晴窗的阳光，所以很早就醒来了；我听见竹林外的秋声，似乎越来越猛烈了。赶紧命仆人安排新暖阁，叫家童熨平旧寒衣。酒刚熟，面上浮着泡沫，像是些嫩绿的碎叶；蟹正肥，剥开来像切开的橙子一样又香又黄。木芙蓉和菊花，满园子开放，都很可爱。但愿从此心情能够一直舒畅，再没有违背心愿的事儿了！

提示

这首写景诗，题为“冬景”，实际写的是深秋之景。

首联说早上醒来阳光很好，但秋声渐渐作威了，点明秋深。

颔联写做好过冬的准备。

颈联写酒熟蟹肥。

尾联补写花开满园之景，并表达心愿。

刘克庄是南宋诗人，他一生渴望收复失地，反对朝廷妥协苟安。此诗尾联说希望“赏心从此莫相违”，是话中有话的。

唐 táng
·
杜 dǔ
甫 fǔ

dōng zhì

冬至

tiān shí rén shì [zəʔ] xiāng cuī，dōng zhì yáng shēng chūn yòu lái

天时人事日相催，平灰 冬至阳生春又来。平灰

— — — | | — —　— | — — — | —

cì xiù wǔ wén tiān [zoʔ] xiàn，chuī jiā [loʔ] guǎn dǒng fēi huī

刺绣五纹添弱线，吹葭六管动飞灰。平灰

| | | — — | |　— — | | | — —

àn yóng děi [laʔ] jiāng shū liǔ，shān yì chōng hán [ioʔ] fàng méi

岸容待腊将舒柳，山意冲寒欲放梅。平灰

| — | | — — |　— | — — | | —

yún [uəʔ] [pəʔ] shú xiāng [kuəʔ] yì，jiāo ér qiǎ [foʔ] zhǎng zhōng bēi

云物不殊乡国异，教儿且覆掌中杯。平灰

— | | — — | |　— — | | | — —

普通话

杜 dù **日** rì **来** lái **弱** ruò **六** liù **动** dòng **容** róng **待** dài **腊** là **欲** yù **物** wù **不** bù **殊** shū **国** guó **教** jiào **且** qiě **覆** fù

注释

冬至 二十四节气之一。**天时** 自然运行的时序。如春过了是夏，夏过了是秋，秋过了是冬。**人事** 人们为准备冬至来到所做的事。**阳生** 冬至后白天渐长，古代认为是阳气初动，称冬至为“一阳生”。**刺绣五纹** 刺五彩之绣品。刺，刺绣，动词。“绣五纹”，五纹之绣品，绣，名词。五纹，即五彩。**弱线** 丝线。弱，柔也，丝线是柔软的，故可称之为“弱线”。**吹**

葭六管 吹六管之葭灰。谓冬至时所生阳气吹动黄锺律管内的葭莩（fú）灰。古人烧苇膜（葭莩）成灰，置于十二个律管中，放置密室。某一节候到，某律管中的葭莩灰即飞出。如冬至节到，相应的黄锺律管内的葭莩灰便飞动了。因为每个律管有六个孔，所以把律管叫作“六管”。**“云物”句** 谓这里虽非家乡，但景物与家乡没有什么不同。云物，景物也。乡国，家乡也。**覆杯** 指喝酒。覆，倾也。

语译

天时和人事都天天相催，终于冬至节来到了。冬至一到，一阳生出，春天接着也就快要来了。

冬至来到时，黄锺律管里的葭灰飞动了；以后白昼渐长，刺绣女工也该增添些丝线了。

河岸的样子，好像一等腊尽就要让柳树舒枝长叶；山丘的心意，是要冒着寒冷把梅花给开放了。

虽然这里不是咱们的家乡，但是景物跟家乡没有什么不同。儿啊，我叫你姑且对着这样的景物倾饮掌中之杯吧，不要再为咱们漂泊在异乡而愁眉苦脸了！

提示

首联说盼望冬至到，冬至果真来到了。

颔联两句倒装。“吹葭”句写冬至到而黄锺律管的葭灰飞出，“刺绣”句写从此白昼渐长。

颈联写景。

尾联叫儿子不要去想家乡，还是喝杯酒吧。

这首诗，颔联为了要对仗，句子造得不易读懂。有人欣赏，认为律细；也有人不欣赏，认为疙瘩。

宋 sòng · 林 lín 逋 bū

梅花 méi huā

zhòng fāng yáo [loʔ] [toʔ] xuān yán zhàn duǎn fōng qíng xiàng xiǎo yuán
众芳摇落独暄妍，平先 占断风情向小园。平元
| — — | | — — | | — — | | —

shū yǐng héng xiá shuǐ qīng qiǎn àn xiāng fóu dǒng [yɪʔ] huáng hūn
疏影横斜水清浅，暗香浮动月黄昏。平元
— | — — | — | | — — | | — —

shuāng qín [ioʔ] xià xiān tōu yǎn fěn [tiɪʔ] rú zhī [xəʔ] duǎn hún
霜禽欲下先偷眼，粉蝶如知合断魂。平元
— — | | — — | | | — — | | —

xǐng yǒu wéi yín kǒ xiāng [ɕiaʔ] [pəʔ] xū tán bǎn gòng jīn zūn
幸有微吟可相狎，不须檀板共金樽。平元
| | — — | — | | — — | | — —

普通话

落 luò **独** dú **断** duàn **风** fēng **斜** xié **浮** fú **动** dòng **月** yuè **欲** yù **蝶** dié **合** hé **幸** xìng **微** wēi **可** kě **狎** xiá **不** bù

注释

摇落 凋谢，零落。**暄妍** 本指天气晴和（暄），景物鲜媚（妍）。这里指梅花鲜媚。**风情** 风采，风光。**向** 在。**疏影** 指梅枝在水中的倒影。**暗香** 清幽的香气。**月黄昏** 月色朦胧。注意：“月黄昏”与“水清浅”对仗，故知“黄昏”并非单指傍晚；它是双关的，既形容月色（朦胧），又点明

时间（傍晚）。**霜禽** 羽毛像霜一样白的鸟。大约指白鹤。**偷眼** 暗中窥视，偷偷地看。**合** 应当。**断魂** 犹言“销魂”。形容喜爱之深。**幸有** 正有（《诗词曲语辞汇释》）。**相狎** 与之亲近。**不须** 不需，不要。**檀板金樽** 借指宴饮的热闹场面。檀板，用檀木做的拍板，打拍子用。

语译

百花凋零之后，只有它独自盛开，十分明媚，在小园里占尽了风光。稀稀疏疏的梅枝的影子横斜在清浅的水面上，清幽的香气在朦胧的月光里悄悄浮动。霜禽将下，先偷看它几眼；粉蝶如果知道了，该会为它爱得销魂，爱得死去活来呢（可惜天冷，还没有粉蝶）。正有轻吟低唱可跟它亲近，何用檀板金樽呢？

提示

这是咏梅名篇。

首联点题。

颔联写梅枝和幽香。这是用正笔写梅花。

颈联则用侧笔写梅花。霜禽偷眼，化用唐齐己《早梅》诗“禽窥素艳来”句意；粉蝶断魂，自出新意，因其时并无粉蝶，所以说“如知”，是虚拟之笔。

尾联直抒胸臆，赞梅花品位之高，只可亲之以微吟，不可近之以檀板金樽。

这首七律偶句押元韵，首句用邻韵（先韵）字入韵。元韵字今天分为两个韵，所以本诗“园”与“昏”“魂”“樽”读来不和谐。

唐 táng
·
韩 hán
愈 yǔ

zuǒ qiān zhì lán guān shì [tʂəʔ] sūn xiāng

左迁至蓝关示侄孙湘

[iɪʔ] fōng zhāo zòu jiǔ chóng tiān [ɕiɪʔ] biǎn cháo zhōu lù [paʔ] qiān
一封朝奏九重天，平先 夕贬潮州路八千。平先
| — — | | — — | | — — | | —

běn wèi shèng míng chú bì zhèng kěn jiāng shuī xiǔ [ɕiɪʔ] cán nián
本为圣明除弊政，肯将衰朽惜残年！平先
| | | — — | | | — — | | — —

yún héng qín lǐng jiā hó zěi [ɕiɪʔ] yǒng lán guān mǎ [pəʔ] qián
云横秦岭家何在？雪拥蓝关马不前。平先
— — — | — — | | | — — | | —

zhī rǔ yuǎn lái yīng yǒu yì hǎo shōu wú [kuəʔ] zhàng jiāng biān
知汝远来应有意，好收吾骨瘴江边。平先
— | | — — | | | — — | | — —

普通话

愈 yù **侄** zhí **一** yì **封** fēng **夕** xī **八** bā **衰** shuāi **惜** xī **何** hé **在** zài **雪** xuě **拥** yōng **不** bù **来** lái **骨** gǔ

注释

左迁 降职。调动官职叫“迁”，升职称“右迁”，降职称“左迁”。古人以右为尊，以左为卑。韩愈上《论佛骨表》，反对宪宗迎佛骨入皇宫，触怒了宪宗，由刑部侍郎贬为潮州刺史。**蓝关** 即蓝田关，在陕西蓝田县东南。**示侄孙湘** 给侄孙韩湘看。表明这首诗是写给韩湘的。韩湘是

韩愈的侄孙。**一封** 一本封事。封事，密封的章奏。古代百官上书奏机密之事，为防泄露，封缄呈进，所以这种章奏叫封事。注意：这里“一封”的“封”字不是量词。**朝奏** 早上进奏。**九重天** 指皇宫，以九重天形容皇宫的深远。实指皇帝。**圣明** 代指皇帝。**弊政** 弊端。指皇帝提倡信奉佛教。**肯将** 岂因。**衰朽** 指身体衰弱。**残年** 晚年。**横** 遮。**秦岭** 此处指终南山。在长安南。**家** 指作者在长安的家。**应有意** 是有目的的。应，是。**好** 正，恰。好收吾骨，正为了收我的尸骨。

语译

一本封事早上才进奏皇上，夜晚就降下诏命，贬我去八千里路外的潮州。我本要为圣明的皇上革除弊端，岂能因身体衰弱而爱惜晚年之躯，不敢进谏！现在离了长安，来到蓝关，回头看，但见云遮秦岭。我的家，你在哪里呢？我见不到你了！积雪拥塞在蓝关道上，我的马欲进不前。我知道侄孙你从远处赶来是有你的打算的，你正是为了去瘴气弥漫的江边收我的尸骨啊！

提示

这是示人诗，是给侄孙韩湘看的。满纸哀音，亦满纸强（jiàng）气。

首联点题中“左迁”二字。“朝奏”与“夕贬”连用，表明皇帝（宪宗）是“龙颜大怒”的。

颔联承之，说自已明知直谏会招祸，但为除弊端不得不挺身而出，不能爱惜晚年衰朽之躯。

颈联转写走到蓝关回望长安的情景。

尾联合到“示侄孙湘”上来，缴足题面。“收骨瘴江”与首联“潮州”相照应，是“豹尾回扣前额法”。

干戈

gān guō

宋·王中

sòng wáng zhōng

干戈未定欲何之？一事无成两鬓丝。

情怀小样杜陵诗。踪迹大纲王粲传，

鹡鸰音断人千里，乌鹊巢寒月一枝。

安得中山千日酒，酩然直到太平时？

普通话

戈 gē **欲** yù **何** hé **一** yí **迹** jì **怀** huái **杜** dù **鹡** jí **断** duàn **鹊** què **月** yuè **一** yì **得** dé **日** rì **直** zhí **太** tài

注释

干戈 两种古兵器。借指战争。**何之** 去哪里。之，动词。何，哪里。古人常不说“之何”，而说“何之”。**两鬓** 两个鬓角。也可指两个鬓角的头发。**丝** 本义是蚕丝，蚕丝是白的，因借指白发。**踪迹** 行踪影迹。指经历。**大纲** 要点，大体情况。**王粲** 东汉末年人，生逢战乱，颠沛流离，投靠刘表，不被重用。**情怀** 心情。**小样** 样，谓模样。因与“大纲”对仗，故说“小样”。**杜陵诗** 指杜甫诗。杜陵本为地名，在今西安市，杜甫居此，自称杜陵布衣。杜甫诗多流露忧国忧民的心情。其《北征》更有“老夫情怀恶”之句。**鹡鸰** 鸟名。《诗经》写兄弟相助时用鹡鸰作比喻，故后人用以称兄弟。**乌鹊** 曹操诗：“月明星稀，乌鹊南飞，绕树三匝。何枝可依？”比喻漂泊不定，投靠无门。**安得** 怎么能够。**中山千日酒** 传说中山（战国时期的一个诸侯国）人狄希能酿千日酒，饮后醉千日方能醒。**酩然** 喝醉的样子。

语译

战乱不息，我要去哪儿呢？一事无成，两鬓已白。我的一生经历，跟《王粲传》叙述的王粲的经历大体情况相似；我的心情，就跟杜甫诗篇抒发的心情一个模样。兄弟断了信，人隔千里不相知；乌鹊窝冷了，月下一枝又不可依。怎么能够喝上一杯中山千日酒，酩酊大醉直到太平之时再醒来？

提示

因为诗以“干戈”二字开头，所以就用它作诗题。

首联说战乱不息，无处可去；自己一事无成，年纪又大了。

颔联将经历与王粲相比，将心情与杜甫相比。这一联写得好。这样的写法不多见。

颈联说兄弟离散，自己又无处投靠。

尾联借千日酒的典故结束全篇。

中间两联对仗，非常工稳。

归隐（guī yǐn）

宋（sòng）·陈（chén）抟（tuán）

十[ʂəʔ]年nián踪zōng迹[tɕiɪʔ]走zǒu红hóng尘chén，平真 回huí首shǒu青qīng山shān入[zəʔ]梦mòng频pín。平真

紫zǐ绶shǒu纵zòng荣yíng争zhēng及[tɕiɪʔ]睡shuì？朱zhū门mén虽suī富fòu不[pəʔ]如rú贫pín。平真

愁chóu闻wén剑jiàn戟[tɕiɪʔ]扶fú危wéi主zhǔ，闷mèn听tìng笙shēng歌gō聒[kuəʔ]醉zuì人rén。平真

携xí取qǔ旧jiù书shū归guī旧jiù隐yǐn，野yǎ花huā啼tí鸟niǎo一[iɪʔ]般bān春chūn。平真

普通话

十 shí **迹** jì **入** rù **梦** mèng **绶** shòu **荣** róng **及** jí **富** fù **不** bù **戟** jǐ **危** wēi **听** tīng **歌** gē **聒** guō **携** xié **野** yě **一** yì

注释

红尘 尘世，人世。**回首** 回想。**紫绶** 紫色丝带。古代高官用来拴金印，或作服饰。**纵** 即使。**争** 义同“怎”。**朱门** 古代富贵人家的大门多漆为红色。**剑戟** 两种兵器。**危主** 国家危亡时的君主。**听** 耳听义，平去二读。**笙歌** 指乐曲演奏和歌唱。笙，一种乐器。**聒** 吵扰。**携取** 携着。取，

助词。**旧隐** 旧日隐居过的地方。**一般** 一样。

语译

我这十年来的行踪，是奔走在红尘里了。我常常回想从前隐居过的青山，青山也频频地出现在我的梦中。佩紫绶即使荣耀，又怎么及得上睡觉好呢？朱门虽然富贵，却不如贫者自由。听人说要拿着剑戟去扶助危主，我就犯愁了；听到笙歌吵扰吃醉酒的人，我心里也气闷。我还是携着旧书回到旧日隐居处，那里也有野花啼鸟，春光是跟别处一样的呀，干吗非要在红尘里混呢？

提示

作者陈抟，是五代、宋初的道士，隐居武当山，后居华山。

他本来隐居，后来跑出来，在社会上混了十年，觉得还是隐居好，所以就“归隐”了。

首联说想要“归隐”。

颔联说荣华富贵没意思。

颈联说“剑戟”和“笙歌”都不喜欢。

尾联直说要“归隐”。

中间两联对仗很工整。

时世行

唐·杜荀鹤

夫因兵死守蓬茅，麻苎衣衫鬓发焦。
桑柘废来犹纳税，田园荒尽尚征苗。
时挑野菜和根煮，旋斫生柴带叶烧。
任是深山最深处，也应无计避征徭。

普通话

杜 dù **荀** xún **鹤** hè **蓬** péng **苎** zhù **发** fà **柘** zhè **来** lái **纳** nà **尽** jìn **野** yě **菜** cài **和** hé **斫** zhuó **柴** chái **带** dài **叶** yè **是** shì **也** yě

注释

兵 指战乱。**蓬茅** 茅屋。**苎** 麻的一种。**柘** 叶可养蚕。**来** 等于说“……时”“……后”，详见《诗词曲语辞例释》。**纳税** 指交纳丝税。**征苗** 征收青苗税。因在庄稼尚未收获时征收，故称青苗税。**时** 经常。**和根** 连根一起。**旋** 临时。**斫** 砍。**任是** 任凭是。**应** 想必。**无计** 没有办法。**征徭** 租税和劳役。劳役，就是为官家义务劳动。

语译

她的丈夫因战乱而死，她只好一人躲进深山，守着茅屋。她穿的是粗麻衣衫，形容憔悴，鬓发枯焦。桑柘被毁，不能养蚕，却还要交纳丝税；田园荒芜，颗粒无收，官府仍向她征收青苗税。她经常挑了野菜，连根一起煮来充饥；要煮菜了，临时砍来生柴，带叶一起烧火。唉，任凭是躲进深山最深的地方去，也想必是无法避开征徭的呢！

提示

唐朝末年，战乱不息，民不聊生。杜荀鹤此诗叙述描写了一个山中寡妇的悲惨命运。

首联上句点明是“寡妇”，下句即对她作形象描写。

颔联写官府不放过她，仍向她征收丝税和青苗税。

颈联写寡妇生活的困难。“和根煮”“带叶烧”，说明困难到了极点。

尾联发感慨，指责官府的残忍，同情百姓的痛苦。

全诗偶句押萧韵，首句以邻韵肴韵字入韵。

第七句改“仄仄平平平仄仄”为“仄仄平平仄平仄”，律诗习见。

明·朱权
míng zhū quán

sòng tiān shī
送天师

shuāng [loʔ] zhī chéng liǔ yǐng shū，yīn qín sòng [k'əʔ][tʂ'əʔ] pó hú
霜落芝城柳影疏，平鱼 殷勤送客出鄱湖。平虞
— | — — | | —，— — | | | — —

huáng jīn [tɕiaʔ] suǒ léi tíng yìn，hóng jǐn tāo chán [ʐəʔ][yɪʔ] fú
黄金甲锁雷霆印，红锦韬缠日月符。平虞
— — | | — — |，— | — — | | —

tiān shàng xiǎo xíng qí [tʂəʔ][xoʔ]，rén jiān yà [soʔ] jiǎ shuāng fú
天上晓行骑只鹤，人间夜宿解双凫。平虞
— | | — — | |，— — | | | — —

cōng cōng guī dào shén xiān fǔ，wèi wèn pán táo [ʂoʔ] yǎ wú
匆匆归到神仙府，为问蟠桃熟也无。平虞
— — — | — — |，| | — — | | —

普通话

落 luò **客** kè **出** chū **甲** jiǎ **日** rì **月** yuè **只** zhī **鹤** hè **夜** yè **宿** sù **解** jiě **熟** shú **也** yě

注释

天师 尊称道士。**霜落** 古人以为霜是像雪一样从天上飘落下来的，所以说“霜落”。**芝城** 今江西鄱阳。因城北有芝山而得名。**柳影** 指柳枝、柳叶。**殷勤** 情意恳切。**鄱湖** 鄱阳湖。**黄金甲** 从对句“红锦韬”来看，疑“甲”是“匣”之误。**雷霆印** 大概指用以呼唤雷霆的印章。**韬** 袋子。

日月符 大概指能够驱遣日月的符箓（一种秘密文书）。**只鹤** 一只鹤。凡物之单者称“只”。鹤，指仙鹤，仙人所骑。**双凫** 传说东汉王乔，有神术，他任菓县县令，两脚缚在两只凫（野鸭）上，可以飞着去上朝。这两只凫，落地就是两只木鞋。**为问** 试问，询问。**蟠桃** 仙桃。**熟也无** 熟了没。

语译

芝城霜落，柳叶稀疏；我深情地送您离开鄱阳湖。您黄金匣里锁着雷霆印，红锦韬外缠着日月符。您早上骑了一只仙鹤飞行在天上，夜间解下两只野鸭子住宿在人间。您现在要匆匆地赶回神仙府去，要问问蟠桃熟了没。

提示

这首是赠别诗，居者（送行的人）写了赠送给行者。

送行的人朱权，是明太祖朱元璋的儿子，封于南昌，谥献，世称宁献王。他好古博学，无所不通，尤好（hào）戏曲，有《太和正音谱》等著作。

这样聪明的人，也上道士的当。什么雷霆印，日月符，“骑只鹤”，“解双凫”，全是骗智力低下的人的。不幸朱权也跟这种骗子来往，相信鬼话，还写诗相赠。

首联点明送客的时间（深秋季节）和地点（芝城）。

中间两联分写“天师”的衣着和神通。明明他也只能在地上走，却说他“骑只鹤”“解双凫”，睁眼说瞎话。

尾联猜想“天师”回到家里后要干什么事。这尾联倒写得颇有韵味，引人遐想联翩。

这种诗可以读读，但不要信以为真。

明·朱厚熜
míng zhū hǒu cōng

sòng máo [pəʔ] wēn

送毛伯温

dà jiàng nán zhēng dǎn qì háo yāo héng qiū shuǐ yàn líng dāo

大将南征胆气豪，平豪 腰横秋水雁翎刀。平豪

| | — — | | — — — — | | — —

fōng chuī tuó gǔ shān hó dǒng diàn shǎn jīng qí [zəʔ] [yɪʔ] gāo

风吹鼍鼓山河动，电闪旌旗日月高。平豪

— — — | — — | | | — — | | —

tiān shàng qí lín yuán yǒu zhǒng [ɕyɪʔ] zhōng lóu yǐ qǐ néng táo

天上麒麟原有种，穴中蝼蚁岂能逃？平豪

— | — — — | | | — — | | — —

tèi píng děi zhào guī léi [zəʔ] zhèn yǔ xiān shēng jiǎ zhàn páo

太平待诏归来日，朕与先生解战袍。平豪

| — | | — — | | | — — | | —

普通话

厚 hòu **伯** bó **风** fēng **河** hé **动** dòng **日** rì **月** yuè **穴** xué **太** tài **待** dài **来** lái **解** jiě

注释

毛伯温 明朝大将。**南征** 明嘉靖十八年（1539）应安南（今越南之前身）王族请求，毛伯温率兵去平定莫登庸叛乱。**秋水雁翎刀** 一种像大雁羽毛样子的刀叫“雁翎刀”。因刀光如秋水一样明澈，故加“秋水”二字来形容它。**鼍鼓** 军中大鼓。因用鼍（扬子鳄）皮蒙的鼓，因称鼍鼓。一说因其声

如鼍鸣叫。**日月** 大概指画有日月图案的旗。日月旗，本是古代帝王仪仗中所用的。**麒麟** 指安南王族。**蝼蚁** 蝼蛄和蚂蚁。指叛军莫登庸这些人。**待诏** 待命。诏，皇帝的命令。**朕** 帝王自称。秦始皇以前，人人都可自称“朕”；秦始皇起，为帝王专用。

语译

大将南征，胆气多么豪迈，腰里横挎着一把秋水雁翎刀！

行军途中，风吹鼍鼓声，山河都震动；电闪照亮军旗，日月高悬。

安南王族如天上麒麟，本来就是有其种的；莫登庸辈如洞穴中的蝼蛄蚂蚁，怎能逃得了命？

等到平定叛乱，回来待命的那一天，我要亲自给先生解下战袍。

提示

这首也是赠别诗，是皇帝送南征大将的，级别很高。

首联借描写佩刀以突出南征大将的豪气。

颔联想象行军途中的军威。

颈联申明南征的正义性。

尾联预言凯旋，并说要亲自为将军解开战袍。

从前的皇帝在做王子的时候都要学习各种文化，所以他们差不多个个都会写诗。

这个皇帝，史称明世宗，年号是嘉靖，民间称他“嘉靖皇帝”。